蔡宗齊文學理論研究書系

中國歷代文論評選

第二冊
創作論評選

蔡宗齊 ／ 著

上海古籍出版社

創作論評選　目錄

總述 ……………………………………………………… 1

1　先秦漢魏時期：創作論的哲學基礎 …………… 5
　1.1　儒家語言實有論 ………………………………… 8
　1.2　道家語言非實有論 ……………………………… 15
　1.3　道家論象與道的關係 …………………………… 19
　1.4　儒道糅合的文字實有論：《易・繫辭傳》……… 23
　1.5　有關意、象、言的論辯 ………………………… 26
　1.6　先秦文獻中有關"心"的論述 …………………… 32
　1.7　漢魏時期有關形、神的論辯 …………………… 45

2　六朝創作論 ………………………………………… 55
　2.1　文學創作論的意、象、言框架 ………………… 63
　2.2　文學創作的身體與心理條件 …………………… 70
　2.3　創作階段一：感物過程 ………………………… 74
　2.4　創作階段二：神思過程 ………………………… 78
　2.5　創作階段三：從意象到言的轉換 ……………… 85
　2.6　佛教"像""象"說 ……………………………… 94

3 唐宋時期創作論 ... 109
- 3.1 書論有關"意"的論述 ... 112
- 3.2 王昌齡創作論：超驗的創作起端：靜觀之"意" ... 117
- 3.3 王昌齡創作論：靜觀之"意"產生的方式和身體條件 ... 120
- 3.4 王昌齡創作論：靜觀之"意"與"境"的產生 ... 122
- 3.5 王昌齡創作論：從"境"到"象"的轉化 ... 128
- 3.6 王昌齡創作論：動態之"意"與境象到言的轉化 ... 130
- 3.7 中晚唐皎然等人的"意""境""思""象"說 ... 135
- 3.8 韓愈等人的養氣創作論 ... 144
- 3.9 嚴羽等人的禪悟創作論 ... 152

4 明清以意爲主的創作論 ... 161
- 4.1 "意"爲驅動行文的神秘力量 ... 166
- 4.2 意與辭(文章)：兩種不同的成文方式 ... 173
- 4.3 意與整體結構：虛實交錯的論述 ... 181
- 4.4 意與煉情：情的藝術升華 ... 188
- 4.5 意與求音取象：有意無意的最佳平衡 ... 192
- 4.6 意與遣詞造句：虛意與實辭的連通 ... 197
- 4.7 意與詩法：形上之意與形下之法的辯證互動 ... 201

5 明清以參悟爲主的創作論 ... 206
- 5.1 郝經等人參悟造化的心遊説 ... 207
- 5.2 王夫之等人參悟山水的直悟説 ... 213

5.3　鍾惺、譚元春等人參悟文字的攝魂説 …………… 220
　　5.4　况周頤參悟情感的直覺説 ……………………… 234
6　明清以情爲主的創作論 ……………………………… 240
　　6.1　明代復古派的唯美情感説 ……………………… 249
　　6.2　明代反復古派非唯美情感説 …………………… 253
　　6.3　明末清初諸派的唯美情感論 …………………… 259
　　6.4　明末清代郝敬等人的"兩種性情"説 …………… 267
　　6.5　晚清改良派和革命派的情感説 ………………… 281
創作論評選選録典籍書目 ……………………………… 291

總　述

　　文學創作論主要是對文學創作的環境、條件、過程的論述。創作環境指作者的生活方式和狀況,創作條件指作者創作時的身體和精神狀態,而創作過程則包括作者創作意念的產生、藝術想象的展開、作品形象在作者心中的形成以及最後將此心象訴諸於語言,轉化爲文章等不同階段。

　　有關文學創作論的研究專著不少,且體例大致雷同,通常都是按照時代順序分成幾大部分,然後依次敘述批評家的主要觀點。但對於重要批評術語、概念和範疇在不同的歷史時期、不同著作的變化語境中所具有不同的意義,這些專著或則著墨較少,或則不夠系統,因而未能把創作論歷史發展的內在脈絡梳理清楚。所以這裏筆者試圖建構一個新的框架,從觀察意、境、象、思、言等關鍵術語使用的不同情況入手,發現每一時代討論文學創作的新角度和新結論,從而展現出創造論內在演變的軌跡。

　　創作論篇按時序分爲六大部分,而各部分又列出不同的主題類別。

　　第一、二部分主要收錄先秦漢晉哲學文獻中有關意、象、言、心、情五個關鍵術語的討論,致力於揭示六朝時期文學創作論產生的哲學基礎。首先,先秦儒道兩家以及魏晉玄學對意、象、言的論述,對於以後文學創作論的影響極大。在這些論述中,意、象、言演繹出很多不同的概念,有的甚至是相反的,而對三者之間關係的解釋也是迥然不同的。得益於這種多義性,這三個術語在以後文論著作中反復地使用,不斷地衍生各種各樣不同的概念,進而演繹出各種各樣不同的創作論。先秦有關心、形、神、氣、情的論述,雖不能與意、象、言的重要性相比,但對以後創作論的發展也極爲重要。

　　第三部分較詳細地評述陸機、劉勰的創作論。陸劉兩人的文學創作論基本是按照創作過程的軸綫展開的,從作者的創作身心狀況到最後作品成文,無不一一論及,其中著墨最多的神思如何產生意,意如何轉化爲象,意象如何變成語言。所有這些論述無疑是在魏晉玄學意、象、言的框架中發展出來的。本部分所錄陸機《文賦》和劉勰《文心雕龍》之《神思》《養氣》《物色》諸篇的選段,因而也按照創作過程的先後階段來組織。如此處理,不僅真實地揭示陸劉創作論的內在結構,而且可以爲研究六朝以降創作論建立一條基綫,通過參比陸劉創作論,我們就可以清楚地看到各種理論的不同側重點以及其理論建樹突出之處。本部分還收錄了宗炳《畫山水序》全文。雖然此文嚴格說來不屬於文論範疇,但對我們把握盛唐時期文學創作論的轉向,極爲重要。宗炳《畫山水序》扭轉了中土道家輕視甚至否定具體視覺形象意義的傾向,認爲佛陀就棲存於山水物象之中,而畫家創作和觀賞山水畫的過程即是悟佛暢神的宗教體悟。王昌齡的三境,尤其是物境之説,無疑是步宗炳之後塵,引用佛家觀物直悟的理論來揭示藝術創作的奥秘,儘管直悟的對象已從小乘淨土宗膜拜的佛陀變爲大乘教派所追求的佛性實相。

第四部分是唐宋時期的文學創作論,這裏分爲兩類,一類圍繞"意"展開,以王昌齡《論文意》爲代表。王昌齡並沒有像陸機和劉勰那樣撰寫專論,有目的地建立一個論證縝密、系統完整的理論,而是頗爲率意地談論文學創作的方方面面。但是,如果我們將他零散的論述放在創作過程的軸綫來整理,一個甚爲完整連貫、勝意迭出的創作論便躍然紙上。他不僅獨創地引入佛家術語"境",將意、象、言的三重框架擴展爲意、境、象、言的四重框架,而且對四者的涵義及其相互關係一一作出獨到精闢的闡述。另一類創作論則是撇開"意"不談。"意"一字牽涉到主觀意願,即"有意爲之"。在不少批評家看來,談"意"即承認了創作之前有一前置前提,即創作是有意創作的,故必須加以擯棄。他們提倡創作是突然而發。陳子昂、白居易强調詩歌要有感而發;韓愈、蘇軾等古文家認爲學習聖人持志養氣,就可寫出"辭達"的至文;嚴羽則以禪論詩,倡導一味直悟的創作方法。

第五、六部分是明清的文學創作論。明清時期討論文學創作的材料衆多,故分爲兩部分。第五部分是以意爲中心的創作論。明清批評家論意,走的不是王昌齡那種面面俱到的路子,沒有人對整個創作過程作出詳盡的、足可重構爲一種系統理論的描述。他們將注意力聚焦於創作的某一具體現象或過程,作出了比前人更爲精闢深刻的闡發。比如王昌齡只是從側面含蓄地提及作意、起意的超驗性，而謝榛、馮復京等人則詳盡地描述了超驗的心理活動。從虛想之意到徵實文字的轉變，陸機和劉勰都嗟歎難以描述，故基本上將兩者分開來處理，前者屬於創作想象，而後者則歸於文章修辭。王昌齡首先提出，意的想象貫穿於最後的成文過程，力圖將兩者結合起來。明清批評家則把王氏的粗略觀點發展成爲蔚爲大觀的"運意"說，以意貫穿統攝文勢、文氣、命題謀篇、遣詞用字方方面面，由虛至實，全方位地展開闡述，取得了重大的理論突破。

　　第六部分是明清時期其他兩種主要的創作論。其一是以情爲主創作論。早期雖不乏有"情動於中而形於言""詩緣情而綺靡"等論述。陸機、劉勰的創作論雖然都涉及情，但並沒有把它看作文學創作的主綫。明清主情創作論可分爲唯情和唯美兩派，前者重內容，承繼《詩序》"情動於中而形於言"之說，強調熾烈情感的直接抒發，爲明代徐渭、李贄等人所代表；後者則重形式，奉"詩緣情而綺靡"爲圭臬，倡導者主要是復古派前後七子。入清之後，追求性情内容和形式的完美結合，成爲主情創作論的發展趨勢，不過情的內容已從反傳統的激情轉變爲儒家的理想道德情懷，而形式關注重點則從詩體（尤其是近體詩）的情景結合轉移到"有寄託入，無寄託出"的詞境的建構。其二是以參悟爲主的創作論，其中可分出參悟造化的心遊說、參悟山水的直悟說、參悟情感直覺說三種，其中分別反映出道家、佛家、儒家思想的影響。

1 先秦漢魏時期：創作論的哲學基礎

中國古代文學創作論興於六朝時期，以西晉陸機專論文學創作的《文賦》爲肇始。然後，展開古代創作論的深入研究，必須先要在先秦文獻中尋找和重構其哲學基礎。當要描述一種前人未曾描述的創作狀態時，陸機和南朝梁劉勰必須要面對和解決兩個問題：一是建立最爲恰當的思維框架來分析整個創作過程，二是選用最爲貼切的術語和概念來描述創作過程不同階段的複雜的精神和語言活動。筆者認爲，陸機和劉勰都從先秦漢晉儒家、道家，以及玄學的典籍中找到了解決這兩個問題的方法。首先，他們兩人都吸收了先秦哲學有關言、意、象的論述，建立了"意—象—言"的框架來分析文學創作的整個過程。同時，他們又借鑒使用先秦各家有關心、身、形、神的論述，對文學創作的每個具體階段一一作出了精闢的論述，從而建立了縝密精深的創作論體系。

意、象、言是中國哲學家很早便開始運用的三個重要術語，用以探究語言意義產生、人類認知、以及宇宙變化的過程。三者之間呈現一種由"隱"到"顯"的關係。它們的通用英譯分別是 conception（意念）、image（形象）、words（言語）。然而，這些翻譯最多只能涵蓋三個術語在古代典籍中所積累的豐富內涵的極小部分。廣義來說，"意"指"隱藏"(hidden)的存在，包括口語與文字的抽象指涉、作者或讀者的意圖、臆想，以及聖人對道的直觀領悟[1]。先秦兩漢思想家在討論語言所指涉的對象時，則常用"實""天命""理""道"，而較少用"意"。"言"指的是"顯明"(manifest)的東西——口語、名稱、銘刻或書寫的文字以及運用語言的行爲。先秦兩漢主要儒家和道家思想家通常用"名"而不用"言"作爲語言的總稱。"象"介乎隱藏與顯明之間。哲學家對"象"與顯隱兩極緊密程度持不同看法，因而分別把它視爲具體外物的形象、道超越感官的呈現(如老子的"大象"Great Image 或莊子的"象罔"Image Shadowy)，以及同時呈現顯隱兩種相反特性的易象。意、象、言的哲學涵義的不斷演繹積聚，變得更加糾纏不清，直到王弼(226—249)用前因後果來解釋三者的關係，建構出"意→象→言"的基本哲學範式。王氏認爲，此範式是雙向互動的。一方面，意生象，象生言，主要反映了由隱到顯的宇宙發展過程，與王氏無生有、有生萬物的宇宙生成論是完全一致的。另一方面，以言得象、以象得意，主要揭示了由顯到隱的認知過程，包對語言意義和宇宙奧秘的認知。

先秦有關言、意、象的論述，即有關語言和現實關係的種種理論(以下簡稱"言實論")，大致可以歸納爲三大類：1. 儒家的

---

[1] 季孫意如是一屢次出現於《春秋》的人。《左傳》及《穀梁傳》作"季孫意如"，《公羊傳》則作"季孫隱如"。這似乎點明了"意"與"隱"(隱藏性)在三傳寫成的時侯是可以互換，且有文字上的關係。見高亨(1900—1986)纂著：《古字通假會典》(濟南：齊魯出版社，1987年)，第374頁。

語言實有論,即語言有實質存在的理論;2. 道家的語言非實有論;3.《繫辭傳》中儒道糅合的文字實有論。這三種言實論的互動和互競,貫穿了先秦到兩漢數百年,並在魏晉時期"言—意"關係的爭論中達到高峰,催生出"意—象—言"的本體認識論範式(見2.1)。陸劉兩人龐大的理論框架,以及他們在描繪微妙複雜的文學創作過程時所用的術語、概念、範式,無不可以追溯到這三種言實論。自陸機、劉勰起,古代評論家們一直把創作過程視爲從"意"到"象",再到"言",這樣一個由隱到顯的轉變過程[1]。更重要的是,他們把王弼"意—象—言"範式用作其理論框架,同時又不拘一格地采用先秦及漢代哲學著作中"意""象""言"其它種種不同的意義,借以準確描述文學創作各階段中複雜的心理與語言活動,發展出他們自己獨特的文學創作論。

　　文學創作很大一部分是創作心理活動,他們自然會受到這些論述的影響。所有這些關於心的討論,無不爲發展創作論提供了寶貴的資源;養氣、修身、神思等特點,而且又是中國創作論獨特之處。我們可以看到"氣"這種概念,從曹丕到唐宋,都是文學中的核心概念。起源便是戰國時期的哲學探討。這些概念對此後文論發展十分重要。不同的批評家基於此闡發出不同的創作論。

---

[1] 對文學創作的研究,中國文論所遵循的思考方式與西方文論顯然不同。西方文論傾向探究有關創意思維的源頭,以及其本體論和神學含義等抽象的理論問題。有關西方創意思維理論的詳細研究,可參 James Engell, *The Creative Imagination: Enlightenment to Romanticism* (Cambridge, Mass.: Harvard University Press, 1981)。

1.1 儒家語言實有論

儒家語言實有論源於孔子和荀子對名實關係的討論。該類討論經常被歸納在哲學的範疇,現代學者常從名實關係入手研究先秦儒學。本章則在語言、文學的範疇內探索名實、意、言的聯繫。

春秋時代,禮崩樂壞,關於名的討論,一定程度上可看作現實世界的情況激發的理論需求,名實之辯在彼時蔚然大觀,形成思潮,儒、墨、名、道各家各有自己的名實論述。

孔子和其追隨者都認為"名不正則言不順","名"與外在存在的"實"、"名"與內在思想的"意",都有著不可分離的關係。不管名和名所指代的物之間存在怎樣的距離,他們依然相信,此距離可以通過"正名"來縮小,使得"名"本質化,成為外在存在或者內在思想的直接表現乃至其化身。

"名"與社會政治現實有內在聯繫的根據是什麼?《荀子·正名》篇對這個命題進行了解釋:一方面語言是約定俗成的,並無實在意義;另一方面語言又能準確地表達實在意義,甚至可以揭示宇宙變化的陰陽之道。

如果說先秦儒家已顯露將語言本質化的傾向,那麼到了漢代,鴻儒董仲舒(前179—前104)則毫無掩飾地試圖將語言徹底本質化,達到登峰造極的地步。董仲舒《春秋繁露·深察名號》從口語、名號來闡發語言本就是帶有主觀意識的天意,而天意則通過聖人來發號施令。

由於先秦儒家和董仲舒對"言"的本質化,一致賦予"名"實體乃至神聖的意義,到了漢朝,整個儒家社會政治倫理系統終於基於"名"而體系化了,成爲名符其實的"名教"。基於此,維護本質化的"名"或"言教"意味着維護儒家社會政治系統本身。所以,當名教在魏晉時期受到激烈攻擊時,歐陽建(?—300)奮起衛護"言"之神聖,寫下他著名的《言盡意論》,轉而強調言作爲最終宇宙現實的"意"的內在聯繫,這部分內容詳見"1.5 有關意、象、言的論辯"。

§ 001　孔子(前551—前479)《論語》：正名

【作者簡介】孔丘(前551—前479),字仲尼,魯國陬邑(今山東省曲阜市)人,祖籍宋國栗邑(今河南省夏邑縣),中國古代思想家、教育家、儒家創始人。孔子不僅參與當時的政治活動,還舉辦私學,收有弟子三千,其中賢人七十二,曾帶領部分弟子周遊列國十四年,晚年致力於修訂《詩》《書》《禮》《樂》《易》《春秋》。孔子及其弟子的言行和思想後來記錄下來,編成《論語》一書。孔子的思想對中國、東亞和世界文化都具有深遠的影響。

必也正名①乎。……名不正,則言不順②;言不順,則事不成;事不成,則禮樂不興③;禮樂不興,則刑罰不中④;刑罰不中,則民無所錯手足⑤。故君子名之必可言也,言之必可行也。君子於其言,無所苟而已矣。(《論語·子路》。LYYZ, 13.3, p.134)

① 端正名稱、名分,使名實一致。　② 語言表達無序,無理而不通。③ 興盛。　④ 中,合適、符合。　⑤ 無處安放手足,即後來手足無措意。"措",安放、安置。

孔子將"正名"當做是治國的首要任務。對他來說,"名"構成了人之言語和行動的基礎。正確使用"名"則保證了暢通有效的言語,正確的言語則進而確保了禮儀的恰當實行。這段話清楚揭示出,孔子相信"言"與社會政治現實有著內在的、不可分割的關係。基於這個理念,他認為"正名"可以確保道德社會政治事業的成功。

§002　孔子(前551—前479)《論語》:辭與意的關係

子曰:"辭達①而已矣。"(《論語·衛靈公》。*LYYZ*, 15.41, p.170)

① 言辭抵達其所要表達的,即言辭通達。

孔子也相信言辭和人的思想之內在聯繫。在這裏,"辭"可被看做是"言"的同義詞,"辭"(或"言")所能"達"到的很可能指的是所要表達的觀念、意圖、旨意——所有這些都能歸入"意"。從這句話的語氣看來,孔子顯然相信"言能盡意"。後代對"辭達"的闡發大致有兩大派,一派認為這句話表示對過份修飾的不滿,以宋代理學家為代表。陳祥道《論語全解》:"君子之辭,達其意而已,夫豈多聘旁枝為哉?"朱熹《論語集注》:"辭取達意而止,不以富麗為工。"戴溪《石鼓論語答問》:"君子無意於為辭,求以達其意而已矣。辭達則止,不求工也。然而見理不明者,其辭必不達。"另一派將"辭達"視為文學創作的最佳效果,以宋代古文家為代表。蘇軾《答虔倅俞括奉議書》:"孔子曰:'辭達而已矣。'物固有是理,患不知;知之,患不能達之於口與手。所謂文者,能達是而已。"(§092)

§003　荀況(約前313—約前238)《荀子·正名》:三個層次上名與實之結合

【作者簡介】荀子(約前313—約前238),名況,又尊稱為荀卿,趙國人。戰國末期思想家,儒家學派的代表人物。荀子曾三次擔任齊國稷下學宮的祭酒。後因被讒,去齊國赴楚國,兩次被春申君任命為蘭陵令。晚年居於蘭陵,著書立說。荀子主張崇禮、正名與性惡論,弟子有韓非、李斯等,著有《荀子》。

名無固宜①,約之以命②。約定俗成謂之宜,異於約則謂之不宜。名無固實③,約之以命實④,約定俗成謂之實名。名有固善,徑易⑤而不拂⑥,謂之善名。(XZJJ, juan 16, p.420)

① 命名没有本來就合宜正當的。 ② 命,給予名稱,指派、使用。
③ 本就存在的實際所指。 ④ 被賦予、指派的實際所指。 ⑤ 直接平易。 ⑥ 不違背。

孔子認爲"名"與社會政治現實有内在聯繫。此説的根據是什麽? 爲解釋這個問題,荀子寫了《正名》這篇長文。他以説明正名的重要性開篇,並援用了兩個互補的史例來證明其觀點。第一個是正面例子:早期周王朝之安定繁榮,有賴於周朝統治者對名的正確使用。第二個是反面例子:他把"奇辭以亂正名"看作導致社會政治秩序之亂的原因。在以上這段選文中,他接著試圖證明"名"與"實"的内在聯繫。首先,他雖然承認"名"本身并不是實際存在,但仍堅持認爲,"實名""善名",依憑"約定俗成"的凝固力,仍與所對應的實際有著緊密聯繫。他把名和實的聯姻稱爲"成名",而且將此當做是"後王"(早期周朝的統治者)成功的關鍵。

名聞而實喻⑦,名之用也。累⑧而成文,名之麗也。用、麗俱得,謂之知名。名也者,所以期累實⑨也。辭也者,兼異實之名⑩以論一意也。辨説也者,不異實名以喻動静之道也。期命也者,辯説之用也。辯説也者,心之象道也。心也者,道之工宰也。道也者,治之經理也。心合於道,説合於心,辭合於説,正名而期,質請而喻。(XZJJ, juan 16, pp.422-423)

⑦ 被表達出、被聽者了解。 ⑧ 連綴、安排。 ⑨ 會合、連綴實際所指。"累",謂連綴方式。"實",即名的實際所指。 ⑩ 並用不同事物的名稱。

荀子進一步詳細分析語言如何在不同層面上和現實互動。他認爲,語言和現實的互動有三個層次:第一層次,"名之用"主要指單獨的"名"與一个具體的外在之"實"的聯姻;第二層次,"名"之累積産生了"文"或

"辭",而"辭"本身則足以表達内在之"實",即一個特定的意義或思想("一意")。這裏"辭"和"意"的並置似乎很好地回答了孔子的"辭達而已"所"達"爲何物的問題(參§002)。第三層次,辭的正確使用(即"不異實名"地使用),可以積累構成準確表達内心思想的辯説,而這種與心完全契合的辯説足以呈現最高層次的"實",即萬物動靜之道。在荀子重申自己對"言"的類似本質論的看法時,他由内到外再次回顧了"言"—"實"的關係鏈:"心合於道,説合於心,辭合於説。"

§004 荀況《荀子·非相》: 君子必好言、樂言

凡言不合先王,不順禮義,謂之姦言①,雖辯,君子不聽。法先王,順禮義,黨學者②,然而不好言,不樂言,則必非誠士也。故君子之於言也,志好之③,行安之④,樂言之⑤。故君子必辯。凡人莫不好言其所善,而君子爲甚。故贈人以言,重於金石珠玉;觀人以言,美於黼黻⑥、文章;聽人以言,樂於鐘鼓琴瑟。故君子之於言無厭。鄙夫反是⑦,好其實,不恤⑧其文,是以終身不免埤⑨汙傭俗。故《易》曰:"括囊⑩,無咎無譽⑪。"腐儒之謂也。(XZJJ, juan 3, pp.83-84)

① 奸邪不正之言。 ② 與求學之人爲友。"學者",求學之人,不同於今之"學者"意。 ③ 志之所好在此。 ④ 行動、作爲安於此。 ⑤ 樂於言之。 ⑥ 音 fǔ fú,黑白顏色相間,比喻花紋華美。 ⑦ 與之相反。 ⑧ 在意、顧念。 ⑨ 音 bēi,同卑,卑劣。 ⑩ "括",打結。"括囊",封口,意謂閉口不言。 ⑪ 沒有批評與讚譽。語見《易經·坤卦》。

在先秦儒家文獻中,有關語言實有的陳述很多,但很少像這段話説得如此直截了當,精闢全面。荀子指出,君子視言語與宏志美行爲一體,故必樂於辯説、擅於辯説,而其言不僅比金石珠玉更爲珍貴,而且還予人勝於黼黻和鐘鼓之樂的審美愉悦。

§005　董仲舒(前179—前104)《春秋繁露·深察名號》：名與天意,本質主義的語言觀

【作者簡介】董仲舒(前179—前104),廣川(河北棗強東)人,西漢哲學家、今文經學家。漢景帝時爲博士,專講《春秋公羊傳》。漢武帝時以賢良對策,董仲舒提出"罷黜百家,獨尊儒術"的主張,爲儒家思想成爲正統打下了基礎。董仲舒任江都王和膠西王相,後辭職回家,著書立説,著有《春秋繁露》八十二篇。

　　治天下之端,在審辨大①。辨大之端,在深察名號。名者,大理之首章也。録其首章之意,以窺其中之事,則是非可知,逆順自著,其幾通於天地矣。是非之正,取之逆順,逆順之正,取之名號,名號之正,取之天地,天地爲名號之大義也。古之聖人,謞②而效天地謂之號,鳴而施命③謂之名。名之爲言,鳴與命也。號之爲言,謞而效也。謞而效天地者爲號,鳴而命者爲名。名號異聲而同本,皆鳴號而達天意者也。天不言,使人發其意；弗爲,使人行其中。名則聖人所發天意,不可不深觀也。(CQFLYZ, pp.284-285)

　　①區分辨別。　②"謞",同"詨",音"xiào",呼喊、大叫。　③"命",命名、取名。

　　若説荀子尚在名號和天意、"道"之間建立某種邏輯聯繫,到了漢代,董仲舒則繼續發展孔子的正名説,將戰國以來的名實辯論推向了一統於儒家的終結。董仲舒毫不含糊地把"名"和"號"本質化,使它們成爲決定了是非順逆的天意化身。爲了這一目的,董仲舒使用了相當複雜的音訓方法。首先,他將"名"等同於"鳴"這一擬聲同音詞,"號"等同於"謞"這一擬聲近似同音詞。然後,通過將每組的詞都當做可互换的同義詞,董仲舒將"名"和"號"的源頭追溯到聖人的鳴之謞。董仲舒聲稱,鳴和謞是首要的自然之聲音,則生於此聲音的"名"和"號"不是由人所作的隨意的符號,而是天之自然生發。爲了解釋這一點,董仲舒寫道"天不言,使人發其

意",也就是説,"名"和"號"只是天意通過聖人之口所發出的表達。換言之,"名"和"號"最終源頭起於自然,然後由聖人所發。通過這樣的論述,董仲舒完成了對"名"和"號"的徹底本質化,從而爲他神化儒家社會政治等級制度的宏偉大業打下基礎。

【第 1.1 部分參考書目】

方立天著:《中國古代哲學問題發展史》,北京:中華書局,1990 年。正名問題的源流發展簡述,見第 586—587 頁;孔子正名與政治倫理的密切聯繫,以及《論語·子路》對正名重要性"名正言順"表述的強調,見第 589—590 頁;《荀子·正名篇》釋義與其中涉及的名實互相作用的關係,以及董仲舒深察天賜名號以明義、明倫理的理論,見第 603—613 頁。

馬積高著:《荀學源流》,上海:上海古籍出版社,2000 年。荀子繼承並發揮孔子正名論述,邏輯法則推理與政論結合、以期符合現實情況、準確表達的正名説,見第 79—82 頁。

葛榮晉著:《先秦兩漢哲學論稿》,《葛榮晉學術論著自選集》,第四卷,北京:人民大學出版社,2014 年。對《荀子·正明篇》哲學與論述層面的必要性、認識論、操作原則的詳盡分析,見第 156—159 頁。

張少康著:《先秦諸子的文藝觀》,上海:上海文藝出版社,1981 年。從語言、文藝文學角度看待孔子的"辭達",見第 51—54 頁;荀子對以語言爲工具的文學作明道的、工具的"辭達"要求,見第 134—141 頁。

周山著:《中國學術思潮史》,卷一,上海:上海社會科學院出版社,2006 年。孔子要求正確名分、以正治國,來保護復禮的實,見第 156、174—176 頁;《荀子·正名篇》對儒家正名理論的彌補,名的作用以及名、辭、辨的關係之闡述論證,見第 463—474 頁。

任繼愈著:《中國哲學史 1 先秦部分》,北京:人民出版社,2003 年。孔子正名觀念的時代背景、名實關係的論證以及政治含義,見第 82—83 頁;荀子正名説産生的時代背景、正名篇的進步之處、以及名形成的社會性和概念、判斷、推理等思維形式的研究,見第 237—242 頁。

Lee Dian, Rainey. *Confucius and Confucianism: The Essentials*. Chichester: Wiley-Blackwell, 2010, Chapter 7 "Xunzi," pp.113.

Knoblock, John, trans. *Xunzi A Translation and Study of the Complete Works*. Stanford: Stanford University Press, 1994, Book 22 "On the Correct of Names," pp.113-138.

1.2 道家語言非實有論

既然儒家社會政治等級制度很大程度上是基於"言"之本質化而建立的,那麼,儒家最大競爭對手的道家,自然通過强調"言"的内在之"意"和外在之"實"之距離,從而對"言"進行解構或説非本質化(de-reify)。不過,老子和莊子並没有點名批駁儒家的言實論,而是熱衷於在自詡高深的哲學層面上探索"言"和"道"、"言"和"意"、"言"和"象"的關係。

有關言與意的關係,道家思想家認爲,言和所指之間有一個很大的鴻溝,尤其當其所指不是一般的客觀存在,而是稱之爲"道"的絶對存在。如《莊子》講"意之有所隨",認爲物有粗、精之別,言只能揭示"物之粗",而"意"能抓住"物之精",如空氣等没有物質形態、没有形狀的存在。此外"意"之外還有所存有者,已經超越了"精""粗"界限,實爲可感現象之外的絶對存在，一種最高的宇宙原則，是非語言所能表達者。既然儒家社會政治等級制度很大程度上基於"言"的本質化而建立，那麼作爲儒家競爭者的道家，自然力圖強調"言"内在之"意"和外在之"實"的距離，藉以來對"言"進行解構或説非本質化。

§ 006 《老子》：名僅爲符號

【典籍簡介】《老子》，今通行本八十一章，又稱爲《道德經》，相傳爲春秋時期思想家老子所著。《老子》爲道家學派以至道教的重要經典，亦是道教尊奉的經典。《老子》凡五千言，分上下篇，帛書本上篇《德》、下篇《道》，而通行本爲上篇《道》，下篇《德》。現有馬王堆帛書甲乙本、郭店楚簡本。通行的注解本，有漢河上公《道德真經注》、王弼《老子道德經注》等。《老子》以"道"與"德"爲重點，提倡無爲，討論哲學、政治、文學等範疇，具有深刻的影響。

章一：道，可道也，非恒道①也；名，可名也，非恒名②也。(LZYZ, p.3)

① 固定不變、常存的道。 ② 固定常存的名稱也。

《老子》(或稱《道德經》)這個著名的開篇之語陳述了最爲人所知的道家對"言"的看法：強調"名"不能體現"實"(尤其是"道")。然而，老子仍然使用語言來描繪"道"，這個事實揭示了道家語言非實有論的另一方面："言"可喻示言之外所存在之物，故承認"言"不可或缺。

§ 007 莊周(約前369—約前286)《莊子·天道》：有言不能傳者

【人物簡介】莊周(約前369—約前286)，戰國時期宋國蒙(今河南商丘東北)人。道家學派的代表人物，與老子並稱"老莊"。莊子與梁惠王、齊宣王同時，擔任過宋國漆園吏，後厭倦政治而終身不仕。莊周及門人的著作收錄於《莊子》一書，其中有《逍遙遊》《齊物論》《養生主》等著名篇章,又稱爲《南華真經》,今本爲三十三篇。其書與《老子》《周易》合稱"三玄"。唐代時,《莊子》與《文子》《列子》《亢倉子》並列爲道教四子真經。《莊子》一書內容豐深,博大精深,涉及哲學、人生、政治、社會、藝術、宇宙生成論等諸多方面,其對中國文學、審美的發展有着深遠的影響。

桓公讀書於堂上,輪扁①斲輪②於堂下,釋椎鑿③而上,問桓公曰:"敢問,公之所讀者何言邪?"公曰:"聖人之言也。"曰:"聖人在乎?"公曰:"已死矣。"曰:"然則君之所讀者,古人之糟魄④已夫!"桓公曰:"寡人讀書,輪人安得議乎!有說則可,无說則死。"輪扁曰:"臣也以臣之事觀之。斲輪,徐則甘而不固⑤,疾則苦而不入⑥。不徐不疾,得之於手而應於心,口不能言,有數⑦存焉於其間。臣不能以喻臣之子,臣之子亦不能受之於臣,是以行年七十而老斲輪。古之人與其不可傳也死矣,然則君之所讀者,古人之糟魄已夫!"(ZZJZJY, pp.357-358)

① 人名。　② 砍削木材,製造車輪。"斲",音 zhuó,砍削。　③ 放下槌子和鑿子。　④ 同"糟粕"。　⑤ 滑動而無法固定。　⑥ 艱澀而難以進入。　⑦ 規律,方法。

這則故事有兩層意思,一是聖人之書無法盡聖人之言;一是輪扁之言無法傳其斲輪之意,即言、意之辨。故事中的輪扁是世代斲輪之家,世官的知識最初全憑言傳身教,不立文字。其實,高超的技藝和精深的學問是經驗的積累,得心應手、出神入化之處,只能神會而無法言傳,遑論付諸文字,這便是"有言不能傳者"的精妙所在。

§ 008　莊周《莊子·天道》:書、語、意的關係

世之所貴道者書也。書不過語,語有貴也。語之所貴者意也,意有所隨①。意之所隨者,不可以言傳也,而世因貴言傳書。世雖貴之,我猶不足貴也,爲其貴非其貴也。(ZZJZJY, p.356)

① 意有其所由來、依循的。

"意之所隨者",指的是什麽?莊子没有明説,但是我們可以推斷,他指的應是"道"的終極存在。這段話勾勒了從有形的"言"(包括文字[書]和話語[語]),到内在認知的"意",再到超感知的"道"的認知過程。無疑,莊子解構了儒家的語言實有論,並將從"言"到"意"、從"意"到"道"的過程描繪爲三個分離存在之間的一系列跳躍。

§009　莊周《莊子·秋水》:物之粗與言、物之精與意

夫精,小之微也;垺,大之殷也;夫精粗者,期於①有形者也;无形者,數之所不能分②也;不可圍③者,數之所不能窮也。可以言論者,物之粗也;可以意致者,物之精也;言之所不能論,意之所不能致者,不期精粗焉。(ZZJZJY, p.418)

① 限制,限於。　② 不能用數字計量、區分。　③ 不能環繞、丈量。

此段與上一段可以相互參照來理解,而且體現出道家對"言"兩種似乎相互矛盾的看法。這裏對"意"的解釋更爲細緻,指出其兩者不同的作用。一是"意",即"意致",可以抓住"物之精",猶如空氣等没有物質形態、没有形狀的存在,而"言"只能揭示"物之粗",即物的具體形態。二是"意"可以指向(而不是達到)其"所不能致者",與上一段中"意之所隨"所陳之義相同。這種"意"之外所隱者,已經超出了"精""粗"界限。探明"言"中所隱者需要精神上的努力,而"意"則指代了這種努力,這一用法可以追溯到其與"隱"同源關係。莊子在此突出了"隱"之概念。據他所説,"意"不僅展現了"物之精"——那些不能被感官和語言探求的"精";而且還指向了"物之精"以外"不期精粗"的非物之物,應是指形而上的道。這裏説的"意致"的"意"既可以作動詞解,指人的"臆想",也可以作名詞解,把"意"作爲動詞"致"的主語。

§010　莊周《莊子·外物》:言與意

荃①者所以在魚,得魚而忘荃;蹄②者所以在兔,得兔而忘

蹄;言者所以在意,得意而忘言。吾安得夫忘言之人而與之言哉!(ZZJZJY, p.725)

① "荃",同"筌",捕魚的竹器。　② 捕兔的工具。

魚筌與兔蹄的著名隱喻,明顯是要強調"言"作爲達到更高之"實"之跳板作用,然而也同時重申了"言"本身和内在的虛無性和不足性。儘管這兩個隱喻已在某種程度上調和了言與意兩者的對立,但是只有在下面討論的《繫辭傳》中,這一對立纔得以真正走向糅合。

【第1.2部分參考書目】

馬德鄰著:《道何以言:兼論中國古代道家哲學的語言學問題》,上海:上海三聯書店,2014年,有關道家"言"與"意"的論述,見第32—39頁。

詹石窗、謝清果著:《中國道家之精神》,上海:復旦大學出版社,2009年,有關道家"言"的論述,見第287—306頁。

汪曉波著:《道與法:法家思想和黄老哲學解析》,臺北:臺灣大學出版中心,2007年,有關道家"意"與"象"的討論,見第41—48頁。

張吉良著:《中國古典道學與名學》,山東:齊魯書社,2004年,有關道家"名"與"實"的論述,見第94—97、121—124頁。

Creel, Herrlee Glessner. *What is Taoism?: And Other Studies in Chinese Cultural History*. Chicago: University of Chicago Press, 1982, pp.82.

Watson, Burton. *The Complete Works of Chuang Tzu*. New York: Columbia University Press, 1968, pp.6, 143–153, 175–189, 294–302.

1.3　道家論象與道的關係

先秦道家文獻中,"象"是一個重要的概念,其出現和發展都與"言—實"的論辯有很大關係。"象"涵蓋了廣義範圍上的各種意思:"物象"、"心象"、超感知的"大象"和道之"象罔",以及傳說中體現了古聖人對宇宙奧秘之直覺領悟的"易象"。

作爲一個關鍵哲學術語,"象"常常被當做存乎"言"與"意"之間的第三個術語。"象"究竟是矗立在"言"和"意"之間的障礙物,還是促使兩者結合的媒介?上述各類"象"中,哪一種或哪幾種有礙於"言"和"意"的結合?哪一種或哪幾種可連通融合"言"和"意"?對這些問題,儒家本質言實論、道家解構言實論、匯合言實論都持有自己的立場,並在不同的程度上加以闡述。

先秦儒家較少談論"象",這也許因爲他們認爲"言"與"實"之間沒有不可消除的鴻溝,無需求助於其它中介。最先引入"象"這一哲學概念的大概是老子和莊子。他們論"象"似乎抱有雙重目的:使形而上之道變得"可及",可以感知,以及說明"言"自身沒有呈現"道"的能力。《道德經》中,老子認爲超感官的"象"就是"道"本身。莊子則用象罔(也就是直觀想象)來得到玄珠所代表的道。此外,《韓非子·解老》中也強調老子的"臆想"或"臆",也是強調象類似的超驗功能。

§ 011 《老子》:恍惚之象

章二十一:道之爲物,惟①恍惟惚。惚兮恍兮,其中有象。恍兮惚兮,其中有物。(*LZYZ*, p.86)

① 助詞,用於句首。

章四十一:大音希聲,大象無形,道隱無名。夫唯道,善始且善成(王弼注本作"善貸且成")。(*LZYZ*, pp.164 – 165)

最先引入"象"的哲學概念的,大概是老子和莊子。他們論"象"似乎抱有雙重目的:使形而上之道變得"可及",以及說明"言"自身沒有呈現"道"的能力。《道德經》中,老子認爲超感官的"象"就是"道"本身。爲了區分這裏的"恍兮惚兮"大道之"象"與普通的視覺之象,他稱前者爲"大象"。

§012　莊周《莊子·天地》:象罔與道

黃帝遊乎赤水之北,登乎崑崙之丘而南望,還歸遺其玄珠。使知①索②之而不得,使離朱③索之而不得,使喫詬④索之而不得也。乃使象罔⑤,象罔得之。黃帝曰:"異哉!象罔乃可以得之乎?"(ZZJZJY, p.302)

① 音zhì,知力,理性思考。　② 求索,尋找。　③ 即離婁,傳說中視力極强的人。　④ 音 chī gòu,古代傳說中的大力士。　⑤ 似有象而實無,比喻無形跡,模糊不清。"罔",無、沒有。

老子建立了一類特殊的"象"——道之超感官的"象",而莊子則道出能得此"象"之人所需要的特殊天賦。這個寓言說了四種認知的方法:概念思維("知")、言語論辯("喫詬")、視覺感知("離朱")和直觀心象("象罔")。而"道"("玄珠")僅僅通過"象罔"可以得之。這四種方法中的"離朱"與"象罔"貌似一樣,但實際上大不相同。莊子所說的直觀心象比視覺感知更加有力,更加深入:它通過"恍兮惚兮"之"象"展示了"道"("玄珠"),而視覺感知僅僅捕捉了事物的外在面貌。通過創造"象罔"這位隱喻人物,莊子給了"象"一個新的定義。如果說,老子把他的"大象"描繪成是最初的混沌存在,莊子則將他的"象罔"刻畫成一種直觀的想象。

§013　韓非(前280—前233)《韓非子·解老》:意想與"無物之象"

【作者簡介】韓非(約前280—前233),又稱爲韓非子,戰國末期韓國新鄭(今屬河南)人。法家學派的集大成者,集合商鞅的"法"、申不害的"術"和慎到的"勢"爲一體。韓非曾與李斯跟從荀子學習,却因李斯等人讒害,死於獄中。韓非著有《孤憤》及《五蠹》等文章,後人收集整理編纂成《韓非子》一書傳世。

人希①見生象②也,而得死象之骨③,案其圖以想其生也④,故諸人之所以意想者皆謂之象也。今道雖不可得聞見,聖人執其見功以處見其形⑤,故曰:"無狀之狀,無物之象。"⑥
(HFZXJZ, pp.413-414)

① 很少。　② 動的,有生命的象。　③ "死象",沒有生命的"象";"死象之骨",指其具體呈現。　④ 依照具體形象推想"生象"。　⑤ 第一個"見",讀 xiàn,顯現;第二個"見",讀 jiàn,見到。聖人掌握使之顯現的功能,進而審度見到其具體形態。"處",音 chǔ,分別、審度。　⑥ 語出《老子》第十四章。

不同於道家浪漫奇特的想象,法家的韓非子則重點強調老子思想中的意想與無物之象。韓非描繪了老子筆下的古聖如何通過直觀心象的方式來感知"道"。在解釋老子"無狀之狀,無物之象"的思想時,韓非強調了"臆想"(或"臆")的能動作用——即一種推想非目睹之物的心理活動。孔子認爲這一精神活動是不可信的,而老子、莊子和其他道家人士却明顯有賴於"臆想"而跳脱時空界限,接近形而上之道。根據韓非的解釋,這一"意想"或説"象"的行爲,始於現實世界的某一實物("死象之骨")的刺激,以某種虛幻的意識圖像的産生("生象")爲終。韓非認爲,如果普通人只可以臆想不可目睹的具體事物,那麼古聖則能够臆想出道的"無狀之狀,無物之象",或者説是"大象"。

【第 1.3 部分參考書目】

徐復觀著:《中國藝術精神》,瀋陽:春風文藝出版社,1987 年,有關莊子"象"與"道"的討論,見第 83—86 頁。

錢穆著:《莊老通辨》,臺北:東大圖書公司,1991 年,有關"老子論象"的討論,見第 168—171 頁。

馬德鄰著:《道何以言:兼論中國古代道家哲學的語言學問題》,上海:上海三聯書店,2014年,有關道家"言"與"象"的論述,見第89—98頁。

1.4 儒道糅合的文字實有論:《易·繫辭傳》

如果說後來西漢董仲舒從音訓來推斷語言含有天意,《易·繫辭傳》則是從文字的原型(伏羲造八卦、文王或說周公造六十四卦)創立一種獨特的文字實有論,認爲文字是一種自然現象,能夠直接呈現道。要之,此觀點似乎延續了先秦儒家的思路,認爲書寫文字有實質存在,並能直接呈現出宇宙萬物之道。同時,《易·繫辭傳》又言:"子曰:'書不盡言,言不盡意。然則聖人之意,其不可見乎?'"明顯流露出道家語言非實有論的影響,展現了儒家和道家語言論之融合。

《繫辭傳》大概是《周易》"十翼"中最重要的一篇,傳統上被認爲是孔子所作。可是很多現代學者認爲,孔子作《繫辭傳》僅是傳說而已,這篇注釋大概出於戰國某無名氏之手。有些學者甚至質疑其作爲一部儒家經典文本的地位,因爲篇中明顯包含了很多道家觀點。也許我們不應該走極端,稱其爲道家著作,但是我們不得不承認,《繫辭傳》糅合了許多儒家和道家觀點[1],其

---

[1] 關於對《繫辭傳》特性的爭論,見 Willard J. Peterson, "Making Connections: 'Commentary on the Attached Verbalizations'" of the *Book of Changes*," *Harvard Journal of Asiatic Studies* 42.1 (1982): 77–79。對《繫辭傳》研究的概述,可見陳鼓應:《易傳與道家思想》,第232—276頁,北京:三聯書店,1996年。陳鼓應希望通過文本校勘證實《繫辭傳》的道家特徵。將注釋的標準文本和現存的馬王堆帛書對比,陳鼓應發現在後一版本中缺少詳述儒家思想的幾篇注釋,因此認爲這些篇目其實是後來對原本的道家文本的竄改。爲了證明這一注釋的道家源頭,他將《系辭傳》裏面的關鍵哲學概念追溯到道家文本的廣闊範圍,並以圖表格式展現了其文本校勘的成果(第225—231頁)。其

中尤爲引人注目的是儒家本質言實論和道家解構言實論之匯合。以下引言可見一斑。

§014 《繫辭傳》：儒家和道家語言論之融合

【典籍簡介】《繫辭傳》，又稱《繫辭》，相傳爲孔子所作。現當代學者對此傳説多持懷疑態度，認爲這篇注釋大概出於戰國期間無名氏學者之手。《繫辭傳》上下篇爲《易傳·十翼》中最重要的兩篇，概述《周易》的義理，其中糅合了許多儒家和道家觀點。《十翼》另外八篇是《彖傳》(上下兩篇)、《象傳》(上下兩篇)、《説卦傳》、《序卦傳》、《雜卦傳》及《文言傳》。

闔①户謂之坤，闢②户謂之乾，一闔一闢謂之變，往來不窮謂之通，見乃謂之象③，形乃謂之器④，制而用之謂之法，利用出入民咸用之謂之神。（ZYZY, juan 7, p.82）

① 音 hé，關閉，比喻收之、藏之。　② 音 pì，同"辟"，打開。　③ 所見到的稱之爲象。　④《繫辭傳》中又有言"形而上者謂之道，形而下者謂之器"。"器"，具體形式、器物。物可以用，故下文謂"制而用之"。

子曰："書不盡言，言不盡意。然則聖人之意，其不可見乎？"（ZYZY, juan 7, p.82）

"書不盡言，言不盡意"明顯是道家語言。此言雖然被列作孔子所説，實際上與孔子"辭達而已"的觀點恰好相反（參§002），同時與老莊言非實有的觀點恰好一致（參§006）。並且，隨後的發問"則聖人之意，其不可見乎？"正好默許了道家觀點——儘管"言"是虛無的，可就像莊子的魚筌一樣，"言"是傳達聖人之"意"的有用工具。

子曰："聖人立象以盡意，設卦以盡情僞⑤，繫辭⑥焉以盡其言。變而通之以盡利，鼓⑦之舞之以盡神。"（ZYZY, juan 7, p.82）

⑤ 真實本質與非本質。　⑥ 加上文字，意爲加上用以解釋卦象的傳文。"繫"，連綴、聯結。　⑦ 鼓動，敲擊或拍打使發聲。

但是,緊接的這段引言卻又回到了儒家語言實有論的立場上。上一選段使用了兩次"不盡",而此選段則包含了五個緊密聯繫的排比句,每個都包含了"以盡X"的目的從句。這五個從句陳述了聖人立象設卦的目標:(1)通過"象"想象宇宙運作,從而完全表達他們對宇宙奧秘的認知("以盡意");(2)基於"象",發明八卦和六十四卦,從而完全揭示事物本質和非本質兩面("以盡情偽");(3)將語言加於卦象,從而完全表達八卦和六十四卦的內容("以盡其言");(4)使變化發生、運行,從而充分運用變化之利("以盡利");(5)充分使用《易》,從而完全窮盡其神聖力量("以盡神")。

這一系列的"以盡"無疑強調了儒家語言實有的信念:語言或圖像符號擁有能夠展現所有現實,包括宇宙終極的神聖力量。在這五個論斷中,第一個是最值得注意的,因為它需要巧妙地移用道家對"象"和"意"的觀點。如果說老子的"大象"、莊子的"象罔"和"言"沒有任何內在聯繫,那麼《繫辭傳》的作者則希望建立這一聯繫。通過排比句式,作者先把"象"(聖人之直觀心象)和圖像符號(八卦和六十四卦)聯繫,然後再和實際的書寫文字(繫辭)聯繫。由於這一關係,作者使得"言"也具有了如同老子"大象"、莊子"象罔"一樣的神性力量。的確,他讚頌了八卦和六十四卦能夠"盡情偽"。以下兩段《繫辭傳》選文,這種本質化"言"的努力更加明顯。

極天下之賾[8]者存乎卦。鼓天下之動者存乎辭。(ZYZY, juan 7, p.83)

[8] 音 zé,深奧的道理。

《易》之為書也,廣大悉備,有天道焉,有人道焉,有地道焉。兼三材[9]而兩之[10],故六。六者非它也,三材之道也。(ZYZY, juan 8, p.90)

[9] 天、地、人,謂之三材。　[10] 如陰陽、剛柔等,以兩種相互對立的因素構成。

這裏,圖像符號和語言被提高到不可能更高的地位,與天道、地道和人道相提並論。有趣的是,這種"言"的本質化,完全是通過老莊所說那種超感官之"象"來實現的。由此可見,《繫辭傳》的語言觀乃是儒家語言實有論和道家語言非實有論的奇妙融合。

【第 1.4 部分參考書目】

牟宗三著:《才性與玄理》,臺北:學生書局,1980 年,第七章《魏晉名理正名》,第 251—252 頁。

陳鼓應著:《易傳與道家思想》,臺北:商務出版社,2007 年,第三部分"《繫辭》與稷下道家",第 71—116 頁。

陳鼓應著:《王弼道家易學詮釋》,《臺大文史哲學報》,2003 年第 58 期,第三節"道易一體",第 17—24 頁。

朱立元、王文英著:《試論莊子的言意觀》,《上海社會科學院學術季刊》,1994 年第 4 期,第 170—179 頁。

朱立元著:《先秦儒家的言意觀初探》,《復旦學報(社會科學版)》1994 年第 4 期,第 36—41 頁。

1.5 有關意、象、言的論辯

在先秦儒家著作中,言、名主要與實、道等概念聯繫在一起,跟"意"沒有多少關聯。到了魏晉玄學,"意"已非一般所說的意,而是最高的宇宙現實,接近於道。魏晉玄學家們提出的"言盡意"論等重要觀點,實際上是對儒家語言實有論進一步的理論提升。到了玄學中,王弼在《周易略例》裏用偷換論證前提的策略,將其總結爲"意—象—言"。

正如以上幾個選段所示,《繫辭傳》構建了意、象、言宇宙認識論範式的雛形。意是古聖對宇宙奧秘的直覺悟知,象是古聖此悟知的心象呈現，卦畫是此心象的圖像呈現，繫辭則是此圖像的文字轉變和解釋。由此可見，此範式展現了一個從至虛的宇宙最終現實，到文字的轉變過程。由於每一階段的轉變都是完全徹底的（"以盡……"），此轉變過程的末端"繫辭"和其始端"意"之間是沒有縫隙的。換言之，"繫辭"就是"意"本質的直接呈現。毋容置疑，《繫辭傳》這些論斷將儒家對語言本質化的努力推向宇宙認識論的最高層次。

面對儒家語言實有論的這一重要發展，道家語言非實有論的信奉者自然不會聽之任之，必定要反其道而行之，竭盡全力對言、象進行"去本質化"，從而掀起了魏晉時期有關意、象、言的論辯。語言能否完整準確地表達思想和事物的精微之理，是言意之辯的核心。辯論的一方，是玄學的實踐者：他們試圖使用《繫辭傳》最先建立的"意—象—言"範式來系統化老子和莊子的言實論。然而，在使用"意—象—言"範式的時候，玄學家們意識到，他們必須消除《繫辭傳》作者對"言"和"象"的本質化。而他們"去本質化"（de-reify）的策略是截然不同的。例如，荀粲採用簡單刪除和重新定義的策略。在下面的選段中，他刻意把《繫辭傳》中的"象"和"言"當做無關宏旨的平常話語。在《周易略例》中，王弼則借用莊子魚筌和兔蹄比喻（參§010），對言、象的所謂本質一一加以解構，強調兩者僅是指涉認知對象的符號而已。然而，具有諷刺意味的是，王弼這一解構性的論述，實際上卻將"意、象、言"正式建構為一個極重要的宇宙認識論的範式。王弼的本質主義和解構主義觀點中，後者對當時以及後世的影響極大。實際上，前者很少被重視。然而，在文學創作論的發展過程中,却恰恰是這一被忘却的本質主義思想,產生了極大極豐富的影響。尤其在後文對陸機和劉勰的文學創作論的討論中,這一點會變得更加清楚。

魏晉時期有關言意關係的論辯另一方,與王弼等玄學家相對立的是所謂"名教"的擁護者。他們熱烈地重申儒家語言實有論,從而捍衛建立在"名"的基礎上的儒家倫理社會政治體系。歐陽建《言盡意論》即是此名教立場的最廣爲人知的論述。爲了駁斥王弼等玄學家的觀點,《言盡意論》採用了一個相反的比喻,用"形存影附"的現象來説明事物本質與語言相互依賴而存在的道理。

§ 015　荀粲(210—238):象不可盡象外之意

【人物簡介】荀粲(210—238),字奉倩,潁川郡潁陰縣(今河南許昌)人。三國曹魏大臣、玄學家,荀彧之子。荀粲諸兄並以儒術論議,而粲獨好言道。娶驃騎將軍曹洪之女,妻子病亡,荀粲痛悼不能已,歲餘也去世,時年二十九。

蓋理之微者,非物象之所舉也。今稱立象以盡意,此非通于意外者也;繫辭焉以盡言,此非言乎繫表者也;斯則象外之意,繫表之言,固蘊而不出矣。(SGZ, juan 10, pp.319‐320)

根據他的觀點,"立象以盡意"裏面的"象"不是真實之"象",因爲它無法展示出"理之微者"。同樣,"繫辭焉以盡其言"裏面的"言"也不是真實之"言",因爲它不能超越普通之言。他設想的真"意"是可"通於意外"的,而真"言"是可"言乎繫表"的。正如此,這二者是常常"蘊而不出"的。

§ 016　王弼(226—249)《周易略例》:意象言説

【作者簡介】王弼(226—249),字輔嗣,山陽高平(今山東鄒城)人。

三國曹魏玄學家、易學家。愛好儒道,辭才逸辯,曾任尚書郎,患癘疾而死。王弼不言象數而言義理,主張"聖人體無",注解《老子》及《周易》,著有《老子指略例》及《周易略例》,後人輯有《王弼集》。

夫象者,出意者也。言者,明象者也。盡意莫若象,盡象莫若言。言生於象,故可尋言以觀象;象生於意,故可尋象以觀意。意以象盡,象以言著。(*WBJJS*, p.609)

王弼對"言""象"的去本質化策略,則是偷換論證前提。在《周易略例》裏面,他以重述《繫辭傳》本質化"言""象"思想開篇。從這裏反複使用的"盡"一詞判斷,王弼顯然受到了《繫辭傳》中描寫《易》成書過程的句子的影響(參§014)。但是,如果我們把這段和§014比較,會注意到兩個重要的不同。第一,在§014中,"意""象""言"是專屬於聖人的一系列特別行爲:立象、設卦、繫辭。而對王弼來說,這三個術語則成爲廣泛的哲學術語,標示出本體從隱到顯之轉變的三個主要階段。第二,如果《繫辭傳》的作者僅僅用意、象、言揭示聖人行爲之間的因果關係,那麼王弼則描繪了從一者生成另一者,三者互聯不可分的過程。如果"言"生於"象",那"言"一定也有"象";同樣,"象"生於"意",那"象"一定也有"意"的神聖力量。按此推理,"言"也帶有了相當的本體含義。我們可以很容易地重構他的三段論的推論過程:1. 大前提(未説明的):所有血緣關係都是指的是内在的,不可區分的,甚而是共同認知的關係。2. 小前提:"言"和"象"都由"意"所生,有血緣關係。3. 結論:"象""言"皆是"意"的直接呈現,故有本體之質。

使用這一三段論,王弼明顯把"言"和"象"的本質化提到了一個新的高度,不過他所復述的本質論接著就被下一段話顛覆了。

故言者所以明象,得象而忘言;象者所以存意,得意而忘象。猶蹄者所以在兔,得兔而忘蹄;筌者所以在魚,得魚而忘筌也。然則,言者象之蹄也,象者意之筌也。是故,存言者非得象者也;存象者非得意者也。(*WJNBCWLX*, p.68)

如果說前面一段復述了《繫辭傳》的本質論觀點,這一段則是一個解構的論述。開頭,他在"言"和"意"之間插入"象",從而重寫了莊子魚筌和兔蹄的隱喻(參§010),正如"言"僅僅是"象"的魚筌或兔蹄一樣,"象"於"意"也是如此。因此,"言"和"象"不能是同體同樣的,"象"和"意"的關係也是如此。進一步深入論述時,王弼聲稱只有逐一忘記或者去掉"言"和"象",一個人纔有希望能認知作爲本體的"意"。這一觀點是基於相反的、偷偷調換的前提而得出的結論:1. 大前提(未説明的):方法和目的是兩個不相關聯的實體,二者没有聯繫。2. 小前提:"言"是達到"象"的方法,"象"是達到"意"的方法。3. 結論:"言"和"象"僅僅是達到目的的快捷方法,兩者都不可成爲"意"。"言"和"象"因此都是如同莊子的魚筌和兔蹄一樣,可被丢掉。由於王弼偷偷改換了前提,成功地把《繫辭傳》裏面的三者相通爲一體的"意—象—言"改造成跟老莊子語言非實有論立場一致的宇宙認識論範式,成爲魏晋玄學"言不盡意"説的理論基礎。

爲何王弼在前後的段落中展示出兩個互相矛盾的觀點?在筆者看來,這也許源自一種實用的需要。當他詳述《易》的意思時,《繫辭傳》的本質主義觀點太過重要,不能忽視。因此他覺得有必要先重申這一觀點。當然,這也不能排除他真誠的,但有條件地接受了這一本質論。而王弼接着改變立場,高調地闡述"言不盡意"的觀點,也許很大程度上和他力圖攻擊漢代《易經》解釋學——尤其是漢代的象數派沉迷於僵化的具體意象之傾向有關。

§017 歐陽建(？—300)《言盡意論》

【作者簡介】歐陽建(？—300),字堅石,渤海南皮(今河北南皮)人,西晉文學家。雅有理思,才藻美贍,時人有"渤海赫赫,歐陽堅石"之語。歷任山陽令、尚書郎、馮翊太守,甚得時譽。"八王之亂"時被趙王司馬倫所害。著有《言盡意論》。

夫天不言,而四時行焉;聖人不言,而鑒識存焉。形不待名,而方圓已著;色不俟稱,而黑白以彰。然則名之於物無施者也,言之於理無爲者也。而古今務於正名,聖賢不能去言,其故何也？誠以理得於心,非言不暢;物定於彼,非言不辯。言不暢志,則無以相接;名不辯物,則鑒識不顯。鑒識顯而名品殊,言稱接而情志暢。原其所以,本其所由,非物有自然之名,理有必定之稱也。欲辯其實,則殊其名;欲宣其志,則立其稱。名逐物而遷,言因理而變,此猶聲發響應,形存影附,不得相與爲二。苟其不二,則無不盡。吾故以爲盡矣。(YWLJ, juan 19, p.348)

這篇文章採用問答體,以兩個虛構人物——雷同君和違衆先生——的對話爲形式。違衆先生是歐陽建的代言人,而雷同君代表了歐陽建思想的對立者。雷同君質問違衆先生爲何他不願接受"言不盡意"這一在當時風行天下的理論。回答這一問題時,違衆先生給出了他自己對語言和現實的長長的評説,即如上段落。爲了反對"言不盡意"論,歐陽建沒有使用董仲舒的本質化論述,這大概是因爲董的論述到了晉朝已不被人接受。他回到更早的荀子,而重複了《正名》篇(參§003)對名實的理性分析。像荀子一樣,他首先承認"名"本身並非實體,但是接著強調,沒有"名",我們既不能分辨不同的"實",也不能理解物之理。如荀子一樣,他還自信地説出名、實的内在聯繫,認爲"名"和"實"如"聲"與"響"、"形"與"影"一樣,不可分割。在某種程度上,他甚至把言提到了比荀子所説的更高的地位。在描繪"名之於物無施者也",以及"言之於理無爲者也"的時候,他其實是偷梁換柱,把道家對"道"的稱頌嫁接到"名"之上。在傳統道家文本中,道和古之聖人都被稱讚爲對萬物天下"無施""無爲"。歐陽建借用著名的道家用語,充分神聖化了"名",從而顯露出他所處時代儒道思想匯合的大趨勢。

【第1.5部分參考書目】

北京大學哲學系中國哲史教研室編著:《中國哲學史》上册,第1版,北京:中華書局,1980年。參第六章《王弼的唯心主義本體論》,第252—263頁;第七章《裴頠和歐陽建的唯物主義思想》,第264—272頁。

牟宗三著:《才性與玄理》,臺北:學生書局,1980 年。參第七章《魏晉名理正名》,第 231—285 頁。

王葆玹著:《玄學通論》,臺北:五南圖書出版公司,1996 年。參第四章《"言不盡"前提下的玄學思想方法——名理之學與言意之辯》,第 195—248 頁。

康中乾著:《有無之辨:魏晉玄學本體思想再解讀》,北京:人民出版社,2003 年。參第四章《有無之辨中的認識論問題》,第 384—417 頁。

Lynn, Richard John., *The Classic of Changes: A New Translation of the I Ching as Interpreted by Wang Bi. Translations from the Asian Classics.* New York: Columbia University Press, 1994, pp.31–32.

Rudolf G. *Wagner Language, Ontology and political philosophy in China: Wang Bi's Scholarly Exploration of the Dard (xuanxue).* State University of New York Press, 2002.

Peterson, Willard J. "Language, Ontology, and Political Philosophy in China: Wang Bi's Scholarly Exploration of the Dark (Xuanxue)." *Harvard Journal of Asiatic Studies* 66, no. 1 (2006): 279–289.

Ashmore, Robert. "Word and Gesture: On Xuan-School Hermeneutics of the Analects." *Philosophy East & West* 54, no. 4 (2004): 458–88.

1.6 先秦文獻中有關"心"的論述

在春秋時期的文獻之中,"心"不是一個熱門的哲學論題。例如,孔子《論語》雖然經常談及"心",但所指往往只是倫理道德內化形態,而沒有涉及很多的哲學內容。對於超越理性認知的"心",孔子更是緘默不言,"子不語怪力亂神"一語正印證了這個立場。但在戰國中期出現的哲學著作中，包括《孟子》《莊子》《荀子》《管子》等，"心"一躍成爲最受關注的論題之一。這些典籍對"心"的討論有幾個共同的特點。

其一，各家研究"心"，注意力都集中在宇宙人生最高境界的"人"，其中包括《孟子》中的儒家古聖、《管子》中神形具全的道家聖人、《莊子》中"離形去知"的"至人""真人"、"神人"等等。

其二，各家對聖人之心的討論，都著重展示它神妙的超驗能力，描述它如何與"道"感通結合，渾然一體。各家聖人所追求的"道"有所不同。《莊子》《管子》對"道"的定義較爲一致，指宇宙萬物永恒的變化規律。孟子心目中的"道"主要是人類社會道德之道，而荀子談"道"，往往是指事物本身的發展規律，並非總是指更爲抽象的宇宙之道。

其三，各家都注意到"心"有兩種不同的屬性，一是經驗性的心理活動，包括所有通過五官獲得的感知，以及由感知所引發的欲念、情感和思想。二是超經驗的感通。他們都認爲，聖人非凡之處在於可以超越乃至泯滅前者，而實現後者。莊子描述"心齋"，《管子》指出"心中又有心焉"，孟子談"浩然之氣"，無不是引導人們向聖人學習，追求超驗感通宇宙萬物。

其四，各家對超驗感通的描述，似乎有兩個共同的趨向。一是強調"虛靜"爲實現超驗感通的先決條件。例如，莊子云："氣也者，虛而待物者也。唯道集虛。虛者，心齋也。"《管子》云："修心靜音，道乃可得。"二是將超驗感通視爲一種身體的"特殊功能"，故使用與身體有關的術語，尤其是"氣"，來對之加以描述。例如：孟子云："不得於心，勿求於氣，可。"莊子云："無聽之以心，而聽之以氣。"由此可見，在孟子和莊子的術語裏，"氣"顯然具有指涉超驗感通之義。

其五，各家都關注心與形體的關係，而所持的觀點大致可以分出以《莊子》爲代表的"離形去知"派和以《管子》爲代表的心身並重派。莊子不僅在《大宗師》篇作出"離形去知"這樣明確的陳述，還在《德充符》篇中描寫了許多身體殘缺，但遊心天地的虛擬人物的故事。與莊子的立場相反，《管子》認爲，心的精神活動和形體的狀況是不可分割的，勢必相互影響，故作出聖人"心全於中，形全於外"之論斷。

§ 018　孔丘(前 551—前 479)《論語》：對臆想的批判

子曰："回也其庶乎①，屢空②。賜不受命，而貨殖③焉，億④則屢中⑤。"(《論語·先進》。LYYZ, 11.19, p.115)

① 差不多，不錯吧。　② 經常空匱，比喻貧困無財。　③ 經商致富。　④ 同"臆"，臆測，推測、預料。　⑤ 正對上，正中目標。

子絕四⑥：毋意⑦，毋必⑧，毋固⑨，毋我⑩。(《論語·子罕》。LYYZ, 9.4, p.87)

⑥ 絕去、杜絕四種事。　⑦ 不憑空猜測。　⑧ 不絕對武斷。　⑨ 不固執己見。　⑩ 不自以爲是。

子曰："不逆詐⑪，不億不信⑫，抑⑬亦先覺者，是賢乎！"(《論語·憲問》。LYYZ, 14.31, p.155)

⑪ 不預先揣度他人有所欺詐。"逆"，面對面迎接，引申作猜測。　⑫ 不臆測別人有所隱瞞。　⑬ 副詞，或許，不過。

雖然《論語》中不見作名詞用的"意"字，但作動詞用的"意"及與其通用的"億"字一共出現了三次,皆作"理解""臆想"或"經商的揣度"解。每次使用,孔子都對"意"和"臆"的思想行爲加以批判,因爲他認爲這是君子不應有的陋習。孔子認爲,任何不基於外在現實的臆想都沒有益處。"子不語怪力亂神"一語也印證了這個觀點。

§019 《管子·內業》:心與精氣的關係

【典籍簡介】《管子》,相傳爲春秋齊國管仲所寫,實成書於戰國中期,爲齊國稷下學者集體作品總集。書中反映了管仲學派的治國主張,具有道家、法家及道法結合的思想特點,保存了先秦時期社會、政治、經濟、軍事、文化等不同方面的思想材料。《管子》今本七十六篇。

凡物之精,此則爲生。下生五穀,上爲列星。流於天地之間,謂之鬼神,藏於胸中,謂之聖人。是故民氣,杲乎如登於天,杳乎如入於淵,淖乎如在於海,卒乎如在於己。是故此氣也,不可止以力,而可安以德。不可呼以聲,而可迎以音。敬守勿失,是謂成德。德成而智出,萬物果得。凡心之刑,自充自盈,自生自成。其所以失之,必以憂樂喜怒欲利。能去憂樂喜怒欲利,心乃反濟。彼心之情,利安以寧。勿煩勿亂,和乃自成。折折乎如在於側,忽忽乎如將不得,渺渺乎如窮無極。此稽不遠,日用其德。(GZJZ, pp.931 – 932)

管子認爲"精氣"是一種宇宙的力量,給予萬物生機和形態。"精氣"在任何東西裏均存在,但是萬物裏面所蘊含的"精氣"是沒有形態的、捉摸不了的。"精氣"會在心裏自行生成及充盈,但人各種情感、思想活動會干擾心,使之無法接收精氣。所以管子主張,人必須去除憂樂喜怒欲利,從而使心恢復至精氣滿盈的狀態。

§020 《管子·內業》:心與道的關係

夫道者,所以充形也,而人不能固。其往不復,其來不舍。

謀乎莫聞其音,卒乎乃在於心,冥冥乎不見其形,淫淫乎與我俱生。不見其形,不聞其聲,而序其成,謂之道。(GZJZ, p.932)

凡道無所①,善心安愛。心靜氣理,道乃可止。彼道不遠,民得以產②。彼道不離,民因以知。是故卒乎其如可與索③,眇眇乎其如窮無所。被道之情,惡音與聲。修心靜音,道乃可得。道也者,口之所不能言也,目之所不能視也,耳之所不能聽也,所以修心而正形也。人之所失以死,所得以生也。事之所失以敗,所得以成也。(GZJZ, p.935)

凡道無根無莖,無葉無榮,萬物以生,萬物以成,命之曰道。(GZJZ, p.937)

① 沒有固定所處。　② 民眾得以生產。　③ 可以索求。

此上三段中的"道"與上文的"精氣"同義。"精氣"較為形象具體,而"道"則更為抽象,兩者都指最高的宇宙原則。《管子·內業篇》與老莊對道的描述是一致的,"道"彌漫於整個宇宙,"萬物以生,萬物以成"。總的而言,《管子·內業篇》關於心和道關係的論述是基於道家思想,但亦有新的闡發,如將氣和形體因素引入心道關係的討論之中。

§ 021　《管子·內業》: 心與意、言、形、思、知的關係

得之而勿捨,耳目不淫,心無他圖。正心在中,萬物得度。道滿天下,普在民所,民不能知也。一言之解,上察於天,下極於地,蟠滿九州。何謂解之?在於心安。我心治,官乃治。我心安,官乃安。治之者心也,安之者心也,心以藏心,心之中又有心焉。彼心之心,音以先言。音然後形,形然後言,言然後使,使然後治。不治必亂,亂乃死。(GZJZ, p.938)

"道"佈滿天下,但一般百姓並不能掌握和體悟"道",惟有聖人纔能

理解道,心與道同,便能察天極地,蟠滿九州。人應物待物,關鍵在於要達至一個絕對靜心的狀況,即心中所藏的心。"心以藏心"一語中第一個"心",指感知外界,產生情感思想的"外心",而藏在其中的"內心"則不訴諸感官,而能與宇宙萬物相通互動。接著討論的是此"內心"與意、形、言的關係。"彼心之心,音(作"意"解)以先言,音然後形,形然後言"。換言之,在以絕對平靜待物的過程中,"內心"先生出"意","意"後有"形","形"後再有"言",而有"言"就能理順萬物,便不會產生"亂"。從這段話,我們可以看到,王弼"意—象—言"宇宙認識論範式的源頭可能是多元的,除了《繫辭傳》之外,《管子·內業》也是一個可能的源頭,因爲它描述了由超驗內心的"意",至具體化的"形",最後到"言"三者的發展過程。(參§016)

§022 《管子·內業》:心治對外界的效應:"浩然和平"之氣通天達地

精存自生,其外安榮。內藏以爲泉原,浩然和平,以爲氣淵。淵之不涸,四體乃固。泉之不竭,九竅遂通。乃能窮天地,被四海。(*GZJZ*, pp.938–939)

《管子·內業》認爲,當心治到一種理想的狀態,外部生活一定是平安,同時心境就會產生浩然和平之氣,猶如孟子所講的"浩然之氣"。這種從正心出來的氣,它能夠與天地相通,滋潤萬物。作者預設的讀者顯然是統治者,描述此"心治"達至"外安"的過程,顯然是要爲之指點迷津。

§023 《管子·內業》:心治對自身的效應:心全形全、與天地一體的聖人

中無惑意,外無邪蕾。心全於中,形全於外。不逢天蕾①,不遇人害,謂之聖人。人能正靜,皮膚裕寬②,耳目聰明,筋信③而骨強,乃能戴大圜④而履大方⑤。鑒於大清⑥,視於大明⑦,敬慎無忒⑧,日新其德,徧⑨知天下,窮於四極。敬發其充,是謂內

得。然而不反⑩,此生之忒。(GZJZ, p.939)

① 天災。"菑",音 zāi,通"災"。　② 寬裕、鬆弛,意爲不緊張、安心。　③ "信",通"伸",筋肉伸展自如。　④ 大圜,指天。　⑤ 大方,謂地。　⑥ 大清,意爲大道。　⑦ 大明,言日月。　⑧ 音 tè,差錯。　⑨ 同"遍",全面地。　⑩ 不反求於心。

當治心達到最高境界之時,內在之心齊全圓滿,外在形體亦完整周全,不會遭受天災人禍,從而達至聖人的境界。在此境界中,非但心靈絕對心全正靜,形體亦會健全完美,能够掌握天地。文中的"大圜"實指天之圓,"大方"指的是地之方,也就是説治心成功後可頂天立地,更會"鑒於大清,視於大明"。

§ 024 《管子·內業》:心氣與超驗的全知

心氣之形,明於日月,察於父母。賞不足以勸善,刑不足以懲過。氣意得而天下服,心意定而天下聽①。搏氣②如神,萬物備存。能搏乎? 能一乎? 能無卜筮③而知吉凶乎? 能止乎? 能已乎④? 能勿求諸人而之己乎? 思之思之,又重思之。思之而不通,鬼神將通之。非鬼神之力也,精氣之極也。(GZJZ, p.943)

① 接受,順從。　② 凝聚氣。"搏",謂結聚。　③ 占卜。用龜甲稱"卜",用蓍草稱"筮"。　④ "已",一作"己",意爲反求諸己。

當一個人心治達到聖人的境界,就會發現自己心氣比日月更光明,體察萬物的透徹勝於父母對子女的理解,人若是具有這種宇宙精氣,天下都將聽從於你。無需占卜,求諸於己就能通竅世界,知曉未來凶吉,這種神乎其神的能力並非源自鬼神,而是內心積蓄的精氣所致。

§ 025 《管子·內業》:血氣與思索

四體既正,血氣既靜,一意搏心,耳目不淫,雖遠若近。思索生知,慢易生憂。暴傲生怨,憂鬱生疾,疾困乃死。思之而不捨,内困外薄。不蚤爲圖,生將巽舍。(*GZJZ*, pp.943–945)

這段給後來的文學批評帶來了重大影響。管子認爲,人不能永無止境的思考,人若無法停止思考,思慮過度,精神無法休息,便會衍生一系列負面個人情感,干擾内心,内心會因此生病,而外在形體,即身體亦會出現問題,若持續下去,甚至導致死亡,因此人不要耗盡心力思考。劉勰《文心雕龍·養氣》亦告誡作者,思慮過度有害身體,其觀點可以追溯到管子對養氣保身的論述。(參§045)

§026 孟軻(前372—前289)《孟子·公孫丑上》:直養浩然之氣

【作者簡介】孟軻(前372—前289),字子輿,鄒(今山東鄒城東南)人。戰國時期思想家,儒家學派的重要代表人物,與孔子並稱"孔孟",元文宗追封爲"亞聖"。孟子受業子思之門人,宣揚仁政、仁義、王道,提出民貴君輕、以意逆志、知人論世及性善論等思想理念。孟子的言論著作傳於《孟子》一書。

曰:"敢問夫子之不動心與告子之不動心,可得聞與?""告子曰:'不得於言,勿求於心;不得於心,勿求於氣。'不得於心,勿求於氣,可;不得於言,勿求於心,不可。夫志,氣之帥也;氣,體之充①也。夫志至②焉,氣次焉;故曰:'持③其志,無暴④其氣。'""既曰'志至焉,氣次焉',又曰'持其志,無暴其氣'者,何也?"曰:"志壹⑤則動⑥氣,氣壹則動志也。今夫蹶⑦者趨⑧者,是氣也,而反動其心。""敢問夫子惡乎長⑨?"曰:"我知言,我善養吾浩然之氣。""敢問何謂浩然之氣?"曰:"難言也。其爲氣也,至大至剛,以直養而無害,則塞於天地之間。其爲氣也,配義與道;無是⑩,餒⑪也。是集義所生者,非義襲⑫而取之也。"

(*MZYZ*, pp.61－62)

① 充滿身體。　② 最高。　③ 持守。　④ 損害。　⑤ 專一、凝一。　⑥ 牽動,使起作用或變化。　⑦ 音 jué,跌倒。　⑧ 快步走。　⑨ 有何所長,長處爲何。　⑩ 缺了這些的話。　⑪ 空虛,貧乏。　⑫ 從外偶然奪取。

此段可與管子的論點相互參照來理解。孟子言:"不得於心,勿求於氣,可。"認爲氣比心的位置更高,這點與管子和莊子的"氣"觀是一致的(參§024)。但他又言:"夫志至焉,氣次焉。"説的顯然是儒家的道德意志。他在下文中還明確指出,養氣須"配義與道""集義所生"。這裏的"義"指儒家的仁義,而"道"則是儒家政治倫理之道。毫無疑問,通過將非精神的"氣"上升至儒家道德觀念,孟子似乎致力超越《管子》中那種聖人被動接受宇宙精氣,感通調順萬物的觀點,創立一種可以能動地改變世界的儒家養氣論。胸中洋溢出"浩然之氣",充塞宇宙天地,正是儒家養氣論能動性的最佳寫照。孟子浩然之氣説對唐宋古文學家的文學創作論影響至深(參§091)。

§ 027　莊周(約前369—約前286)《莊子·人間世》:"虛"與"心齋"

顏回曰:"吾无以進矣,敢問其方。"仲尼曰:"齋,吾將語若。有心而爲之,其易邪? 易之者,皞天不宜①。"顏回曰:"回之家貧,唯不飲酒不茹葷②者數月矣。如此,則可以爲心齋乎?"曰:"是祭祀之齋,非心齋也。"回曰:"敢問心齋。"仲尼曰:"若一志,無聽之以耳而聽之以心;无聽之以心而聽之以氣! 耳止於聽,心止於符③。氣也者,虛而待物者也。唯道集虛。虛者,心齋也。"(*ZZJZJY*, pp.116—117)

① "皞",音 hào,潔白明亮,"皞天",指夏天。"皞天不宜",謂有違自然之理。　② 吃葷。"葷",蔥蒜等有辛辣氣味的食物。　③ 與物相合。

什麽是心齋？是指不用耳朵聽，而是用心聽；不用心聽，而是以氣聽。"氣也者，虛而待物者也。唯道集虛"所強調的是，如果"心"只能做到與外界符合，"氣"則能以其"虛"容納萬物，而顯現"道"。這段《管子》所講的"氣"有類似之處。管子認爲我們不能將"道"逮住，只有摒棄一切感情思想活動，宇宙精氣或説"道"纔能進入我們的胸中。

§028　莊周《莊子·大宗師》：離形去知之坐忘

顔回曰："回益①矣。"仲尼曰："何謂也？"曰："回忘禮樂矣。"曰："可矣，猶未②也。"他日，復見，曰："回益矣。"曰："何謂也？"曰："回忘仁義矣。"曰："可矣，猶未也。"他日，復見，曰："回益矣。"曰："何謂也？"曰："回坐忘矣。"仲尼蹴然③曰："何謂坐忘？"顔回曰："墮④肢體，黜⑤聰明，離形去知⑥，同於大通，此謂坐忘。"仲尼曰："同則無好⑦也，化則無常也。而果其賢乎！丘也請從而後⑧也。"（ZZJZJY，pp.205－206）

①進步。　②沒有達到。　③驚奇不安貌。　④毁壞。　⑤廢除、取消。　⑥與形體分離，摒棄了知力。　⑦沒有所好者。　⑧跟在後面。

莊子認爲，你如果能够達到這種與萬物相通的境界，就需要超越你的肢體。莊子説"墮肢體，黜聰明，離形去知"，與管子所講"心全形全"的觀點是恰恰相反的。另外，《莊子·德充符》虛構出不少身體殘缺不全，但能體悟道的人物，藉以闡明"離形去知"的觀點。

§029　莊周《莊子·應帝王》：遊心與天下之治

天根遊於殷陽①，至蓼水②之上，適遭無名人而問焉，曰："請問爲天下③。"無名人曰："去！汝鄙人也，何問之不豫④也！予方將與造物者爲人，厭⑤，則又乘夫莽眇⑥之鳥，以出六極之外,而遊無何有之鄉,以處壙埌⑦之野。汝又何帠⑧以治天下感予之心爲?"又復問。無名人曰:"汝遊心於淡,合氣於漠,順物自然而無容私焉,而天下治矣。"(ZZJZJY, p.215)

① 地名。　② 水名。"蓼",音 liǎo。　③ 如何治理天下。　④ 多麽讓人不悅、不舒服。　⑤ 滿足。　⑥ 高遠渺茫。　⑦ 音 kuàng làng,廣闊遼遠。　⑧ 何爲,爲什麽。"帠",音 yì。

這裏莊子把天下"治"與"不治",同聖人的修行狀況進行對比。如果聖人能做到"遊心於淡",那麽將徹底"天下治"。這與《管子》的觀點不同,《管子》認爲若與宇宙的精氣相結合,就會有了解萬物規律的能力。最後是通過"知"而達到"天下治",是通過"知"而掌握萬物的規律(參§023)。莊子的觀點恰恰相反,莊子未談及"知"。他認爲如果人們能做到"遊心於淡,合氣於漠",那麽"天下治矣"。

§030　莊周《莊子·養生主》：目視與神遇之别

庖丁①爲文惠君解牛,手之所觸,肩之所倚,足之所履,膝之所踦②,砉然③嚮然,奏刀騞然④,莫不中⑤音。合於桑林⑥之舞,乃中經首⑦之會。文惠君曰:"譆⑧,善哉!技蓋至此乎?"庖丁釋刀對曰:"臣之所好者道也,進乎技矣。始臣之解牛之時,所見无非全牛者。三年之後,未嘗見全牛也。方今之時,臣以神遇而不以目視,官⑨知止而神欲行。依乎天理,批⑩大郤⑪,導⑫大窾⑬,因其固然,枝經⑭肯綮⑮之未嘗微礙,而況大軱⑯乎!"(ZZJZJY, pp.95 - 96)

① 廚師名丁。　② 音 yǐ,用膝蓋頂住。　③ 音 huā,形容動作迅疾。　④ 以刀解裂的聲音。騞,音 huō。　⑤ 音 zhòng,合於。　⑥ 宋舞樂名。　⑦ 堯樂《咸池》樂章。　⑧ 感歎聲。　⑨ 官能,承上而言,指視覺。　⑩ 刺入。　⑪ 音 xì,同"隙",裂縫。　⑫ 通入、導入。　⑬ 音 kuǎn,空

隙。 ⑭ 經絡、經脈。 ⑮ 音 kěn qìng,筋骨結合的地方,比喻關鍵之處。 ⑯ 音 gū,大骨。

這段通過"庖丁解牛"的傳說,講述了自覺和不自覺的兩種狀態,主觀和客觀的關係,對未來創作論的影響很大。至於爲何將這篇與"養生"聯繫在一起,有很多種理解。

§031 莊周《莊子·天道》:絕對心靜的狀態:虛靜恬淡、寂漠无爲

聖人之心靜乎!天地之鑑也,萬物之鏡也。夫虛靜恬淡、寂漠无爲者,天地之本,而道德之至,故帝王聖人休焉。休則虛,虛則實,實者備矣。虛則靜,靜則動,動則得矣。靜則无爲,无爲也則任事者責矣。无爲則俞俞,俞俞者憂患不能處,年壽長矣。夫虛靜恬淡、寂漠无爲者,萬物之本也。(ZZJZJY, p.337)

跟管子一樣,莊子認爲要領略"口不能言""不可以言傳"的"道",是要把心安靜專一下來,而所謂"心靜",呈現虛靜恬淡、寂漠無爲的狀態。如果你能達到絕對的"心靜",那麼你的心就像一個明鏡,能將萬物收納其中。這種"心靜"能作爲衡量天地的標準。古代聖人們致力於達到這種狀態,進而是"虛則實",即這種"虛"又能讓"實"的萬物生長完備,從而達到大治。

§032 荀況《荀子·解蔽》:"虛壹而靜"之心與理性之"知道"

故治之要在於知道①。人何以知道?曰:心。心何以知?曰:虛壹而靜。心未嘗不臧②也,然而有所謂虛;心未嘗不滿③也,然而有所謂一;心未嘗不動也,然而有所謂靜。人生而有知,知而有志。志也者,臧也,然而有所謂虛,不以所已臧害所將受謂之虛④。心生而有知,知而有異,異也者,同時兼⑤知之;同時兼知之,兩也,然而有所謂一,不以夫一害此一謂之壹⑥。

心,臥則夢,偷則自行,使之則謀。故心未嘗不動也,然而有所謂靜,不以夢劇亂知⑦謂之靜。未得道而求道者,謂之虛壹而靜。作之,則將須道者之虛則人,將事道者之壹則盡,盡將思道者靜則察⑧。知道察⑨,知道行,體⑩道者也。虛壹而靜,謂之大清明。萬物莫形而不見,莫見而不論,莫論而失位。坐於室而見四海,處於今而論久遠,疏觀⑪萬物而知其情,參稽⑫治亂而通其度⑬,經緯天地而材官⑭萬物,制割⑮大理,而宇宙裏矣。恢恢廣廣,孰知其極!睪睪⑯廣廣,孰知其德!涫涫紛紛,孰知其形!明參日月⑰,大滿八極⑱,夫是之謂大人。夫惡有蔽⑲矣哉!(XZJJ, juan 15, pp.395–397)

① 理解大道,即事物運轉的道理。　② 同"藏",讀作 cáng,心未嘗不有所包藏。　③ 三心兩意,心思分散。"滿",當爲"兩"。　④ 不以心中已經所藏者妨害所將迎受者,則可謂之虛。　⑤ 一併,一同。　⑥ 不以彼之一妨害此之一。"夫",彼,與"此"相對,謂此一念不妨礙另一念。　⑦ 不以幻想、煩囂而擾亂心智。"夢",想象、幻想。"劇",繁多,煩囂。　⑧ 這幾句話很難解,王先謙集注以爲有脱文及衍文。或以爲當作"則將須道者之虛,虛則入;將事道者之壹,壹則盡;將思道者之靜,靜則察"。"須",等待;"人",當作"入"。　⑨ 知道者靜察。　⑩ 親身體驗。　⑪ 通觀。　⑫ 參驗稽考。　⑬ 制度。　⑭ "材""官",用作動詞,使盡其材,使不失其位。　⑮ 主宰,操控。　⑯ 同"皋",音 gāo,高大貌。　⑰ 其明亮可與日月相比。　⑱ 其廣大可以充滿天下極遠之地。　⑲ 怎麽會有所掩蔽。

"人何以知道?曰:心。心何以知?曰:虛壹而靜。"這段話乍讀上去,很容易被誤認爲與《老子》《莊子》《管子》關於虛、靜與道關係的論述相似,但荀子所說的完全是另外一碼事。荀子的"道",並非老莊、《管子》所講的"宇宙之道",而指具體事物發展的道理。人們該如何明了事物發展的道理呢?荀子指出要"虛壹而靜"。虛,是指腦袋裏面要有接納新事物、新想法的空間。"壹",是指要有清晰的思維,將事物之間關係一一理解清楚。所謂"靜",是指我們在思考的過程中,不要受到其他無關事物的干擾,要能保持内心的寧靜。"虚壹而靜,謂之大清明",是指洞徹了解萬物之間的關係。"疏觀萬物而知其情","情"指本質,要知道萬物的本質,而後在知道萬物本質的情況下,來制定防止天下動亂的方針,進而主宰天下和宇宙。荀子"虚壹而靜"的"知道"過程,顯然屬於一種以理性爲主的思維活動。

【第 1.6 部分參考書目】

北京大學哲學系中國哲史教研室編著:《中國哲學史》上册,第 1 版,北京:中華書局,1980 年。參第六章《王弼的唯心主義本體論》,第 252—263 頁。

李存山著:《中國哲學中身心關係的幾種形態》,《北京大學學報(社會科學版)》2005 年第 3 期,第 5—14 頁。

陳鼓應著:《〈莊子〉内篇的心學(上)——開放的心靈與審美的心境》,《哲學研究》2009 年第 2 期,第 25—35 頁。

陳鼓應著:《〈莊子〉内篇的心學(下)——開放的心靈與審美的心境》,《哲學研究》2009 年第 3 期,第 51—59 頁。

孫偉著:《從"智心"到"誠心"——荀子心論思想新探》,《哲學動態》2017 年第 11 期,第 53—59 頁。

彭國翔著:《"盡心"與"養氣":孟子身心修煉的功夫論》,《學術月刊》2018 年第 4 期,第 5—20 頁。

郭梨華著:《道家思想展開中的關鍵環節——〈管子〉"心氣"哲學探究》,《文史哲》2008 年第 5 期,第 61—71 頁。

1.7 漢魏時期有關形、神的論辯

如上一單元的選文所示,有關心與道、氣、形關係的論辯是戰國中期哲學的核心，但到了漢代，這一論辯逐漸演變爲有關神與形關係的論辯。"心"到"神"，這一核心術語的轉變折射了哲學討論語境的巨大變化。戰國中期論"心"主要是圍繞古聖展開的，旨在爲諸侯君主展示理想統治者的楷模，但漢代論"神"則帶有更加緊迫的政治現實性，即爲漢代君王闡發黃老道家"內聖"的理念，提出保神養身治國之良策。"神"與治國理念方針直接掛鉤的作法，首見於司馬談《論六家要旨》。他指出，"儒者博而寡要，勞而少功，而以其事難盡從"，而與此相反，"道家使人精神專一，動合無形，贍足萬物"。同時，他還暗批儒家"不先定其神形，而曰'我有以治天下'"。

漢代有關形神的論述可分爲"重神輕形"和"形神不可分離"兩派。"重神輕形"派以劉安《淮南子》爲代表，遵循《莊子》"離形去知"的觀點，鮮明地陳述了"神貴於形"的立場。形神不可分離派以司馬談《論六家要旨》爲先導，繼承和發展了稷下道家《管子》"心全形全"的思想。在漢代，以宣揚莊子道家爲宗旨的重神輕形派對當代政治和社會形態沒有產生太大的影響。但源自《管子》和黃老哲學的形神不可分離派在西漢則是如日中天，近乎所有漢代儒家典籍都在不同程度上吸收了此派的種種觀點。例如，董仲舒"元神"說就多少帶有道家形神不可分離說的成分。到了東漢，王充（27—約97）跳出了以聖人爲中心論述形神的藩籬，將司馬談所創立的形神不可分離的治國理論發展成爲一種旨在蕩滌迷信鬼神，追求厚葬等社會陋習的社會學說。

漢魏之際，形神不可分離派的影響日益彰顯，不僅爲劉劭的人物品藻的興起和發展打下了理論基礎,而且還爲趙壹、曹丕描述藝術創作過程提供了獨特的視角。相對而言,重神輕形派在文藝領域的影響要到劉勰《文心雕龍》中纔真正顯示出來。然而,即使在談論從身體飛越而出的"神思"之時,劉勰仍念念不忘形對神的制約:"神居胸臆,而志氣統其關鍵;……關鍵將塞,則神有遁心。"由此可見,形神不可分離説對文藝創作論影響的程度是何等之深。在更爲宏觀的層次上,我們可以説,形神不可分離説給予中國文學創作論一個獨特之處,即認爲作者的身體及生活與文學創作的關係甚爲密切,乃至可以是決定文學創作成功與否的關鍵因素。

§033 司馬談(? —前110)《論六家要旨》:形神不可分離

【作者簡介】司馬談(? —前110),夏陽(今陝西韓城南)人,西漢史學家司馬遷之父,曾學天官於唐都,受《易》於楊何,習道論於黃子。西漢建元至元封年間,司馬談爲太史令,元封元年(前110),漢武帝赴泰山舉行封禪典禮,司馬談因病留守周南,未能與武帝同行,鬱憤而卒。著有《論六家要旨》。

凡人所生者神也,所託者形也。神大用則竭,形大勞則敝,形神離則死。死者不可復生,離者不可復合,故聖人重之。由此觀之,神者生之本,形者生之具。不先定其神形,而曰"我有以治天下",何由哉?(*HS*, pp.2713-2714)

司馬談言"神者生之本,形者生之具也",認爲要先定了"神"和"形"之後,纔能治天下。這種神形説的形成,顯然與當時社會所注重"黃老"的養生學説有密切的關係。比如《黃帝内經》等著作,都是在講述如何養生,但所説的養生並不是我們當今所説個人的身體保養,而是指代君王的政治舉動和抱負。

§ 034　劉安(前179—前122)《淮南子》：神貴於形

【作者簡介】劉安(前179—前122)，沛郡豐縣(今江蘇省豐縣)人，西漢文學家、思想家，漢高祖劉邦之孫，淮南厲王劉長之子，劉安襲封淮南王。劉安好鼓琴，招賓客方術之士數千人，編寫《鴻烈》(即《淮南子》)，內容廣博，被《漢書》列於雜家。劉安又曾奉武帝之命著作《離騷傳》，後因謀反事發而自殺。

故以神爲主者，形從而利；以形爲制①者，神從而害。(《原道訓》。HNHLJJ, p.41)

夫精神者，所受於天也；而形體者，所禀於地也……故心者，形之主也；而神者，心之寶也，非直夏后氏之璜也。(《精神訓》。HNHLJJ, pp.219, 226)

① 法度。

劉安將神和形對舉，並視天、地爲兩者的最終源頭。這種形神觀與莊子"離形去知"的觀點有明顯的區別。

是故聖人內修道術，而不外飾仁義，不知耳目之宣，而游于精神之和。若然者，下揆三泉②，上尋九天③，橫廓六合④，揲貫⑤萬物，此聖人之游也。(《俶真訓》。HNHLJJ, pp.60‑61)

② 三重泉，指極深處。　③ 指極高處。　④ 指天地四方。　⑤ 積累。"揲"音shé。

較之《莊子·內篇》中所描述"真人""至人""神人"之游，劉安筆下的"聖人之游"多少帶有社會政治的含義。

萬乘之主卒，葬其骸於廣野之中，祀其鬼神於明堂之上，神貴於形也。故神制則形從，形勝則神窮。聰明雖用，必反諸神，謂之太沖。(《詮言訓》。HNHLJJ, pp.487‑488)

"萬乘之主卒，葬其骸於廣野之中，祀其鬼神於明堂之上"，講的是神能夠脫離形而存在。也再次申明對神的看重與保護應遠高於形體，而人的聰明技巧,雖有用處,但仍須返歸於精神,達到虛靜中和的狀態境界。

§ 035 董仲舒(前179—前104)《春秋繁露·立元神》:神形關係與君臣關係

【作者簡介】董仲舒(前179—前104),廣川(河北棗強東)人,西漢哲學家、今文經學家。漢景帝時爲博士,專講《春秋公羊傳》。漢武帝時以賢良對策,董仲舒舉"罷黜百家,獨尊儒術"的主張,打下儒家思想成爲正統的基礎。董仲舒任江都王和膠西王相,後辭職回家,著書立說,著有《春秋繁露》八十二篇。

爲人君者,其要貴神。神者,不可得而視也,不可得而聽也,是故視而不見其形,聽而不聞其聲。聲之不聞,故莫得其響,不見其形,故莫得其影。莫得其影則無以曲直也,莫得其響則無以清濁也。無以曲直則其功不可得而敗,無以清濁則其名不可得而度也。所謂不見其形者,非不見其進止之形也,言其所以進止不可得而見也。所謂不聞其聲者,非不聞其號令之聲也,言其所以號令不可得而聞也。不見不聞,是謂冥昏。能冥則明,能昏則彰。能冥能昏,是謂神人。君貴居冥而明其位,處陰而向陽。……故人臣居陽而爲陰,人君居陰而爲陽。陰道尚形而露情,陽道無端而貴神。(CQFLYZ, p.171)

董仲舒此處運用漢代道家尚形貴神的觀點來闡述典型的儒家的君臣觀,甚有創意。這種形神一體不可分離的觀念,既強調了"神"之貴,具有形而上的神秘色彩,同時又兼顧了執行與維護君權的有效性,以神之形、聲等外在顯現來實現進退之儀和號令聞達,從而完成神之化。

§ 036 董仲舒《春秋繁露·同類相動》:意、神、氣、心的關係

故君子道至,氣則華而上。凡氣從心。心,氣之君也,何爲

而氣不隨也。是以天下之道者,皆言内心其本也。故仁人之所以多壽者,外無貪而内清淨,心和平而不失中正,取天地之美以養其身,是其且多且治……故養生之大者,乃在愛氣。氣從神而成,神從意而出。心之所之謂意,意勞者神擾,神擾者氣少,氣少者難久矣。故君子閑欲止惡以平意,平意以靜神,靜神以養氣。氣多而治,則養身之大者得矣。(CQFLYZ, p.452)

董仲舒言:"是以天下之道者,皆言内心其本也。"也就是説想要感通"道",也離不開自身的養心,而養心實際上是一個養氣的過程,即以天地中和之美來養我們自己的身,這樣"氣"便會多且恰當。董仲舒認爲,養氣的成功關鍵在於"平意"和"靜神"這兩個步驟。這裏的"意"指意欲,而"神",是較爲低層次的,不是最高範疇的神,而是指一個人的精神狀態。要控制住意慾,在一個平靜的精神狀態下,纔能够"養氣",而"養身之大者得矣"。養身大得之後,"氣則華而上",便可以達到"道"。董仲舒肯定了"心"是可以超越身體,直接與"道"相通的,方式便是通過"養身",這種論述顯然受到了《管子》和黄老"神形不可分離"論的影響。

§037 揚雄(前53—18)《法言·問神》:存神潛心

【作者簡介】揚雄(前53—18),字子雲,蜀郡成都(今四川成都)人。西漢文學家、思想家。少年好學,博覽群書,精於辭賦,作《甘泉》《羽獵》《長楊》《河東》等賦,與司馬相如並稱"揚馬"。揚雄遊歷長安,成帝時任給事黄門侍郎,王莽時,任校書於天禄閣。著有《法言》《太玄》等,後人輯有《揚侍郎集》。

或問"神"。曰:"心。""請問之。"曰:"潛[①]天而天,潛地而地。天地,神明而不測者也。心之潛也,猶將測之,況於人乎?況於事倫乎?""敢問潛心于聖。"曰:"昔乎,仲尼潛心於文王矣,達之。顔淵亦潛心於仲尼矣,未達一間[②]耳。神在所潛而已矣。"天神天明,照知四方;天精天粹,萬物作類。人心其神矣乎? 操則存,舍則亡。能常操而存者,其惟聖人乎? 聖人存神索至^①,成天下之大順,致天下之大利,和同天人之際,使之無間^②也……(FYYS, pp.137 – 141)

① 專一。　② 未能通達,只差一點。

揚雄的"潛心"說延續了莊子重神輕形的傳統,主張聖人的心能夠超脫於形之外、上天入地,甚至能與古聖的心也相通;但與莊子"遊心"離開天下,進入無有的境界不同,揚雄的"潛心"更像《易傳》所說的"聖人立象以盡意……有以見天下之賾",主張用超驗的直觀把握宇宙萬物之道,最終普惠天下、給天下帶來大順。

§038　王充(27—97)《論衡・訂鬼篇》:形神不可分離

【作者簡介】王充(27—97),字仲任,會稽上虞(今屬浙江)人。東漢思想家、文學批評家。出身細族孤門,後離鄉到京師洛陽,就讀於太學,師事班彪。歷任郡功曹、治中等官,後罷官歸家,專事著述。晚年時,漢章帝下詔派遣公車徵召,因病不就,卒於家中。王充哲學以"氣"爲核心,代表著作爲《論衡》。

夫人[之]所以生者,陰、陽氣也。陰氣主爲骨肉,陽氣主爲精神。人之生也,陰陽氣具,故骨肉堅,精氣盛。精氣爲知,骨肉爲強。故精神言談,形體固守。骨肉精神,合錯^①相持,故能常見而不滅亡也。太陽之氣,盛而無陰,故徒能爲象,不能爲形。無骨肉,有精氣,故一見恍惚,輒復滅亡也。(LHJS, p.946)

① 交錯結合。

王充認爲,骨肉形體由陰氣組成,精神由陽氣而生,"知"是精氣的作用。精神是在骨肉之外的一種陽氣,而骨肉則屬於陰氣,兩種氣相輔相成,缺一不可。人死後骨肉化解,而精神也就同時泯滅了。王氏的形神論旨在摧毁東漢厚葬陋習的理據。

§039 劉劭(活躍於200—240)《人物誌·九徵》：心氣、聲、容的關係

【作者簡介】劉劭(活躍於200—240)，字孔才，廣平邯鄲(今河北邯鄲)人。三國時期曹魏文學家和政治家。建安時期，初爲計吏，歷任太子舍人、秘書郎等。魏文帝曹丕登基後，任尚書郎、散騎常侍，明帝即位，任陳留太守。去世後，追贈光祿勳。劉劭參與編纂《皇覽》，制定《新律》。著有《法論》《人物志》。

故心質亮直，其儀勁固；心質休決；其儀進猛；心質平理，其儀安閑。夫儀動成容，各有態度：直容之動，矯矯行行①；休容之動，業業蹌蹌②；德容之動，顒顒卬卬③。夫容之動作，發乎心氣；心氣之徵，則聲變是也。夫氣合成聲，聲應律吕：有和平之聲，有清暢之聲，有回衍之聲。夫聲暢於氣，則實存貌色；故誠仁，必有溫柔之色；誠勇，必有矜奮之色；誠智，必有明達之色。(RWZ, pp.27-28)

① 剛強負氣貌。"行"音hàng。　② 高大健壯，步履有節奏的樣子。"蹌"音qiāng。　③ 肅敬、軒昂的樣子。"卬"，同"昂"。

在漢代各種形神並重說的影響之下，劉劭將政治人物的內在精神品質與身體特徵聯繫起來，並視人的語言爲"心質"的外部呈現。劉劭在此論證心氣、聲、容的關係：心氣既會影響人的舉動包括聲音，又會再進一步影響人的神色。因此仁的品質最終表現出溫柔的神色，勇的品質就會體現出矜奮的神色，不同的品質對應的容也是不同的。

§040 趙壹(122—196)《非草書》：心手與書

【作者簡介】趙壹(122—196)，字元叔，漢陽西縣(今甘肅天水西南)

人。東漢辭賦家,靈帝光和元年(178),舉郡上計,前往京師,得到司徒袁逢和河南尹羊陟賞識,名動京師,後來公府十次徵召,都不就,卒於家。趙壹著賦、頌、箴、誄、書、論及雜文十六篇,今存文七篇、詩二首,代表作爲《刺世疾邪賦》《窮鳥賦》。

凡人各殊氣血,異筋骨。心有疏密,手有巧拙。書之好醜,在心與手,可强爲哉? 若人顔有美惡,豈可學以相若耶? 昔西施心疢①,捧胸而顰,衆愚效之,祇增其醜;趙女善舞,行步媚蠱。學者弗獲,失節匍匐。(FSYL, p.2)

① 同"疹",音chèn,病意。

趙壹認爲,書法是手和心兩者關係的體現,好的書法不僅要有縝密的心,還要有靈巧的手。而這些就像人的外貌一樣往往是與生俱來的,並不能直接模仿,强行模仿就只會像東施效顰一樣徒增其醜。

§ 041　曹丕(187—226)《典論·論文》:内氣外文

【作者簡介】曹丕(187—226),魏文帝,字子桓,沛國譙縣(今安徽亳州)人。三國時期文學家、曹魏開國君主、魏武帝曹操次子。建安二十二年(217),曹丕被立爲魏國太子。建安二十五年(220),成爲魏王,結束漢朝,建立魏國。曹丕在位期間,推行九品中正制,曹丕愛好文學,工詩文,與曹操和曹植合稱"三曹",有輯本《魏文帝集》。曹丕著有《典論》一書,内容大多散佚,其中《論文》是中國文學批評史上較早的專論。

文以氣爲主。氣之清濁有體,不可力强而致。譬諸音樂,曲度雖均,節奏同檢,至於引氣不齊,巧拙有素,雖在父兄,不能以移子弟。(WX, *juan* 52, p.2316)

這裏的"氣"指作家的生命力和創造力,包含作者生理和心理兩個方面。"氣之清濁有體"意思是説,每個作者稟受清而上揚的精氣(陽氣)和濁而下沉的形氣(陰氣)的狀况不同,故形成自己特有的、"不可力强而致……雖在父兄,不能以移子弟"的氣質。曹丕認爲,這種高度個性化的氣質表現在作品裏就成爲獨特的藝術風格,故發出"徐幹時有齊氣""孔融體氣高妙"等議論。曹丕的文氣論與西方"風格即人"的論點貌似相同,實際上有本質的不同。絕大多數西方批評家認爲文學創作是純精神活動,很少會想到作者生理素質會對作品產生的影響。"風格即人"的"人"似乎僅涉及作者的精神世界。相反,曹丕認爲,作者的生理和精神都與風格的形成有著不可分割的關係。

【第1.7部分參考書目】

方立天著:《中國古代哲學問題發展史》,中華書局,1990年。參第六章《中國古代形神論》,第二節《兩漢時期形神觀》,二、《淮南子》的"神主形從"説,三、司馬遷父子形神觀,五、王充的"生無不死"和"死不爲鬼"的思想,第267—269、269—270、274—280頁。

馮契著:《中國古代哲學的邏輯發展》,上海人民出版社,1983年。參第五章《獨尊儒術與儒家神學的批判》,第二節《董仲舒:道之大原出於天》,四、"形神"之辯上的"尊神",第34—38頁。

葉朗著:《中國美術史》,文津出版社,1996年。參第七章《〈淮南子〉的美學》,第二節《以神制形》,第104—108頁。

牟鍾鑒著:《〈呂氏春秋〉與〈淮南子〉思想研究》,齊魯書社,1987年。參第二部分《〈淮南子〉的思想》,四、《淮南子》的生命觀,第214—220頁。

王元化著:《思辨錄》,上海古籍出版社,2004年。參庚輯中,二五九《才性與才氣》,第343—345頁。

2 六朝創作論

從東吳建國到陳朝結束三百多年間有關文學創作的論述,可以統稱爲六朝創作論。六朝是創作論開創時期,同時也是其達到巔峰的時期。漢代以降,文學創作日益被視作有意義和價值的活動,可爲作者贏得社會地位,因此自然有需要描述文學創作的方法和過程,從而進一步擡高文學創作的意義。六朝創作論既是開始,也同時成爲後代難以企及的高峰,這是很奇特的現象。這種高峰主要表現在兩個方面:一是其系統性。關於創作論的討論,幾乎所有內容,包括創作條件、作者的身體、精神狀態,創作具體的每一個過程,文章成文的步驟,都有極爲詳盡的描述,六朝之後就再沒有這種全方位的討論了。後世各種創作論的發展,都可以看作只是對六朝創作論其中一部分的發展、擴充,或者作出相反的闡述。二是其理論性。與後世詩格一類作品不同,陸機和劉勰面對的對象不是一個學習寫詩的新手,而是跟他們地位相同或者更高的人,他們所寫的不是具體創作步驟的指南,而是有關創作過程的理論闡述。陸劉雖然十分關注具體文學語言,對各種各樣修辭的描寫細微繁雜,但目的仍在於總結具體的行文規律，故仍呈現出鮮明的理論性。

六朝創作論的發展，我們可以按照創作論框架以及創作活動的先後次序，分五個單元來加以整理。第一單元選錄了陸機和劉勰有關意、象、言的論述。先秦至漢魏的哲學言實之論及其最後催生的"意—象—言"範式，被陸機和劉勰別具匠心地採用，從而發展爲一個全面而精深的文學創作論。在六朝時期，論文學從"言志"到"言意"的轉變是一個值得細察的重要現象。六朝以前，文學活動常常被認爲是"言志"的過程。"詩言志"的論述在漢以前以及漢代的著作中大量出現。不過，在陸機的《文賦》中，這一非常重要的論述却不見蹤跡。陸機提到文學活動是一個表達或説外在化"意"而不是"志"的過程。

"意"和"志"這兩個詞，實可互換使用，而且也互相融合成爲了新的複合詞"志意"。《説文解字》中，許慎緊接"志"而列"意"，并以前者解釋後者："意，志也。从心音。察言而知意。"（SWJZZ，P.876）許慎認爲"意"和"志"都意味心之活動。他還指出"意"和"言"的内在聯繫也體現在其字體結構中——"音"加上"心"。因爲"意"是"心中之音"，許慎相信"察言而知意"。儘管"意"和"志"在語源上都指"心之活動"，但是，它們在早期論文學的文本中，常常被用以指大爲不同的各種心理活動。

如果再聯繫漢之前和漢代文本中"詩言志"的論斷，我們可以很容易看到"言志"常常指的是回應某種社會政治狀況或者事件的自發言辭行爲¹。這一行爲常常出現在公共情境下,特別是在上古時代,常常是音樂和舞蹈的先導。在大部分情況下,"言志"也許可以看做一種社會政治行爲,在這些行爲中,大家通過讚揚或者批評朝廷來達到某種實際功用²。可是,當我們來看陸機對"言意"的解釋時,我們注意到了另一種完全不同的行爲:不是公開的、自發的言辭行爲,而是一種私人的、唯我的寫作過程。不同於"志"這個詞,"意"幾乎沒有積累什麼社會政治內涵。所以,以"意"代替"志",陸機有效地甩開了從前的社會政治包袱,把文學活動視爲一個沒有公開功用目的的美學追求。

和目前所接受的觀點相反,比起道家的解構言實論,陸機和劉勰更多的,受到了儒家本質言實論思想的影響。這主要是因爲,本質論,特別是《繫辭傳》的本質論,促使他們來重新認識和定義文學行爲。他們不是從直接感情抒發("言志")的方面來討論,而是從個人藝術構思的進程方面來分析闡述文學創作的。尤其是,《繫辭傳》中所建立的"意—象—言"範式,使得他

---

1 "志"被理雅各翻譯爲"誠摯的思想"("earnest thought"),見 James Legge, *The Shoo King or the Book of Historical Documents*, *The Chinese Classics* vol. 3. (rpt. Taibei: Wenxin, 1971), p.48。被劉若愚翻譯爲"心之意志"("the heart's intent"),見 James J. Y. Liu, *Chinese Theories of Literature*, p.75。劉若愚的翻譯似乎更適當,因爲這個翻譯避免了理雅各翻譯的理性主義之內涵,而且精妙的暗示了這個詞的道德傾向。不過,"志"一詞基於其出現的特別文本和歷史語境包含了很廣泛範圍內的不同意思。因此,劉若愚認爲很有必要在其他語境下翻譯爲"情感意圖"("emotional purport"),"道德目的"("moral purpose"),或者"心之意向"("heart's wish")(p.184)。劉若愚的翻譯被余寶琳採用,並加以小小改動。見 Pauline Yu, *The Readings of Imagery in the Chinese Tradition* (Princeton: Princeton Univ. Press, 1987), p.31。關於對"志"的翻譯的討論,參見 Stephen Owen, *Readings in Chinese Literary Thought* (Cambridge, Massachusetts: Harvard Univ. Press, 1992), pp.26–29。
2 參見筆者對"詩言志"傳統的詳細討論。見 *Configurations of Comparative Poetics: Three Perspectives on Western and Chinese Literary Criticism* (Honolulu: University of Hawaii Press, 2002), pp.35–49。

們能夠將個人文學創作當做從"意"到"象"到"言"的三段式創作過程而加以考察,因爲這一過程和聖人創《易》的過程可以類比。陸機和劉勰在這三個階段中對"言"極爲重視,這也足以說明本質論思想的巨大影響。他們重視古代經典對第一階段所形成的"意"(最初的藝術構想)之催化發酵作用。同樣,他們突出了情、象、言對第二階段所形成的"意象"(最終的藝術構想)之工具作用。在最後階段,他們強調了在成功把意象轉變爲完美文學作品("言")的過程中,語言和修辭的嚴格訓練和自然靈感皆不可缺。對比之下,道家的解構論主要給陸機和劉勰提供了術語、概念和類比來描繪某些超感官的思想狀態,比如說第一階段的超驗神思,最後階段的靈感迸發。多虧了陸機和劉勰對不同言實之論的巧妙移用,他們對文學創作的過程作出了精湛的理論闡述,并辨別了所有最能反映我們實際創作經驗的內在心理、精神、言語活動,從而取得了極爲輝煌的成功。正因如此,儘管他們生活於中國文學理論的形成期,仍然能建立最爲全面完整的文學創作論。

第二單元是關於身體與文學創作關係的論述。在傳統的西方文論中,身體與文學創作幾乎是風馬牛不相及的。在西方二元對立的世界觀中,肉體與精神之間有著不可逾越的鴻溝,在這種文化語境中,身體與文學創作的論題自然不會產生。相反,在以陰陽對立統一爲圭臬的儒道世界觀中,身體和精神是相輔相成,不可分割的。這點在戰國漢魏各家對"氣"的論述中反映得尤爲明顯。戰國稷下道家學派代表作《管子》將精氣等同於道,稱"下生五穀,上爲列星,流於天地之間,謂之鬼神",但同時又稱"藏於胸中,謂之聖人"(§019)。存於聖人之中的精氣具有"全知"天下的能力,在現代哲學的話語中顯然屬於精神範疇,甚至與西方"神"和"絕對精神"的全知也有可比之處(參§024)。孟子浩然之氣也同樣包含我們現在所說的物質("塞於天地之間")和精神的雙重性質(參§026)。東漢王充則將《管子》的聖人精氣說推至所有人,稱"夫人所以生者,陰、陽氣也。陰氣主爲骨肉,陽氣主爲精神。人之生也,陰陽氣具,故骨肉堅,精氣盛。精氣爲知,骨肉爲强。故精神言談,形體固守"(§038)。在這些風行戰國兩漢的氣論影響之下,漢魏之際劉劭評鑒人物德行材質,曹丕論作者與文章風格的關係,都從"氣"的角度切入,著重闡述身體與精神互動的重要性。近三百年後,劉勰致力揭示文學創作的奧秘,仍深深地受到先前各種氣論的影響,寫下《養氣》篇,深入探索創作過程中身體與精神的相互制約,一方面討論身體年齡對創作精神狀態的影響,另一方面闡述文思鑽礪過度對作者生命的危害。

　　第三單元聚焦創作意願產生的過程。六朝批評家都採取一種感物論。例如,陸機《文賦》篇首具體寫到"遵四時以嘆逝,瞻萬物而紛披。悲落葉於勁秋,喜柔條於芳春"(見§046)。陸機同時還講到歷代文章的奧府,即閱讀前人的作品也是創作意願產生的一個誘因。劉勰《文心雕龍》有專門的《物色》篇,首先狀寫自然界"四時動物"和"物色相召,人獲誰安"的情景,繼而描述《三百首》風人感物聯類的活動,從《三百首》選出連綿字名句,展示風人"目既往返,心亦吐納""情往似贈,興來如答"的感物過程(見§049)。鍾嶸《詩品》没有象劉勰那樣專門描述感物過程,作出高度的理論總結,但對於如此感物緣情而寫成的詩篇則讚譽有加,認爲它們足以感天地,動鬼神。

第四單元收錄有關"神思"的論述。陸機《文賦》和劉勰《神思》篇都是按照創作過程的先後階段來展開論述的。創作肇始,作者"收視反聽,耽思傍訊",進入超越時空的神遊。陸機云:"精騖八極,心遊萬仞。"(見§049)劉勰云:"思接千載,視通萬里。"(見§050)這種神思的描述,無疑源自莊子的"心遊"之説。然而,兩者的目的却大相徑庭。《莊子》《淮南子》中所描繪的"遊心"是超脱經驗世界,永恒地與道結合在一起,遨遊天地宇宙。但在陸劉的創作論中,神思却是往返的雙程,超越時空奔向天外,只是短暫之旅,隨之是返回感知世界的歸程。陸劉對此歸程的描述極爲一致,都聚焦於其間情感、物象、言辭之間激烈的互動。陸機《文賦》:"情瞳曨而彌鮮,物昭晰而互進。傾群言之瀝液,漱六藝之芳潤。"(見§052)劉勰《文心雕龍》:"故思理爲妙,神與物游。神居胸臆,而志氣統其關鍵;物沿耳目,而辭令管其樞機。"(見§054)情、象、辭互動的歸程最終以"意象"的生成而結束。

第五單元收錄了關於最後成文過程的論述。如果説我們可以將神思往返之旅視爲創作的第一、二階段,那麼"窺意象而運斤",即將"意象"這一神思的碩果付諸文字,就是文學創作的第三也是最後的階段。如何用有形的語言來表達無形的心象?在整個創作過程中,這是難度最高的論題。陸機花了很多筆墨,談論結構、修飾、言辭的使用原則,但最後還得加上一段靈感的描寫,也就是説,掌握了所有語言技巧和規則之後,並不見得能表達意象,真正的成功還有賴于創作中自然而然的靈感。劉勰也持有相同的觀點,但沒有用詩的語言描繪靈感降臨的狀況,只是用《莊子・天運》中輪扁斵輪的典故來說明,對語言技巧的掌握儘管重要,但最後還得在不自覺的狀態中達到"得之於心而應之於手"的境界。

在文論篇目之外,本章節錄了王羲之和宗炳論書畫創作的文章。王羲之的書論拓展了"意"的內涵和外延,對後來文學創作論的發展影響頗大。在先秦漢魏文獻中,"意"雖然已經被用於指涉與超驗體悟有關的心理活動,如上一章中《莊子》《管子》《繫辭傳》選段所示(§008、§023、§014),但很少具體描述"意"所包含的心理活動,更少將其與"象"聯繫起來,唯有《韓非子・解老》描述了"意/臆想"大象的過程,實屬一個例外(§013)。王羲之比韓非子論意、象再進一步,創造性地將"意"用於闡述書法創作過程,即指下筆前想象具體字形的心理活動。"凝神靜思,預想字形大小、偃仰、平直、振動,令筋脈相連,意在筆前,然後作字",王氏這段話生動地描繪了寫字之前想象文字形象運動、飛舞的狀況。如果說劉勰"意象"之說已經顯示王羲之"意"說影響文學創作論的端倪,那麼唐王昌齡《詩格・論文意》則表明,此說已催生出更爲富有理論性、以"意"爲中心的文學創作論。宗炳《畫山水序》對文學創作論的影響主要在於他將佛家的"象""神"觀引入文藝領域,一反道家和玄學重虛象輕物象的傾向,發展了以呈現山水中不滅之神爲宗旨的繪畫理論。宗炳的畫論雖然對六朝創作論無影響可言,但却爲王昌齡三境説的産生、唐人以境論詩風氣的興起奠定了堅實的基礎。

綜上所述，陸機和劉勰的創作論對後世的影響極爲深遠。在古代文學創作論的發展史上，陸機《文賦》和劉勰《文心雕龍》猶如兩座巍然矗立、不可逾越的高峰。陸、劉創造性地吸收運用先秦各種意、象、言的學說，深入地探究藝術想象活動的奧秘，並揭示了自覺努力和自然成文之間複雜的辯證關係，所取得的成就堪稱前無古人後無來者。的確，後世再沒有出現全面論述整個創作過程，足以與陸機《文賦》、劉勰《文心雕龍》相抗衡的著述。後世的文論家多對文學創作中某一特定階段進行詳盡的描述，其中很多是追隨陸機和劉勰，在"意—象—言"範式中探究文學創作過程，但也有人回到了早期"言志"傳統，或轉而使用禪宗頓悟的話語來描述創作過程，從而揚棄傳統的"意—象—言"的範式。無論被追隨或反對，陸劉創作論始終是後世研究文學創作的基本理論參照。同時，陸機和劉勰也爲中國美學接受理論規定了方向。劉勰在《隱秀》等篇中顛倒"意—象—言"而成"言—象—意"，爲中國美學建立了一個非常重要的理念，對"X 外之 X"的追求，比如"言外之意""象外之象""景外之景"等等。

　　陸機和劉勰的文學創作論其實也超越了文學思想的範疇。著名的書法家批評家王羲之（303—361）基本上採用陸機的方法來理解和闡述書法創作的過程[1]。很難想象大概出生於陸機

---

[1] 見王羲之《書論》："令意在筆前，筆居心後，未作之始，結思成矣。"又見《題衛夫人筆陣圖後》："夫紙者陣也，筆者刀矟也，墨者鍪甲也，水硯者城池也，心意者將軍也，本領者副將也，結構者謀略也，颺筆者吉凶也，出入者號令也，屈折者殺戮也。夫欲書者，先乾研墨，凝神靜思，預想字形大小、偃仰、平直、振動，令筋脈相連，意在筆前，然後作字。"

去世那年的王羲之,在寫書法創作論的論文之前没讀過或者没聽説過陸機的《文賦》。另外,陸機和劉勰身後大約五百年,蘇軾(1037—1101)採用和陸、劉相似的方式來創立繪畫創作論,甚至他引用的《莊子》的典故和劉勰的都完全一樣[1]。這兩個例子足以證明陸機和劉勰的文學創作論已然影響到更爲寬泛的美學思想領域。

2.1 文學創作論的意、象、言框架

在陸機和劉勰文章中,從"言志"到"言意"的轉換意味著對文學活動之起源、形式、功能、目的的重新定義。他們對文學的新認識無疑折射出了當時文人如何寫作文學作品的實際情況。

陸機和劉勰的文學創作論借鑒諸多早期哲學思想。早期哲學思想的影響可以在兩個不同層面上進行追溯:術語上和概念上。在術語層面上,這一影響最爲明顯,而且已受到陸、劉文學創作論注疏和研究者的關注。然而,在概念層面上,尚無或者至少没有什麽較爲滿意的研究。在辨識陸機和劉勰的術語來源時,很多學者僅引用這些術語最爲人所知的例子,特別是

---

[1] 見蘇軾《文與可畫篔簹谷偃竹記》:"竹之始生,一寸之萌耳,而節葉具焉。自蜩腹蛇蚹以至於劍拔十尋者,生而有之也。今畫者乃節節而爲之,葉葉而累之,豈復有竹乎!故畫竹必先得成竹於胸中,執筆熟視,乃見其所欲畫者,急起從之,振筆直遂,以追其所見,如兔起鶻落,少縱則逝矣。與可之教予如此。予不能然也,而心識其所以然。夫既心識其所以然而不能然者,内外不一,心手不相應,不學之過也。故凡有見於中而操之不熟者,平居自視了然,而臨事忽焉喪之,豈獨竹乎?子由爲《墨竹賦》以遺與可曰:'庖丁,解牛者也,而養生者取之;輪扁,斲輪者也,而讀書者與之。今夫夫子之託於斯竹也,而予以爲有道者,則非耶?'子由未嘗畫也,故得其意而已。若予者,豈獨得其意,並得其法。"

在《莊子》和魏晉玄學文本中能找到的例子,所以相關來源研究僅停留於這一步。而繼續採用這一術語研究方法的學者却又似乎忽視一個簡單的事實:在中國的哲學或者批評文本中,一個術語往往傳達出多層次的且互相矛盾的概念。"意""象""言"這些術語尤其如此,而這些術語對陸機和劉勰的文學創作論之論述又是至關重要的。所以,要探尋陸機和劉勰的文學思想的源頭,最好應該在概念層面上得以追溯。

陸機和劉勰對"言意"過程的説明揭示了解構言實論和本質化言實論的影響。其中,解構論的影響在表面上看非常明顯。陸機明確提到他對自己言語價值的擔心:"恒患意不稱物,文不逮意。"同樣,劉勰提到"意"與"言"可能"疏則千里"。這些陸機和劉勰的論斷很多都可以追溯到莊子關於"意"和"言"的論述(參見§007),陸機和劉勰的論述似乎和莊子的看起來一樣,但是實際上却恰好相反。莊子強調"物"和"意"、"意"和"言"的内在距離。相反,陸機僅僅表達了他擔心在創作文學作品過程中不能縮小這些距離。有趣的是,劉勰對"意""言"不可溝通的擔心泄露了他相信二者結合的可能。只有因爲他有這樣的信念,他纔會擔心失敗。對於不可能的事,我們不會擔心失敗而只會在絶望中完全放棄。確實,當承認他想要捉住文學創作的精妙秘密也有局限性的時候,陸機表達出"佗日殆可謂曲盡其妙"的希望。單單根據這一論述,似乎可以安全論證陸機的"意—象—言"範式不是建築在莊子的解構論基礎上,而是建立於《繫辭傳》的"言象"和"象意"關係的本質論基礎之上。

劉勰的意、言範式比陸機更受《易·繫辭》的影響。劉勰追溯了從思到意到言的漸進式因果關係,則正是《繫辭傳》作者所說的意、象、言是一者生出另一者的關係(參§014)。而且,他和《繫辭傳》作者一樣,從這一關係鏈推導出同樣的本質主義結論。雖然承認"言"和"意"可以相距甚遠,劉勰也表達了他認爲這二者也可以天衣無縫地結合:"密則無際"。

對陸機和劉勰而言,以《繫辭傳》所代表的語言本質論是其創作論的基礎。如果"言"和"意"不能完美地結合,那麼有關文學創作的理論闡述也就失去了價值。所以語言本質論立場是他們唯一的選擇,而且是頌揚文學力量者的必然選擇。當要提高文學地位時,沒有什麼可以勝過本質論,因爲本質論表示,作爲媒介的語言,有能力展示內在之"道"。因此,陸、劉都採用《繫辭傳》意—象—言框架,將文學創作視爲從"意"到"言"的發展過程。《文賦》的序言中說得很清楚,他之所以要創作《文賦》,是因爲"恒患意不稱物,文不逮意",所以要將文章的奧妙揭示出來,後世之人纔能真正懂得如何創作和欣賞美文。《文心雕龍·神思》更是說:"意授於思,言授於意。"值得注意的是,陸、劉討論"意"與"言"關係,並沒有像王弼那樣明確地在兩者之間加上"象"。然而,在描述意轉變爲言過程之時,他們則不惜筆墨地描寫腦海中如何出現紛呈生動的形象,隨即被捕捉而化爲美文。陸、劉均用意—象—言的框架來描述和分析創作過程,這點似乎是毋庸置疑的。

在六朝創作論之中,"意"字用得並不算多,比起唐代王昌齡《論文意》60次的使用頻率不可同日而語。然而,它在陸機

《文賦》和劉勰《神思》篇中却擔任著建構創作論框架的關鍵作用。陸劉認爲,文學創作從"至虛"精神活動到"至實"文字的轉變,完全有賴於"意"充當貫通和促進兩者互動的樞紐。陸、劉將先秦哲學典籍中"意"引入創作論,所看中的就是其連接"至虛"和"至實"的特殊作用。《莊子·天道》云:"世之所貴道者書也。書不過語,語有貴也。語之所貴者意也,意有所隨。意之所隨者,不可以言傳也。"(§008)這裏,"意"一端緊隨至虛的、不可言傳的道,另一端則被語、書所隨。《繫辭傳》云:"子曰:'聖人立象以盡意,設卦以盡情僞,繫辭焉以盡其言。變而通之以盡利,鼓之舞之以盡神。'"(§014)此處,"意"往實處轉變便是卦象,隨後是繫辭。聖人之"意"往虛的方向有所隨嗎?《繫辭傳》的另一段給出了肯定的答案:"聖人有以見天下之賾,而擬諸其形容,象其物宜,是故謂之象。"(ZYZY, p.67)"天下之賾",即至虛玄妙的道,即是意之所隨。在陸機《文賦》中,"意"被放在同樣的樞紐位置。陸機云:"恒患意不稱物,文不逮意,蓋非知之難,能之難也。"雖然陸機沒有對"物"加以定義,但從行文判斷此處的"物"絕非實在之物,而是"意"難以契合的虛物。在《神思》中,劉勰則對"意"所對的兩邊都加以明確描述:"意翻空而易奇,言徵實而難巧也。是以意授於思,言授於意,密則無際,疏則千里。""意翻空",顯然是指作者的藝術構想,而比它更爲虛的"思"是什麼呢?其實是至虛超驗的神思。另一邊則是至實之言。這一段概括了按照從思到意到言所描繪的文學活動軌道。這裏"思"指代的不是思想的理性活動,而是在前段中所描繪的無意識的神遊。

在接受本質論"言—意"立場的同時,陸機和劉勰都引入了第三個術語"象",並且爲討論文學創作而建立了一個寬廣的理論範式,這一範式包含了三個階段的活動過程:從"意"(最初的藝術構想)到"意象"(最終的藝術構想),再到"言"(最終的語言成品)。在許多方面,這個三段過程也是對"意—象—言"範式本身的重新發明。的確,在《繫辭傳》中,這一範式僅僅刻畫出聖人作《易》的三個階段。《繫辭傳》的無名作者或者王弼都没有說清楚每一階段起作用的具體精神活動。但是,這些過於簡單的描繪,其實對陸機和劉勰來說,是一件好事,因爲他們可以在框架中填入文學創作中格外重要的精神和語言活動:情感的過濾,超驗神思,形象聯想,寫作成文。正如我們下面看到的,在他們描繪文學創作的三個階段時,陸機和劉勰對這些精神和言語活動都給予了充分描繪。

§042　陸機(261—303)《文賦》:物→意→文關係

【作者簡介】陸機(261—303),字士衡,吴郡吴縣華亭(今上海松江)人。西晉文學家、書法家。出身吴郡陸氏,爲陸遜之孫、大司馬陸抗之子,陸機與弟陸雲合稱"二陸"。陸機在孫吴時任牙門將,吴亡,退居舊里,閉門勤學,積有十年。太康末年,陸機與陸雲至洛陽,文才傾動一時,受太常張華賞識。趙王司馬倫輔政,引爲相國參軍。司馬倫被誅,險遭處死,賴成都王司馬穎所救,表爲平原内史,世稱"陸平原"。太安初年,任後將軍、河北大都督,率軍討伐長沙王司馬乂,大敗,最終遇害於軍中。陸機著有《文賦》,另有書法《平復帖》存世。

余每觀才士之所作,竊有以得其用心。夫其放言遣辭,良多變矣,妍蚩①好惡,可得而言。每自屬文,尤見其情。恒患意不稱物,文不逮意。蓋非知之難,能之難也。故作《文賦》,以述先士之盛藻,因論作文之利害所由,佗曰[②]殆可謂曲盡其妙。至於操斧伐柯[③],雖取則不遠;若夫隨手之變,良難以辭逮,蓋所能言者,具於此云。(*WFJS*, p.1)

① 美麗和醜陋。"蚩",音 chī。　② "佗",同"他",謂他日、往日。
③ 手持斧頭砍木以製作斧柄,按照手持斧柄的長度砍削即可。比喻可就近取譬。

在序言中,陸機提到文學活動是一個表達或說外在化"意"而不是"志"的過程。在漢之前和漢代文本中,"詩言志"常常指的是回應某種社會政治狀況或者事件的自發言辭行爲。這一行爲常常出現在公共情境下。在大部分情況下,"言志"也許可以看做一種社會政治行爲,在這些行爲中,大家通過讚揚或者批評朝廷來達到某種實際功用。可是,當我們來看陸機對"言意"的解釋時,我們注意到了另一種完全不同的行爲:不是公開的、自發的言辭行爲,而是一種私人的、唯我的寫作過程。不同於"志"這個詞,"意"這個字相對而言在早期有關文學的討論中並不常見,幾乎沒有積累什麼社會政治內涵。所以,以"意"代替"志",陸機有效地甩開了從前的社會政治包袱,把文學活動視爲一個沒有公開功用目的的美學追求,並重新從自主、私人創作的純藝術角度去反思文學創作的過程。這種文學創作的去社會政治化不是以"意"取代"志"的唯一好處。他重新把文學創作的概念定義爲"意"以"言"的形式作出的外在表達,他容許自己在考慮"意"的外在表達時,同時探索"象"的角色,並運用各種有關"意—言""意—象""象—言"的哲學分析來發掘所有文學創作的精巧的部分。

另外,很多學者認爲"每自屬文,尤見其情,恒患意不稱物,文不逮意"能夠追溯到莊子有關意、言的説法之上(§10、§11)。這兩種説法表面上看似相同,實則互相抵觸。莊子的説法強調物(事物)與意之間、意與言之間無法架接的距離。相反地,陸機所寫的只是要表達出自己在寫作文章時不能拉近兩者距離的恐懼。但正因爲這種恐懼的表現,掩蓋了他相信拉近兩者的距離是可能的。而且陸機也表達了自己希望能"佗日殆可謂曲盡其妙"的願望。從這些句子看來，我們似乎不應視陸機"意、象、言"範式奠基於莊子的解構者立場，反而應看成奠基於《易·繫辭》中的"建構者"的觀點。（參§008、014）

§ 043　劉勰（約465—約520或532）《文心雕龍·神思》：（神）思→意→言關係

【作者簡介】劉勰（約465—約520或532），字彥和，東莞莒縣（今山東莒縣）人。南朝梁文學理論家。少時早孤，篤志好學，投靠沙門僧祐，研習佛學經典。劉勰撰寫《文心雕龍》五十篇，得沈約讚賞，授奉朝請，任臨川王蕭宏記室、東宮通事舍人。爲昭明太子蕭統所重，於定林寺整理佛經，事畢，請求出家，燔鬚自誓明志，法名慧地。

　　方其搦翰①，氣倍辭前，暨②乎篇成，半折心始。何則？意翻空而易奇，言徵實③而難巧也。是以意授於④思，言授於意；密⑤則無際，疏則千里。或理在方寸而求之域表⑥，或義在咫尺而思隔山河。是以秉心⑦養術，無務苦慮；含章⑧司契⑨，不必勞情也。（WXDLZ, juan 6, p.494）

　　① 手握著筆。"搦"，音 nuò，握、持。"翰"，借指毛筆。　② 音 jì，直到。　③ 言語需徵之於實物。　④ 得之於。　⑤ 關係相近。　⑥ 整個疆界。　⑦ 操持其心。"秉"，持，操持。　⑧ 包含美質，典出《易經·坤卦》："含章可貞"。　⑨ 掌管法規，借指掌握行文規律。

　　劉勰也以同樣的態度來重新認識文學活動，他以"言意"代替"言志"的舉動更爲明顯。這一段概括了按照從思到意再到言的文學活動軌道。這裏"思"指代的不是思想的理性活動，而是篇首所描繪的無意識的神遊。劉勰的第一個論斷"意授於思"強調了最初神遊非常重要。劉勰和陸機一樣，他相信這神思會喚起許多情感、形象、文字，並使它們匯聚爲一體。對於劉勰來說，情感、圖象、文字的融合代表了意象的形成或文章的構想。

下一個論斷"言授於意"強調了作品心象的重要性。只有在作者已經形成了作品之虛幻心象之後(或可用劉勰新造的詞"意象"),作者纔有希望以有形文字爲媒介,創造出真正的作品。

雖這段話裏沒有提及"象"在意轉變爲言過程中所起中介作用,但其前一段"獨照之匠,窺意象而運斤"一語已點明意與象的緊密關係。兩者的結合體意象乃是作者運斤,即施展文字技藝的對象。事實上,"意象"一詞日後更多在審美論出現。

【第2.1部分參考書目】

郭紹虞著:《照隅室古典文學論集下》,第1版,上海:上海古籍出版社,1983年。參《論陸機〈文賦〉中之所謂"意"》,第140—151頁。

孔繁著:《魏晉玄學和文學》,第1版,北京:中國社會科學出版社,1987年。參第四章《魏晉玄學言、意之辨與文學創作》,第45—58頁。

蔡彥峰著:《玄學"言意之辨"與陸機〈文賦〉的理論建構》,《文藝理論研究》,第2期(2009年),第124—129頁。

牟世金著:《文心雕龍研究》,第1版,北京:人民文學出版社,1995年。參下篇《創作論》第二節《藝術構思論》,第316—321頁。

錢志熙著:《魏晉詩歌藝術原論》,北京:北京大學出版社,1993年。參第四章《西晉詩風及其文化背景》,第210—328頁。

2.2 文學創作的身體與心理條件

陸機和劉勰都十分關注身體和精神狀況對文學創作的影響,但他們討論的切入點有所不同。陸機圍繞文學創作就事論事,勸誡作者勿在"六情底滯,志往神留"之時仍執意苦思冥想,否則必定勞神而無功,給自己帶來挫敗的沮喪。劉勰同樣也集中討論文思過於鑽礪的害處,但對此論題"上綱上綫",從文學的失敗上升爲作者自我折壽之舉:"夫耳目鼻口,生之役也;心慮言辭,神之用也。率志委和,則理融而情暢;鑽礪過分,則神疲而氣衰;此性情之數也。"從養生保命的高度來討論文學創作方法的優劣,可能會讓現代人感到詫異費解,但放在當時的語境則似乎有老生常談之嫌。我們重溫上一單元中司馬談《論六家要旨》的選段(§033),就可以看到,劉勰實際上是套用司馬談從養生保命的角度論道家、儒家優劣的作法,用以分析"率志委和"之利與"鑽礪過分"之大弊。劉勰《養氣》中最有原創的觀點,應是篇末將文學創作說成近乎"胎息"的養氣之術。劉勰強調了"吐納文藝,務在節宣"對文學創作成功、乃至延年益壽的關鍵作用。對於文學精神療效的表述,中外文論多有論及,如亞里士多德《詩學》中悲劇淨化說(catharsis),但文學養生保命之説則極爲少見。

§ 044　陸機《文賦》:精神狀況與創作成敗

及其六情①底滯②,志往神留。兀③若枯木,豁④若涸流。攬營魂⑤以探賾,頓⑥精爽⑦於自求。理翳翳⑧而愈伏⑨,思乙乙⑩其若抽⑪。是以或竭情而多悔,或率意而寡尤⑫。雖兹物之在我,非余力之所勠⑬。故時撫空懷而自惋,吾未識夫開塞之所由。(*WFJS*, p.168)

① 人的六種情感,一般認爲指喜、怒、哀、樂、好、惡。　② 閉塞,得不到抒發。　③ 昏沉、茫然。　④ 開朗、暢通。　⑤ 猶魂魄。　⑥ 安置、

安放。　⑦猶精神。　⑧隱晦不明貌。　⑨隱藏。　⑩難出貌。
⑪拔出、抽出。　⑫少有過失。　⑬合力。

§045　劉勰《文心雕龍·養氣》（全文）：文學創作與養生保命的關係

　　昔王充著述，制養氣之篇，驗己而作，豈虛造哉！夫耳目鼻口，生之役也；心慮言辭，神之用也。率志委和①，則理融而情暢；鑽礪過分，則神疲而氣衰；此性情之數也。夫三皇辭質②，心絕於道華③；帝世始文④，言貴於敷奏⑤；三代春秋，雖沿世彌縟⑥，並適分⑦胸臆，非牽課才外⑧也。戰代枝詐⑨，攻奇飾說；漢世迄今，辭務日新，爭光鬻⑩采⑪，慮亦竭矣。故淳言⑫以比澆辭⑬，文質懸⑭乎千載；率志以方⑮竭情，勞逸差於萬里；古人所以餘裕，後進所以莫遑⑯也。（WXDLZ, juan 9, p.646）

　　①遵循志，隨順自然。　②言辭質樸。　③道之修飾。　④追求文采。　⑤鋪陳。　⑥日益華麗。　⑦適合。　⑧牽強求之於自己的才力之外。　⑨"枝"，有版本作"技"，一說此字訛，應作"權"。此處句意為，戰國之說機巧詭詐。　⑩賣弄。　⑪文采。　⑫淳厚之言。　⑬文辭澆薄。　⑭差別很大。　⑮對比。　⑯匆忙不安。

　　此段追溯遠古重質到後世崇文的過程，揭示竭情鑽礪、捨命創作風氣形成的歷史原因。

　　凡童少鑒淺而志盛，長艾⑰識堅而氣衰，志盛者思銳以勝勞，氣衰者慮密以傷神，斯實中人之常資⑱，歲時⑲之大較⑳也。若夫器分有限，智用無涯，或慚鳧企鶴㉑，瀝辭㉒鐫思㉓，於是精氣內銷，有似尾閭㉔之波，神志外傷，同乎牛山之木㉕；怛惕㉖之盛疾㉗，亦可推矣。至如仲任置硯以綜述㉘，叔通懷筆以專業㉙，既暄㉚之以歲序,又煎之以日時,是以曹公懼爲文之傷命,陸雲歎用思之困神,非虛談也。

⑰ 老年人。　⑱ 普通人的固有資質。　⑲ 年齡。　⑳ 大概。㉑ 鳧鳥足短,而企望鶴鳥足長。　㉒ 洗練文辭。　㉓ 鐫刻文思。㉔ 海水洩露處,典出《莊子·秋水》,現多指江河的下游。"閭",音 lǘ。㉕ 典出《孟子·告子上》:"牛山之木嘗美矣,以其郊於大國也,斧斤伐之,可以爲美乎?……牛羊又從而牧之,是以若彼濯濯也。""濯濯",形容山上沒有草木。　㉖ 音 dá tì,驚懼、悽愴。　㉗ 成疾。　㉘ 東漢王充在家中墻柱上放置筆墨,一有文思,便可隨時記錄。事見《後漢書》。　㉙ 東漢曹褒,睡覺時懷抱筆札,行路時誦讀文書,專研精思。事見《後漢書》。㉚ 曬乾,引申作銷耗。

此段用比喻說明嘔心瀝血創作的生命代價,並列舉曹操和陸雲對此現象的嗟歎。

夫學業在勤,功庸弗怠,故有錐股自屬,和熊以苦之人㉛。志於文也,則申寫㉜鬱滯㉝,故宜從容率情,優柔適會。若銷鑠㉞精膽,慼㉟迫㊱和氣,秉牘以驅齡㊲,灑翰以伐性㊳,豈聖賢之素心,會文之直理㊴哉!且夫思有利鈍,時有通塞,沐則心覆㊵,且或反常,神之方昏,再三愈黷㊶。是以吐納文藝㊷,務在節宣㊸,清和其心,調暢其氣,煩而即捨,勿使壅滯,意得則舒懷以命筆,理伏㊹則投筆㊺以卷懷㊻,逍遙以針勞,談笑以藥勩㊼,常弄閒㊽於才鋒,賈餘㊾於文勇,使刃發如新,湊理㊿無滯,雖非胎息㉛之邁術㉜,斯亦衛氣之一方也。

㉛ 熊膽,味極苦。唐人柳仲郢好學,夜咀熊膽以助勤。但唐人事典與劉勰所處時代不合,《文心雕龍》的多個版本中缺此六字,清人盧文弨以爲是後人訛增。　㉜ 舒展、發洩。　㉝ 抑鬱窒塞。　㉞ 熔化。　㉟ 音 cù。㊱ 逼迫。　㊲ 驅趕年齡,指耗費生命。　㊳ 損傷生性。　㊴ 正確的道理。　㊵ 沐,洗頭髮。洗髮時需要低頭,古人以爲如此則心亦翻覆。典出

《左傳》。 ㊶ 更加混亂。 ㊷ 指寫作。 ㊸ 有節制的抒發。 ㊹ 隱藏,意謂寫作時理路不明晰。 ㊺ 放下筆。 ㊻ 收起,安放。指收心息慮,暫停寫作。 ㊼ 同"倦"。此句謂以談笑爲藥物,來治療疲倦。 ㊽ 閑情。 ㊾ 可以使出多餘的力量。 ㊿ 同"腠理",肌肉紋理,指代行文條理。 (51) 道家養氣之術,不用口鼻呼吸,如在胞胎之中。 (52) "邁",應作"萬","萬術",萬全之術,與下句"一方"相對而言。

這段强調"吐納文藝,務在節宣"對文學創作成功、乃至延年益壽的關鍵作用。

贊曰:紛哉萬象,勞矣千想。玄神(53)宜寶,素氣(54)資養。水停以鑒,火静而朗。無擾文慮,鬱(55)此精爽(56)。(*WXDLZ*, *juan* 9, pp.646－647)

(53) 元神。 (54) 元氣。 (55) 積聚、保養,使其茂盛。 (56) 猶精神。

【第 2.2 部分參考書目】

王元化著:《文心雕龍創作論》,第 1 版,上海:上海古籍出版社,1979 年。參下篇《釋〈養氣篇〉率志委和説——關於創作活動的直接性》,第 219—223 頁。

王元化著:《文心雕龍創作論》,第 1 版,上海:上海古籍出版社,1979 年。參下篇《陸機的感興説》,第 224—228 頁。

徐復觀著:《中國文學精神》,第 1 版,上海:上海書店出版社。參《陸機文賦疏釋》,第 296—299 頁。

2.3　創作階段一:感物過程

感物是指人因受到外物的刺激而産生各種情感反應。劉勰《文心雕龍・明詩》云:"人稟七情,應物斯感,感物吟志,莫非自然。"六朝之前,古人所感之物多是種種不同的社會政治現象,包括"大禹成功""太康敗德"等,而有感而言則是"吟志",即直接表達帶有明顯的政治意味的情感。但到了六朝,"感物"的內涵產生了根本的變化。陸機《文賦》開篇即云:"佇中區以玄覽,頤情志於典墳。遵四時以歎逝,瞻萬物而思紛。"直接點明,詩人所感之物是四季的自然現象和文籍,而有感之言則是"頤情志"之唯美詩篇。隨著感物對象的變化,感物的形式也產生了質的變化,不再是情感對外物刺激的被動反應,而是物與情之間雙向的互動。陸機"悲落葉於勁秋,喜柔條於芳春。心懍懍以懷霜,志眇眇而臨雲"兩聯中,首聯言觀秋葉春條而生悲喜之情,而次聯則言懷懍懍之心、眇眇之志而進行觀物。劉勰則用《物色》專篇詳盡地分析感物過程景物與情感互動、交融的過程,並在讚語中作出極爲精闢的總結:"目既往還,心亦吐納……情往似贈,興來如答。"鍾嶸雖然沒有深入探索感物的過程,却將詩人感物的意義提高至不可逾越的地位,稱:"氣之動物,物之感人,故搖蕩性情,形諸舞詠。欲以照燭三才,暉麗萬有,靈衹待之以致饗,幽微藉之以昭告。動天地,感鬼神,莫近於詩。"值得指出的是,這段話實即《毛詩序》"故正得失,動天地,感鬼神,莫近於詩"的改寫,而此改寫正好印證"感物"的內涵和方式在六朝時期所產生的質變。

§046　陸機《文賦》:唯美的感物論

佇中區①以玄覽②,頤③情志於典墳。遵四時以歎逝,瞻萬物而思紛。悲落葉於勁秋,喜柔條於芳春。心懍懍④以懷霜,志眇眇⑤而臨雲。詠世德之駿烈⑥,誦先人之清芬。遊文章之林府⑦,嘉麗藻之彬彬⑧。慨投篇而援筆⑨,聊宣⑩之乎斯文。(WFJS, p.14)

① 佇立天地之中。　② 在幽玄的狀態中覽知萬物。　③ 保養。　④ 勁烈、危懼。　⑤ 高遠貌。　⑥ 有德者之大業。　⑦ 多如林木,富如府庫。形容聚集衆多之處。　⑧ 不同事物搭配得當的樣子。　⑨ 拿起筆。　⑩ 言明。

《文賦》在談到文學創作的第一階段時,開篇點出兩個精神活動,即與自然情感交匯和在典籍中發酵感情,隨即講作者與自然的情感交匯有兩種模式,一是對四季轉換的情感反應(第3—6句),二是先有情感在胸,以情觀物,移情於自然(第7—8句)。陸機接著轉談作家沉浸於典籍中所得:學習古人道德風範和文章藝術(第7—12句)。必須注意的是,陸機唯美的"情"觀在這些句子中得以表達。《詩大序》按照對特定社會政治現實的直接情感反應來定義"情",而陸機沒有這麼做,也沒有把文學創作和直接情感抒發相等同。他把"情"僅僅看做創作的原材料,需要在古代經典中得以沉澱和滋養。用當代批評的話來說,滋養情感就是在歷代文本的互文視野中昇華爲藝術情感的努力。在尾聯,陸機暗示,通過情感的互文升華,一個作者在腦中獲得了某物,并感到"聊宣之乎斯文"的衝動。儘管陸機沒有告訴我們作者獲得的爲何物,但似乎就是後來劉勰所說的"意象",即浮現腦海中的作品虛象。"聊宣之乎斯文",即是將此心象付諸文字。

§ 047　劉勰《文心雕龍·物色》:唯美的感物論

春秋代序①,陰陽慘舒,物色之動,心亦搖焉。蓋陽氣萌而玄駒②步,陰律凝而丹鳥③羞,微蟲猶或入感,四時之動物深矣。若夫珪璋④挺其惠心,英華秀其清氣,物色相召,人誰獲安?是以獻歲⑤發春,悅豫⑥之情暢;滔滔⑦孟夏,鬱陶⑧之心凝;天高氣清,陰沈之志遠;霰雪⑨無垠,矜肅⑩之慮深。歲有其物,物有其容;情以物遷,辭以情發。一葉且或迎意⑪,蟲聲有足引心。況清風與明月同夜,白日與春林共朝哉!是以詩人感物,聯類不窮,流連萬象之際,沈吟視聽之區;寫氣圖貌,既隨物以宛轉⑫;屬采⑬附聲,亦與心而徘徊。(*WXDLZ*, *juan* 10, p.693)

① 更次。 ② 螳,亦稱蚍蜉,又稱蟻。 ③ 蚊蚋,一説爲螢火蟲。 ④ 玉器,比喻人品高尚。 ⑤ 新的一年。 ⑥ 舒暢愉悦。 ⑦ 盛陽貌。 ⑧ 憂思沉積。 ⑨ 雨雪交雜而下。 ⑩ 嚴肅沉重。 ⑪ 迎接、歡迎情意。 ⑫ 變化。 ⑬ 連綴辭采。"屬",音 zhǔ。

劉勰以同樣的觀點來闡述文學創作的第一階段,但是他沒有像陸機一樣對此階段進行全面討論。他最感興趣的似乎是作家對外界刺激的情感反應。《物色》一章的大部分都在討論這一點。他認爲此時作家只是在簡單的心理層面上對自然過程作出反應。季節交替和隨之而來的物色之變化,引發作者内心的喜悦、憂慮、愁思或悲傷,這唤醒了作者抒寫内心的渴望。

故灼灼狀桃花之鮮,依依盡楊柳之貌,杲杲爲出日之容,瀌瀌擬雨雪之狀,喈喈逐黄鳥之聲,喓喓學草蟲之韻;皎日嘒星,一言窮理;參差沃若,兩字窮形:並以少總多,情貌無遺矣。雖復思經千載,將何易奪?……

贊曰:山沓水匝,樹雜雲合。目既往還,心亦吐納。春日遲遲,秋風颯颯。情往似贈,興來如答。(*WXDLZ*, *juan* 10, pp.693—695)

贊語精闢總結了外物與人情間雙向的互動,耳目所觸的山水雲樹,會牽引出心神搖蕩,而以情觀物,觸物感興,就如人與人間的往來贈答,富有靈動詩意。

§ 048　鍾嶸《詩品》：感物搖蕩性情的意義

【作者簡介】鍾嶸(約 468—518)，字仲偉，南朝梁文學批評家。潁川長社(今河南長葛)人，齊代官至司徒行參軍。入梁歷任中軍臨川王行參軍、西中郎將晉安王記室，世稱鍾記室。鍾嶸代表作爲詩歌評論著作《詩品》。品評兩漢至南朝梁詩人百多人，分爲上、中、下三品，故名爲《詩品》。書名原爲《詩評》，這是因爲鍾嶸就作品評論其優劣。後以《詩品》定名，以定詩人品第。

氣之動物，物之感人，故搖蕩性情，形諸舞詠。照燭①三才②，暉麗③萬有，靈祇④待之以致饗⑤，幽微藉之⑥以昭告。動天地，感鬼神，莫近於詩。（LDSH, p.2）

① "燭"，照亮。　② 指天、地、人。　③ 燦爛美麗。　④ 神靈。
⑤ 得到祭祀。"饗"，音 xiǎng，祭禮。　⑥ 藉助詩。

鍾嶸雖未展開分析感物的過程，却將詩人感物的意義提高至不可逾越的地位，足以"照燭三才，暉麗萬有"，"動天地，感鬼神"。這一表述實襲用《毛詩序》對詩的評價，只是不再強調詩"正得失"，而是感物搖蕩性情的作用，由此可見"感物"的內涵和方式在六朝時期所產生的質變。

【第 2.3 部分參考書目】

王元化著：《文心雕龍創作論》，第 1 版，上海：上海古籍出版社，1979 年，參下篇《釋〈物色篇〉心物交融説——關於創作活動中的主客關係》，第 72—75 頁。

楊明著：《魏晉文學批評對情感的重視和魏晉人的情感觀》，《復旦學報》1985 年第 1 期，第 59—65 頁。

童慶炳著：《〈文心雕龍〉"物以情觀"説》，《北京師範大學學報(社會科學版)》2011 年第 5 期，第 30—41 頁。

2.4　創作階段二：神思過程

在文學創作過程的討論中，陸機和劉勰均認爲文學創作始於作者超驗的心理活動,並對其中的雙向旅程進行了詳細闡釋。范曄則最早提出"以文傳意""以意爲主"這一觀點,強調了"意"的重大意義,繼承並發展地闡釋了創作過程"情""志"和"意"三者之間的關係。

　　提煉情感所生成的最初藝術構想("意")基本上是一種創作衝動所驅使的非常模糊的心理狀態,而且對寫作的表達來説,還不成熟。陸機和劉勰認爲,一個作者需要經歷兩個心理過程——超驗神思和形象聯想,從而將最初的構想轉變爲"意象",或説整個作品的心象。陸機和劉勰都認爲,文學創作肇始於作者超驗的心理活動,即劉勰所稱的"神思"。陸劉對神思的描述具有高度的一致性,分別都強調以下三點。其一,神思是一個神奇的雙向旅程,先從感知世界飛翔到超驗世界,然後又回到感知世界。其二,神思的去程是在感官停止運作、絕對虛靜的狀態中進行,非此則無以展開超越時空的飛翔。其三,神思的歸程是内視内聽的動態過程,其間物象、情感、言辭持續在腦海中飛動,相互交接,乃至融合成劉勰所稱的"意象",或説是腦海中作品的虛擬存在。但在描述超驗神思的雙向旅程這一觀點時,兩人的描述也具有各自的特點。

　　陸機和劉勰對超驗神思的描繪和隨後的情、象、言的相互作用明顯生發於《繫辭傳》所描繪的從"意"到"象"到"言"的綫性漸進過程(參§014)。正如王弼所説,"意—象—言"進程是一者產生另一者的過程:"象者,出意者也。言者,明象者也。"(參§016)在陸機和劉勰的文章中,我們可以看到同等的三段進程:從"意"到"象"到"言"。聖人之直觀認知產生了八卦、六十四卦之"象",而作者的超驗神思也引領產生了"意象"。同樣的,聖人繫辭以明象,作者的精神之象也通過語言而傳達——或者用劉勰的話"辭令管其樞機"。

在陸機和劉勰的段落中,也有在《繫辭傳》中沒有見到的:他們引入"情",將它當做"象"不可分割的關聯物,還詳細描繪了情和象如何互動并聯合成爲"意象"。對他們來說,將"情"引入"意—象—言"範式在所必然,因爲情是文學的基本要素,在文學創作論的討論中不可或缺。在筆者看來,陸機和劉勰描繪了情和象的互動以及最終融合,是他們對"意—象—言"範式最爲精妙的改造。

§ 049　陸機《文賦》:超驗神思的雙向旅程

其始也,皆收視反聽,耽思①傍訊②,精騖③八極,心遊萬仞④。

① 沉思。　② 遍求。　③ 精神馳騁於。　④ 形容極高處。"仞",計量單位,周制八尺,漢制七尺。

這段描繪了藝術構思中的超驗神思的忘我。陸機指出,超驗神思以所有感官靜止開始,跟著是神遊萬里,即"心遊"。陸機提煉的"心遊"概念將莊子的"遊心"一詞倒置,但基本上是同樣的意思。莊子寫道:"且夫乘物以遊心,託不得已以養中,至矣。"(《莊子·人間世》)無疑,陸機對心遊的描繪是基於莊子"遊心"的範本,和莊子一樣,陸機強調,神遊的準備條件是感官活動的停止和精神的凝注,而且神遊超越了所有時空界限,可到達宇宙的盡頭。

其致⑤也,情曈曨⑥而彌鮮,物昭晰⑦而互進。傾群言之瀝液⑧,漱六藝之芳潤。浮天淵以安流,濯下泉而潛浸。於是沈辭怫悦⁹,若遊魚銜鉤而出重淵之深。浮藻聯翩,若翰鳥纓⁰⁾繳⁽¹¹⁾而墜曾⁽¹²⁾雲之峻。收百世之闕文,採千載之遺韻。謝朝華於已披⁽¹³⁾,啓夕秀於未振。觀古今於須臾,撫四海於一瞬。(*WFJS*, p.25)

⑤ 到來。　⑥ 音 tóng lóng,日初出,光朦朧不明。　⑦ 光亮清晰。
⑧ 涓滴,細微的水流。　⑨ 同"弗鬱",難出貌,比喻思致將來而未來的狀態。"怫",音 fú。　⑩ 繫上。　⑪ 音 zhuó,繫在箭尾的絲繩,隨箭射出。
⑫ 重重。　⑬ 已經披露的,比喻陳言舊辭。

不同於莊子的是,陸機認爲作者的神遊只是短暫的。如果說道家希望永遠在"太清"中超驗神遊,那麼一個作家讓自己的精神遠遊,不是爲了達到時空的永久超脫,而是爲了得到文學創作不可思議的力量。在描繪了"精騖八極"之後,陸機立刻描繪了一個作者的精神如何回到情感、物象、語言的世界中。這裏的"物"不是直接感知的物象,而是作者腦海中的虛象。同樣,"情"不是對外在刺激的粗糙情感反應,而指的是沉思中昇華的藝術感情。而且,這裏説的"言"也不是真正的出於筆尖的言,指的是作者對語言的思索。

陸機對超越的沉思和其間浮現的形象、情感、文字的相互作用的描寫,似乎也能够勾勒出一個從意到象再到言的綫性推進相似的過程。陸機的超越的沉思使我們意識到創作中也有類似聖人的"意"或對宇宙奧秘的直觀認識(意)的元素。正如聖人的直觀認識(意)能完整地通過"象"(卦象)來表達,陸機超越的沉思也產生了豐富的形象。其實,王弼所云"象生於意"可巧妙解釋陸機的作品虛象如何生成,誠如它解釋《易經》中的"象"的生成一般。兩者唯一的分別大概是陸機把形象與情感混而不分。這種調整是必需的,因爲情感作爲文學的基本元素,在討論創作的過程中不能不予以考慮。同樣地,王弼所云"言生於象"也一樣能適用於陸機所描述的文字和語句的產生。

§050　劉勰《文心雕龍·神思》:超驗神思的雙向旅程

古人云:形在江海之上,心存魏闕①之下。神思之謂也。

文之思也，其神遠矣，故寂然凝慮，思接千載；悄焉動容，視通萬里；吟詠之間，吐納珠玉之聲；眉睫之前，卷舒風雲之色；其思理之致乎。

① 宮門外的闕門，用以懸示法令，亦是朝廷的代稱。

《神思》開篇就討論文學創作開始時的超驗心理活動，而且同樣描繪了作者心神的雙向旅程，先從作者身體向外飛翔，上通雲天、漫遊八方，但瞬間又回歸到現象世界，出現在作者耳目之前，喚起"珠玉之聲"和"風雲之色"。在作者達到"虛靜"的精神狀態之後，劉勰堅持，其最深處的精神能神接萬物，超越時空限制。這裏對神遊的描繪讓我們回想到陸機的描繪，與陸機不同，劉勰不僅生動地描繪這個超驗心理活動，舉出感官靜止和不被時空所拘的漫遊為特徵，而且拈出"神思"一詞定義這個活動過程。與《文賦》一樣，劉勰相信緊接超驗神遊的是回到情感、意象、語言世界的返程旅行，所以他在下面的段落中，也追溯了神遊之精神如何把物象從遠方帶回作者眼中耳中，從而非常清楚的描繪了精神的"往返旅行"。

故思理為妙，神與物遊。神居胸臆，而志氣統其關鍵；物沿②耳目，而辭令管其樞機。樞機方通，則物無隱貌；關鍵將塞，則神有遯心③。是以陶鈞④文思，貴在虛靜，疏瀹⑤五藏，澡雪精神，積學以儲寶，酌理以富才⑥，研閱以窮照⑦，馴致⑧以懌⑨辭，然後使玄解⑩之宰，尋聲律而定墨⑪；獨照⑫之匠，闚⑬意象而運斤：此蓋馭文之首術，謀篇之大端。（WXDLZ, juan 6, p.493）

② 經由，通過。　③ 逃避而無法準確捕捉到。　④ 塑造、培育。
⑤ 引導暢通。"瀹"，音 yuè。　⑥ 豐富才力。　⑦ 透徹的照見。
⑧ 逐漸達到。　⑨ 同"繹"，抽引出。　⑩ 妙悟，奧秘的理解，出《莊子·養生主》，這裏是用文中庖丁解牛的故事。　⑪ 指下筆。　⑫ 獨有的照鑒，出《莊子·天道》，用輪扁斲輪的故事。　⑬ 同"窺"，觀察。

雖然劉勰在此前沒有提到情感，但是隨後的文字，説的是象的紛至沓來總是和情感、思想混合在一起。按照劉勰的說法,有很多重要因素影響了神遊萬里之旅程和回到意象世界之歸程。他告訴我們,神思啓程是否順利,與"志""氣"等身體因素有關。他將感性過程(耳目之用)和思維過程(語言之用)看作是篩選提煉從遠處接踵而來的物象的重要因素。而其歸程是否順暢而有成效,則取決於耳目和辭令所起的中介調節作用。神思往返之旅順利完成,情、物、辭必定巧妙配合,融爲作品的心象,即他所稱的"意象"。爲了取得這一理想效果,作家必須培養使神思順利完成所必備的各種才能。他必須學會達到令心神遨遊天外所必須的"虛靜"狀態("是以陶鈞文思,貴在虛靜"),必須"疏瀹五藏,澡雪精神",即必須增强其生命活力和道德品質。他還必須積累學問提升思維能力("積學以儲寶,酌理以富才")和獲得敏銳的認知力("研閱以窮照,馴致以懌辭")。劉勰認爲,只有培養了上述所有才能之後,作家方能有效地在直覺、生理、感知和智力諸層面上進行互動,最終創作出一部偉大的作品。此段的論述内容不見於陸機《文賦》,顯然屬劉勰自己的原創闡發。

§ 051 ＊范曄(398—445)《獄中與諸甥侄書》:意與情志的關係(＊號表示本節以外時期的相關論述)

【作者簡介】范曄(398—445),字蔚宗,南朝宋史學家、文學家,南陽順陽(今河南淅川西南)人。官至左衛將軍,太子詹事。宋文帝元嘉九年(432),范曄"左遷宣城太守,不得志,乃删衆家《後漢書》爲一家之作",撰寫《後漢書》,至元嘉二十二年(445),以涉及謀反罪被殺。

常耻作文士。文患其事盡於形,情急①於藻,義牽其旨②,韻移其意③。雖時有能者,大較多不免此累,政④可類工巧圖繢⑤,竟無得也。常謂情志所託,故當以意爲主,以文傳意。以意爲主,則其旨必見;以文傳意,則其詞不流⑥。然後抽其芬芳⑦,振其金石⑧耳。此中情性旨趣,千條百品,屈曲有成理。自謂頗識其數,嘗爲人言,多不能賞,意或異故也。

① 迫切,急於表達。　② 文意牽制了文章主旨的表達。　③ 聲韻妨礙了文意的表達。　④ 通"正",正好。　⑤ 繪製圖畫。"繢",音 huì,色彩豐富的圖畫。　⑥ 流散、放蕩。　⑦ 抽引文詞之芬芳,比喻提煉辭藻。⑧ 振,興起,振動;金石,比喻樂器。此句謂調和音律。

性別宮商⑨,識清濁⑩,斯自然也。觀古今文人,多不全了⑪此處,縱有會此者,不必從根本中來。言之皆有實證,非爲空談。年少中,謝莊⑫最有其分⑬,手筆差易⑭,文不拘韻故也。吾思乃無定方,特能濟難⑮適輕重,所稟之分,猶當未盡。但多公家之言,少於事外遠致,以此爲恨,亦由無意於文名故也。(SS, *juan* 69, p.1830)

⑨ 可以識別音調樂律。宮商,代指古樂的音律系統。　⑩ 可以區別清濁。"清濁",六朝文論與樂論中的重要概念,一般用來描述氣,可移用到聲音之清揚與濁重。　⑪ 理解。　⑫ 謝莊(421—466),南朝宋人,官至吏部尚書。善作文,以賦聞名。　⑬ 天分、才分。　⑭ 區別,有變化。⑮ 助益、補救行文艱難之處。

范曄的這段話解釋了"情""志"和"意"之間的關係,對唐宋的創作論影響很大。之前的詩歌創作論,如"詩言志"等等論斷,從來不提"意",而到了陸機、劉勰時,如陸機《文賦》"恒患意不稱物,文不逮意"(§116),認爲意很難表達出來,整個創作過程是從意到言的過程,而劉勰《文心雕龍·神思》篇則認爲"意授於思,言授於意"(§117),而"意"的出現之重大意義在范曄的這段話得以很好的表達。"情志所託,故當以意爲主"是説詩歌創作不是直接把情志表達出來,而是應該用"意"對"情志"進行加工和藝術提煉。文人寫作並不是有"情"就可以表達,而是將"情"轉化爲藝術的情感,即這裏所説的"意"。范曄是最早提出"以文傳意""以意爲主"這一觀點的,以後的批評家們反反覆覆重複的就是"以意爲主,則其旨必見"。這裏的"意"並非簡單的意思。而是對情感的重新升華和改造。下面一句"以文傳意,則其詞不流",指的是這樣的言辭不會墮入流俗,不會失於淺薄,而"抽其芬芳,振其金石"指的是其藝術方面,即不是直接用文來表情,而是傳意的時候會出現文學的芬芳。由此可見,"意"是討論藝術創作方面的重要術語。後來明清學者又對這一段的主要意思加以闡述,講得更爲清楚。

【第 2.4 部分參考書目】

王元化著:《文心雕龍創作論》,上海:上海古籍出版社,1979 年,參下篇《陸機的感興説》,第 224—228 頁。

劉勉著:《神思:神的下降與思的上升——劉勰神思論的哲學背景及理論内涵》,《文藝研究》2013 年第 2 期,第 47—54 頁。

張少康著:《中國古代文學創作論》,北京:北京大學出版社,1983 年。參第一章第二節　神思,第 21—27 頁。

Chen Shih-Hsiang, trans. *Essay on literature*. Rev. ed. Portland, Maine: Anthoensen Press, 1952, pp.xx‐xxj.

2.5　創作階段三:從意象到言的轉換

神思在超驗之域與感知世界之間一往一返,可稱爲創作的第一、二階段,而接下的第三,也是最後階段,則是劉勰所説"闚意象而運斤"之事,也就是把神思的碩果、即作品的心象轉變成文字作品的努力。對於最後的成文階段,陸機和劉勰都極爲關注,不惜筆墨,作出詳盡的論述。他們都讚譽從虛無到實有的藝術創造,陸機云"課虛無以責有,叩寂寞而求音",而劉勰則云"規矩虛位,刻鏤無形"。陸劉同時論及成文過程給作者帶來的特有喜悦和挑戰。在他們看來,成文階段要取得巨大的成功,不僅需要自覺的努力和理性思維,如結構安排、修辭、用事、選辭等,還且有賴於非自覺努力可得、難以言傳的神助。陸機稱此神助爲"來不可遏,去不可止"的靈感,而劉勰則發出"伊摯不能言鼎,輪扁不能語斤,其微矣乎"的感歎。

劉勰獨創"意象"一詞,將"意"與心象緊密地聯繫在一起,並將其定義爲神思的結果、作品書寫所據,在文學創作論中實爲首創。然而,如果我們把視角擴大到整個文藝理論,那麼就會發現,西晉王羲之早在一個半世紀前就將"意"引入書論,用於描述書法家在揮墨之前對字形粗細大小、字句排列的視覺想象,而"意"的這種用法很可能對劉勰產生了影響。爲此,本單元末尾加上王羲之論"意"的選段。

§ 052　陸機《文賦》:從意象到言過程的困難

罄①澄心以凝思,眇②衆慮而爲言。籠天地於形內,挫③萬物於筆端。始躑躅④於燥吻⑤,終流離於濡翰⑥。理扶質⑦以立幹⑧,文垂條而結繁⑨。信情貌之不差,故每變而在顔⑩。思涉樂其必笑,方言哀而已歎。或操觚⑪以率爾⑫,或含毫⑬而邈然⑭。(WFJS, p.43)

① 用盡。　② 高遠、超越。　③ 彎折、收縮。　④ 音 zhí zhú,徘徊不前。　⑤ 乾燥的嘴唇。　⑥ 濕潤的筆端。　⑦ 支撐形體。　⑧ 主幹。　⑨ 結葉繁茂。　⑩ 顯示於外貌。　⑪ 音"gū",用來書寫的木簡。　⑫ 急遽、無拘束。　⑬ 手握毛筆。　⑭ 深遠、模糊。

陸機於《文賦》中強調了藝術創作的心理狀態,作者有時靈機一動,一揮而就,有時思路閉塞,苦思茫然,久久不能落筆。展示了詩性靈感有助於創作傳遞,關注了作者在轉換意象到言過程遇到的困難。

§ 053　陸機《文賦》：從意象到言過程的愉悦

伊兹事之可樂，固聖賢之所欽。課①虛無以責②有，叩寂寞而求音。函③綿邈於尺素，吐滂沛乎寸心。言恢④之而彌廣，思按⑤之而逾深。播芳蕤⑥之馥馥⑦，發青條之森森⑧。粲⑨風飛而猋⑩豎，鬱⑪雲起乎翰林。（WFJS, p.64）

① 考察。　② 索求。　③ 包含。　④ 擴展、弘大。　⑤ 考察、探究。　⑥ 音 ruí，盛開的花。　⑦ 香氣。　⑧ 枝葉繁盛貌。　⑨ 明亮。　⑩ 通"飆"，急速。　⑪ 隆盛、蘊結。

這段文字說明，即使面對如此困難，陸機認爲寫作同樣充滿樂趣，其後他便詳細描繪創作過程的愉悦。

§ 054　陸機《文賦》：從意象到言過程中的構思活動

然後選義按部，考辭就班①。抱暑②者咸叩，懷響者畢彈。或因枝以振葉，或沿波而討源。或本隱以之顯，或求易而得難。或虎變而獸擾，或龍見③而鳥瀾④。或妥帖而易施⑤，或岨峿⑥而不安。（WFJS, p.43）

① 次序。　② "暑"，當作"景"，光影，比喻有形之物。　③ 龍紋顯現。　④ 鳥掀起波瀾。　⑤ 容易安放。　⑥ 音 jū wú，交錯崎嶇。

在洞悉意象轉化爲言的困難後，陸機和劉勰嘗試解決言不達意的問題，隨之關注創作中構思活動的過程，探討影響意象到言轉化的不同因素。而在《文賦》中，陸機描繪了一系列作者有意識的構思活動。

他認爲，一個作者必須內觀心象，并依此安排作品結構。然後他必須細查用詞，并恰當組合詞語順序。讀到"選義按部，考辭就班"兩句，我們自然期望陸機馬上要過渡到討論成文階段的具體事宜，如文章結構、遣詞用字等。但出乎意外的是，陸機突然間來上一大段植物、鳥獸、地形的描繪比喻，陳述變得更加抒情化和模糊。這些描繪和比喻沒有就作者應該關於結構和構思而做些什麼給出清楚的線索,讓古今讀者困惑不已。在筆者看來,這一行文的斷裂表明陸機描述從無形"意"到有形"言"之轉變過程時遇到了困難,因爲這一轉變自身就完全沒有固定的規則。用語言描繪這一轉變雖然不是不可能,但確實很難。故而陸機避實就虛,改用四聯充滿物象比喻的對句來展示四種相反相成的行文動勢。

1. 從本到末勢和從末到本勢。("或因枝以振葉,或沿波而討源。")
2. 從隱到顯勢和從易到難勢。("或本隱以之顯,或求易而得難。")
3. 離心擴散勢和向心聚合勢。("或虎變而獸擾,或龍見而鳥瀾。")
4. 言辭妥帖流動勢和言辭凝滯不安勢。("或妥帖而易施,或岨峿而不安。")

陸機列出了這四對相反相成的文勢,看起來想要說明,作品心象到文字的轉換,有賴於文勢發展的推動。

§055 陸機《文賦》:從意象到言轉化過程中無意識的創作行爲

若夫應感之會,通塞之紀①。來不可遏②,去不可止。藏若景滅,行猶響起。方天機之駿利③,夫何紛而不理。思風發於胸臆,言泉流於脣齒。紛威蕤④以馺遝⑤,唯毫素之所擬。文徽徽以溢目,音泠泠而盈耳。(*WFJS*, p.168)

① 法則、道理,一説爲開端意。 ② 音 è,阻止。 ③ 急速鋒利。 ④ 音 wēi ruí,繁盛貌。 ⑤ 音 sà tà,接連不斷。

在討論了所有"言"的冗雜技術問題後,《文賦》結尾部分又回頭談論超感官經驗。陸機也強調了藝術心象的傳達依存於"澄心以凝思"——在這一狀態中,作者可以"眇衆慮而爲言,籠天地於形内",去創作能超越天地,並把萬物收籠到作者筆端下的文章。此刻,超感官經驗是靈感的迸發。爲甚麼陸機以描繪詩性靈感來結束前面技術性的冗長討論?主題的突然轉變,乍看上去是行文失誤。但實際上陸機一是採用以虛對虛之法,以求解脫無法用言語描述意象→文字轉變過程的困境;二是要突出強調,文學創作實質上是感性和超感性經驗之間、有意識行爲和無意識自發行爲之間、學問和才華之間的節奏律動,陸機相信,沒有這樣創作力的律動,偉大的文學作品是不可能產生的。

§056 劉勰《文心雕龍·神思》：從意到言轉化的困難

夫神思方運,萬塗競萌,規矩虛位①,刻鏤無形,登山則情滿於山,觀海則意溢於海,我才之多少,將與風雲而並驅矣。方其搦翰②,氣倍辭前;暨乎篇成,半折心始。何則？意翻空而易奇,言徵實而難巧也。(WXDLZ, juan 6, pp.493–494)

①抽象的事物。　②握筆。

同樣的,劉勰重點探討了從意到言轉化的過程,《神思》篇中詳細敘述轉化過程中遇到的困難。描繪了作家神思的過程,無形的意可自由馳騁,言辭却有形固定,因此作家在寫作時,往往難以將意完全地轉換成文辭本身。

§057 劉勰《文心雕龍·鎔裁》：從意象到言過程中有意識的構思活動

凡思緒初發,辭采苦雜,心非權衡,勢必輕重①。是以草創鴻筆②,先標三準：履端③於始,則設情以位④體；舉正於中,則酌事以取類；歸餘於終,則撮⑤辭以舉要。然後舒華布實,獻替⑥節⑦文,繩墨以外,美材既斲⑧,故能首尾圓合,條貫統序。若術不素定⑨,而委⑩心逐辭,異端叢至,駢贅⑪必多。故三準既定,次討字句。句有可削,足見其疎⑫；字不得減,乃知其密。(WXDLZ, juan 7, p.543)

①人心非權衡(即秤),勢必有輕重之傾斜。　②大手筆,比喻作文。③步歷開端,指開始作文。　④確立。　⑤音cuō,聚合、聚攏。　⑥獻

出可行的,摒棄不可行的。語出《左傳·昭公二十年》。 ⑦ 節制。
⑧ 音zhuó,砍削、雕琢。 ⑨ 預先確定。 ⑩ 任由。 ⑪ 音 pián zhuì,
多餘冗雜的言辭。 ⑫ 散漫粗略。

在《鎔裁》篇,劉勰制定一系列準則,認爲這些有意識的寫作標準有助構思更好地轉換成文。《鎔裁》篇提綱挈領地説明了言和意的關係。所謂"先標三準",一是"設情以體位",即適當方式處理情感;二是"酌事以取類",即取不同的事類比喻等等;三是"撮辭以取要",即文字上的推敲。

§058　劉勰《文心雕龍·神思》:從意象到言轉化過程中無意識的創作行爲

拙辭或孕於巧義,庸事或萌於新意;視布於麻,雖云未費,杼軸①獻功,焕然乃珍。至於思表纖旨,文外曲致,言所不追②,筆固知止。至精而後闡其妙,至變而後通其數,伊摯不能言鼎③,輪扁不能語斤,其微矣乎!

贊曰:神用④象通,情變所孕。物以貌求,心以理應。刻鏤聲律,萌芽比興。結慮⑤司契⑥,垂帷制勝。(WXDLZ, juan 6, p.495)

① 音 zhù zhóu,織布的工具。　② 追及,謂言語不能達到者。
③ 伊摯,即伊尹,商湯大臣,以鼎(煮食的容器)説商湯。事見《吕氏春秋·本味》。 ④"用",經由。 ⑤ 組織其文思,即構思。 ⑥ 掌管法規,借指掌握行文規律。

有關最後的成文階段,對於如何能把文章的構想化爲實質的文字,劉勰也象陸機那樣强調,作家應"窺意象而運斤"。"運斤"的比喻指涉不少有關藝術家神妙的創作過程的寓言。首先令我們想起的,是《莊子》中有關庖丁的著名故事。這故事提到藝術家創作完美作品得力於兩個因素:即須長年累月的技巧訓練,也要有出於自然、非自覺創作舉動的導引。不過,他沒有把這方面的論述放在《神思》之中,而是寫出很多專章,對主要的寫作技術問題逐一加以論述。有關非自覺的創作舉動,陸機直接描繪了詩性靈感的突然迸發(§055),而劉勰則滿足於承認,這些自發創作行爲,其實是難以用語言解釋清楚的,猶如輪扁不能語斤。

§059 王羲之(321—379 或 303—361)《書論》:"意"的含義

【作者簡介】王羲之(321—379 或 303—361),字逸少,琅邪臨沂(今屬山東臨沂)人,東晉書法家,史稱"書聖",與其子王獻之合稱"二王"。名臣王導之姪,王曠之子,初任秘書郎,累遷右軍將軍,人稱"王右軍"。永和九年(353),於蘭亭雅集,撰寫《蘭亭序》。王羲之善於文章與書法,師承衛夫人、鍾繇,隸、草、楷、行各體皆精,其書法真跡皆已失傳,《蘭亭集序》等帖,全爲後人臨摹。

令意在筆前,筆居心後,未作之始,結思成矣。(*MCB, juan* 2, p.54)

《論語》中有幾次將"意"用作"臆想",即他所不讚同的想象和猜想(§013)。《韓非子·解老》,描述如何通過(死)象的骨頭來想象活象,從而將臆想與"象"聯繫起來。如果説陸機《文賦》序言勾勒了物、意、言的關係,稍後的王羲之《書論》則首先用"意"字來描述書法家的想象活動,以書法角度解釋"意"的含義。王羲之的解讀方式與陸機、劉勰兩人存在不少相似之處。這段話中的"意"不是意思之意,而是對字形的想象。"意在筆前"是指下筆之前預想字形的大小、偃仰、平直、振動等等,也就是在落筆之前的構思活動。這種"意"是通過"結思"而成。雖然是名詞,但其實際所指則爲一個想象的過程,具有某種動詞性。《文心雕龍·神思》言:"意授於思,言授於意"(§043),很可能受到了王羲之這一思路的影響。

§060 王羲之《題衛夫人筆陣圖後》:"意"與"勢"的關係

夫紙者陣也,筆者刀稍也,墨者鍪甲①也,水硯者城池也,心意者將軍也,本領者副將也,結構者謀略也,颺筆②者吉凶也,出入者號令也,屈折者殺戮也。夫欲書,先乾③研墨,凝神靜思,預想字形大小、偃仰④、平直、振動,令筋脈相連,意在筆前,然後作字。若平直相似,狀如算子⑤,上下方整,前後齊平,此不是書,但得其點畫爾。昔宋翼⑥作此書,翼是鍾繇弟子,繇乃叱之。翼三年不敢見繇,潛心改迹⑦。每畫一波,常三過折筆⑧;每作一點,常隱鋒⑨而爲之;每作一橫畫,如驚蛇之曲;每作一戈⑩,如百鈞弩⑪發;每作一點,如高峯墜石,屈折如鋼鈎;每作一牽⑫,如萬歲枯藤;每作一放縱,如足行之趣驟⑬。翼先來書惡⑭,晉太康中,有人於許下⑮破鍾繇墓,遂得《筆勢論》,翼乃讀之,依此法學,名遂大振。欲真書⑯、行書,皆依此法。(MCB, juan 2, p.47)

① 盔甲。"䥐",音 móu,頭盔。　② 提筆。"颺",音 yáng,舉,揚起。　③ 變乾。　④ 俯仰。"偃",音 yǎn,倒伏。　⑤ 竹製的籌。　⑥ 魏晉時人。　⑦ 改變筆法。　⑧ 三次轉折筆鋒。　⑨ 隱藏筆鋒。　⑩ 書法中的筆畫,戈畫。　⑪ 像力量非常重的弓弩。"鈞",重量單位,三十斤爲一鈞。　⑫ 書法中的筆畫,狀如挽引。　⑬ 快步疾行。　⑭ 不好的,粗劣的。　⑮ 即三國時許地,今河南省許昌市。　⑯ 即楷書。

這段說的是每個筆畫不是僅僅通過外部結構而成的,這一想象帶來的僅僅是"點畫"。每一筆畫中其實都有一動態發展的"勢",而對每一筆畫的想象就要想象這些"勢"的發展過程。

§ 061　王羲之《自論書》:點畫之間的"意"

吾書比之鍾①、張②當抗衡③,或謂過之,章草猶當雁行④。張精熟過人,臨池學書,池水盡墨;若吾耽之若此,未必謝之⑤。後達解者,知其評之不虛。吾盡心精作亦久,尋諸舊書,惟鍾、張故爲絕倫,其餘爲是小佳,不足在意。去此二賢,僕當次之。頃得書意轉深,點畫之間,皆有意。自有言所不盡得其妙者,事事皆然。平南、李式論君不謝。(*MCB*, *juan* 4, p.101)

① 鍾繇(151—230),三國時書法家,擅隸、楷,被看作"正書之祖"。
② 張芝(？—192),東漢時書法家,擅草書。　③ 匹敵,不相上下。
④ 同列。　⑤ 遜色,不如他。

　　上述引文中,王羲之集中討論了下筆前的"意",指一種創作意圖和構想,其後,他以觀賞角度關注下筆後"意",這裏的"意"轉變爲字形所蘊藏的"意"——即筆意、意態、神韻等,觀賞者從有形的"意"推斷創作者在創作時無形的"意",而在《自書書》,他便主要論述了點畫之間的"意"。這裏的"意"不是說所寫文字之意,而是說觀書法者從筆畫中體驗出書法家用筆之前的"意"。

【第 2.5 部分參考書目】

中國教育學會書法教育專業委員會編:《中國書法批評史》,第 1 版,天津:天津古籍出版社,2010 年。第三章《魏晉南北朝:自覺時代的自覺理論》,第二節《象意之辨與"意"的深化》,第 23—28 頁。

王鎮遠著:《中國書法理論史》,第 1 版,合肥:黃山書社,1990 年,第 43—49 頁。

吳功正著:《六朝美學史》,南京:江蘇美術出版社,1994 年。參第五章第二節《書法美學》,第 401—406 頁。

王元化著:《文心雕龍創作論》,上海:上海古籍出版社,1979 年。參下篇《釋〈神思篇〉杼軸獻功說》,第 95—99 頁。

Chen Shih-Hsiang, trans. *Essay on literature*. Rev. ed. Portland, Maine：Anthoensen Press, 1952, pp.xxj‐xxiij, xxix.

Fang, Achilles, trans. "Rhyme-prose on Literature：The Wên-Fu of Lu

Chi（A.D.261‒303）" *Harvard Journal of Asiatic Studies*, vol.14, no.3/4, 1951: 544, Reprinted in Studies in Chinese Literature, edited by John L. Bishop, Cambridge: Harvard university press, 1966: 9‒10, 20.

Liu, James J. Y. *Chinese Theories of Literature*. Chicago and London: University of Chicago Press, 1975, Chapter 2 " Metaphysical theories."

Knoerle, Sister Mary Gregory. "The Poetic Theories of Lu Chi, with a Brief Comparison with Horace's ' Ars Poetica.'." *The Journal of Aesthetics and Art Criticism*, 25.2（1966）: 137‒143.

Owen, Stephen. *Readings in Chinese Literary Thought*. Cambridge: Harvard University Press, 1992, Chapter 4 " The Poetic Exposition on Literature," pp.107‒108.

2.6 佛教"像""象"説

在六朝文論中,感物是一個熱門話題,陸機、劉勰、鍾嶸等人無不論及,主要是講四季變化的物象如何激起詩人的情感,引發文學創作的衝動。但在討論創作過程時,他們却不將具體物象當作創作的重要因素,而是強調關閉感官,超越物象,讓神思展翅飛翔——"收視反聽"（陸機）,"思接千載,視通萬里"（劉勰）——隨後纔回到意象世界,即"神與物遊"。這裏的意象世界,如"登山則情滿於山"的"登山",也不是真正的登山,而是想象中的登山,都是虛象,所謂無形之象,象外之象。六朝文論家無論劉勰、陸機,在文學討論中都很少講具體物象跟創作的關係。而且在中國傳統道家那裏,包括在《易傳》中,凡以具體物象來解釋卦畫時,這些象都是死板的象,而非超越的象、象外之象。但是到了唐朝例如王昌齡這裏,就已經講到詩人是如何凝思具體的物象,並以之爲創作起點。我認爲這是受到佛教的影響。兩晉之際佛家造像興起,慧遠《佛影銘》等著作強調萬物中有棲神,神在萬物中,神體中融入了具體的物象。5世紀時許多文人已擺脱中土輕視具體物象和視覺的傳統,參與晉宋期間造像拜佛、觀照山水的實踐,不僅親身體悟到物象和視覺呈現超驗神體的奇妙力量,還引用内典的術語概念對兩者加以深刻的理論闡述。

爲瞭解當時的文化語境,我們可從張融、周顒"目擊道斯存"和"目擊高情"之辯窺知一二。據《弘明集》所載,周顒(?—493)與張融(444—497)辯論釋道異同,張融借用《莊子》中"目擊道斯存"一語來説明,釋道的表面差別猶如可目擊之跡,但智者瞬間無意識地目擊此"跡",就可體悟到佛老共通一致的道。爲了駁斥此佛老相同論,周顒獨創"目擊高情"一語,藉以挑戰張氏"目擊道斯存"的觀點。他認爲,佛家對"目擊"和被目擊的對象的理解與道家截然不同。道家將"目擊"視爲悟道的荃蹄,無論是被目擊的物象,還是目擊的視覺活動,都沒有自身意義。但對佛教而言,尤其是當時盛行小乘諸宗,目擊具有非凡的意義。具有物質形態的佛像以及山水,作爲被目擊的對象,正是佛陀寓棲之處,而信衆通過有意識的、持續的目擊觀照,就可穿透物象而心通佛神,與之同體,即獲得周顒所説的"高情"。在周顒看來,"目擊高情"與"目擊道斯存"之別,不僅揭櫫了釋與道本質的不同,還可用作褒佛貶道的理論根據。周顗"目擊高情"觀點的闡發,在抽象的哲學層次上展開,此哲學命題不僅對佛教造像、觀照山水等活動作出了高度的理論總結,而且還將對物象、視覺的認識之深淺定爲判別佛道兩家優劣高下的標準。周顗對"目擊道存"的理解,把《莊子》裏面的一般性闡述,改造爲佛教哲學的重要命題。"目擊道存"在《莊子》的使用語境中,主要強調不依賴於言語的直覺認識,目擊只是作爲一種誘因存在。在周顗的理解和運用中,"目擊"成爲一種有意的凝觀,其對象則是法性,"道存"也從對於人物心志的了解轉變爲哲學意義上的超驗實現。從張融"目擊道存"到周顗"目擊高情",是從一般陳述進入哲學命題。此命題的產生表明,劉宋時期人們已經超越道家傳統"象"觀束縛,自覺地運用佛教概念來重新認識視覺對象、視覺方法、視覺效果,探究它們超驗的宗教意義。(見本部分參考書目所列拙文)

這方面首先可追溯到宗炳《畫山水序》。該序的關鍵術語、概念、命題、表述都與當時的佛教思想有高度一致性。而"目擊高情"哲學命題的形成,也給我們提供了一個新的框架來重新審視及解讀宗炳《畫山水序》,開發其中蘊含深邃的理論意義,乃至揭示宗炳接受新興佛教視覺觀,從"目擊"之對象、方法、效果三個方面,探究山水畫在創作和接受上的審美和宗教意義,達到前所未有的深度和系統性。

《畫山水序》一文主要討論的問題也是視覺對象、視覺方法、視覺效果,從五方面對"目擊高情"進行不同維度的闡發與延伸,其結構明顯展現起承轉合的論證過程。第一段是核心觀點的立論,也是理解整篇序的基礎,宗炳從兩個方向來講神、道、象之間的關係：一是講佛神作爲超驗的神（transcendental spirit），怎樣在不同的因緣和合下化身於萬物中，順著所有視覺事物、實事實景的特點，化入其神跡，顯現其道；二是講賢者怎樣通過凝觀"象"，即視覺對象（visual object），從而與神相通。這種觀點實際上源於他的老師慧遠[1]。佛的化應現象也是當時及唐代以後佛教特別關注的問題。

序的第二段是一種過渡，從抽象立論轉談宗炳本人畫山水的活動，涉及視覺感知的力量及山水畫作爲目擊對象的意義。這一段包含了視覺方式的重要轉變，以及對視覺對象新的評價與認識。中土經典在圍繞具體視覺對象和其他形式的象的表述中，能切入道之最高現實的象，不是具體的，而是抽象的、恍惚的，如《老子》云："大音希聲，大象無形。""大象"是不具有實際存在形式的象，而對於外在的具體視覺對象，道家哲學並不重視。這類象徵性的象還常被神化爲卦象、符讖、文字。由此一來，相關文學創作理論中的想象活動是一種內視（suprasensory visualization），而非外視（sensory visualization）的視覺呈現。陸機《文賦》描述創作的起興狀態，"收視反聽，耽思傍訊，精騖八極，心遊萬仞"，即向內收攬，用內視呈現內象，"心遊"於無形之象，而不是向外感知有形狀之物。但六朝佛家對

---

[1] 慧遠在《沙門不敬王者論·形盡神不滅第五》中做了清楚的闡述："神也者圓應無主妙盡無名，感物而動，假數而行。感物而非物，故物化而不滅。假數而非數，故數盡而不窮。"（〔梁〕僧祐：《弘明集》，卷五，收於《大正藏》，第52冊，第31頁下）。慧遠描述神之應乃"圓應"，圓通無差別之顯應，神一方面接物感物而動，即接觸具體的事物形式，依據事物的規律來運轉，但它"感物而非物"，因而物化可以盡，但神依舊永存。佛的"圓應"，實際上就是化身的過程，即把自身的神理化現在具體物象之中。這個觀點在謝靈運的《佛影銘》裏換了一種表述："夫大慈弘物，因感而接。接物之緣，端緒不一。難以形揆，易以理測。"。

畫像的理解則與之恰恰相反。支遁在《阿彌陀佛像讚》說到：佛像的神力，不是文字能實現的，中土傳統裏透過無形之象得到的"意"，並不能揭示佛之神道。慧遠也在《沙門不敬王者論》裏指出，佛家之神不是道家卦象所能圖示的，能包含、揭示最高神道的，是具體的佛像，而非象徵性的卦象。

那麼爲何具體的視覺對象，能超越抽象的易象，實現神道？《畫山水序》第二段提供了解釋：具體的視覺對象能超越抽象的言象書策，是因爲它使得無限得以具體化，用具體形象直接觸及人的感覺，即"身所盤桓，目所綢繆"。山水畫的超越性也在於"以形寫形，以色貌色"，將抽象的神理付諸具體的視覺形象，使觀者用感官直接接受、體驗抽象精神。所以，在宗炳的宗教藝術思想中，視覺形象具有超越抽象易象，超越文字的特殊能力，這跟道家對具體物象的輕視恰恰相反。

第三段進而論述視覺化的方法、山水畫家的觀物法，同時也是山水轉化爲山水畫的機制——透視的比例法則。關於佛教的觀象法，黃景進先生做了很有意義的討論[1]：他講了兩方面的例子，其一爲芥子納須彌，另一則是菩薩將大千世界置於掌中。這兩個例子都涉及大小無礙之轉換，是佛教思想之特有。尤其是芥子納須彌，佛教不同宗派常共用這個譬喻，來解釋真相和現象間的關係。宗炳在講山水與山水畫時，也特別強調以大千世界入尺幅之畫，正與佛教思想中大小轉化的觀象法相合。

---

[1] 黃景進：《重讀〈淨土宗三經〉與〈畫山水序〉——試論淨土、禪觀與山水畫、山水詩》，第 236—239 頁。

第四段從山水畫創作轉向山水畫的接受過程,描述凝觀山水畫超驗的審美經驗。畫家觀山水時應目會心,繼而巧妙地形之於畫。觀畫者就能有如畫家親臨山水,畫家觀山水的經驗也通過山水畫傳遞到觀畫者。畫家和觀畫者在即目會心的狀態中創作、觀賞山水畫,最終實現"應會感神,神超理得"這種宗教與審美的理想境界。宗炳的這種認識來源於佛教思想中神與象關係的論述,慧遠《佛影銘》等文的表達與之密切相關。佛之法身,本無區別顯應的原則,不論形或影,都是佛神的化身、感應相,因此形影本無差別。佛教的法身化應超越了道家"有待"與"無待"的二元思考,佛神化現於萬象中,並非依賴或獨立於具體形象而存在。佛之"神"無所不在地感化、顯應、明照,爲萬物賦予靈性。因此,觀像同時是修持,是在觀看具體物象的狀態中感會到佛神[1]。於是,在觀看山水,創作山水畫時,"應目會心""神超理得",便是佛教之觀像理念推演到山水畫領域的理論實踐。

最後一段說的是創作後的欣賞,作者觀摩自己所作的山水畫,從中獲得自我超越的審美與宗教體驗。當時圍繞觀圖、觀像經驗,主要存在玄與佛兩種典型的論述,一是孫綽《遊天台山賦》中的遊觀山水,另一是慧遠《佛影銘》中的凝觀佛影。孫綽整篇賦並未講"觀畫",或專注於觀山水,而是採取遊仙式的想象,展開對山水及其中仙境的鋪寫。所以這是一種動態的遊觀,而非靜止的凝觀。佛教的觀看模式,可參慧遠《佛影銘》組

---

[1] 黃景進先生仔細討論了廬山僧團之觀像與淨土宗的關聯,詳參黃景進:《重讀〈淨土宗三經〉與〈畫山水序〉——試論淨土、禪觀與山水畫、山水詩》,第 224—229 頁。

詩其五：佛像雖經人手刻畫而出，但一旦成型，便顯出神跡，觀者面對佛像時要反思自己的修行。這種觀像經驗本身已成為實現宗教理想境界的一種修行方式。所以，不同於孫綽的動態遊觀，佛教的模式是自己創造佛像，然後自己來凝觀佛像。這跟宗炳在《畫山水序》講述的情況一致：因為視覺比例之精妙，自然山水可收納於尺幅之間，作畫者見山水而"應目會心"，繼而將山水形之於畫，於是觀者見畫亦如作畫者見山水，可以"目亦同應，心亦俱會"，進而达到"神超理得"的境地。

《畫山水序》的結構嚴謹別緻，明顯展現了起承轉合的論證過程。第一段為"起"，首先點明視覺對象的超驗意義，作為神之化跡，山水"質有而趣靈"，"以形媚道，而仁者樂"。第二、三段為"承"，從觀山水過渡到作者自己畫山水，講畫家目擊山水之法，及山水得以形之於畫幅的原因及方法。宗炳的"目擊"之法，不是莊子偶然無意為之的觀看，而是有意為之，經過訓練的觀察、凝視。第四段為"轉"，從山水畫創作轉向山水畫的接受過程，描述凝觀山水畫超驗的審美經驗："目亦同應，心亦俱會。應會感神，神超理得。"第五段為"合"。在首尾圓應的結構下，宗炳本人觀山水畫的"高情"與遠古聖賢含道應物的"高情"，相互照應，融為一體，從而悄悄地把自己提升到與聖賢同樣的地位。

相較於以前的創作論，《畫山水序》對"物"的觀點極為不同。具體的物象中可見"神"，"神"可以棲形於具體的物象，我們也能在具體物象中感知"神"的存在，因為"神理"入於"影跡"，在感悟"物象"中的"神理"時，我們又可以把我們的"神思"與物象之中的"神"相融合,即所謂的"暢神"。這裏便指出了觀照具體物象的重要性。這種澄神觀照並非陸機《文賦》、劉勰《神思》篇中,讓意象在腦海中動態浮現,並無"觀物"的過程。《畫山水序》強調"觀物"的過程,是靜態地觀象感神。這和佛教的"觀象味象"有關,當時佛教造像興起,佛教認爲通過凝思可以神通聖賢,所以澄神觀照説以宗炳的《畫山水序》爲發端,表現了時人體會山水,同時又超於聲色之上的嶄新審美觀照方式,並在後來得以不斷發展。宋代之後,在同樣受到佛教影響之下,時人就以此爲基礎,演繹出新的創作論。

《畫山水序》構成了一種前所未見的、以佛教思想爲主導的文藝理論,而其形式可視爲唐宋近體詩以及明清時文中起承轉合結構的濫觴。但它並沒有在晉、宋、齊、梁書畫領域激起很大波瀾。到了唐代的王昌齡,宗炳的理論性思考得以實現及發展,並對詩歌創作理論產生重要影響。同時,王維詩中超驗的凝觀目擊,似乎也可視爲《畫山水序》中藝術理想在詩歌中的實現。另外,此文亦屬六朝駢體論述文的極品,宗炳打破論述文不涉作者自我的常規,講述自己觀山水、畫山水、觀看自己山水畫的審美感受和宗教體悟,所以讀來尤覺親切生動。在中國文藝理論史上,像《畫山水序》這樣將論述和個人抒情融爲一爐的專論是罕見的。

§ 062　宗炳(375—443)《畫山水序》(全文):對象的重新認識

【作者簡介】宗炳(375—443),字少文,南陽涅陽(今河南鄧州東北)

人,南朝宋畫家。家居江陵(今屬湖北)。東晉末至宋元嘉中,當局多次徵召他作官,俱不就。宗炳擅長書法、繪畫和彈琴,信奉佛教,曾與僧人慧遠創立"白蓮社"。宗炳愛好漫遊山川,西涉荆、巫,南登衡、岳,後以老病,回到江陵。曾將遊歷所見景物,繪圖於居室壁上,自稱"澄懷觀道,臥以遊之"。著有《畫山水序》。

聖人含道①應②物,賢者澄懷味像。至於山水,質有而趣靈,是以軒轅、堯、孔③、廣成④、大隗⑤、許由⑥、孤竹⑦之流,必有崆峒、具茨、藐姑、箕首、大蒙⑧之遊焉。又稱仁智之樂焉。夫聖人以神法⑨道,而賢者通;山水以形媚道,而仁者樂。不亦幾乎?

① 含有、包含大道。　② 照亮、返照。現存文獻中,《畫山水序》最早著錄於唐張彥遠的《歷代名畫記》,通行版本有《津逮秘書》《學津討原》《四庫全書》《佩文齋書畫譜》《王氏書畫苑》本。"聖人含道應物"一語中,《津逮秘書》《四庫全書》本"應"作"暎",《佩文齋書畫譜》、《王氏書畫苑》本作"應"。　③ 孔子,一說此處應作"舜",堯、舜並言。　④ 廣成子,隱居崆峒山的仙人,事見《莊子·在宥》。　⑤ 神人名,見《莊子·徐無鬼》。　⑥ 傳說中的隱士,居潁水之陽。見《莊子·逍遥遊》。　⑦ 指伯夷、叔齊,居孤竹,故用其代指二人。事見《莊子·讓王》。　⑧ 以上所列皆爲地名,説明上句中仙人所遊之地。　⑨ 取法。

"聖人含道應物,賢者澄懷味像","聖""賢"兩主語雖借用儒家語詞,但在宗炳及當時廬山僧團所傳文獻中,常指不同修行階位的佛陀或高僧。"聖人含道"這一表述,非同於中土儒道文獻中聖人和道的關係。老莊典籍中很少有"含道"這種表達,而儒家的聖道關係被《文心雕龍·原道》界定爲:"道沿聖以垂文,聖因文而明道。"聖是道傳文的工具,聖與道是靜態消極的關係。宗炳的"聖人含道"則相反,聖人爲主,道含於並歸攝在聖人之下。"含道"指聖人主動地包含、顯現道。這裏的"道"指佛理之"道",它容納並超越中土儒道思想中的道。

在"含道應物"中,應與感互文。中土道家文獻的"應"通常指感應、回應,是被動、靜止,回應道的一種程序。但它在此用於描述佛教義理中聖人與物的關係。宗炳《明佛論》也論到"應":佛之"應"超越個別對象的感應,而且是一種主動的顯應,通過神道來通化萬物,映照發揮。正因如此,宗炳在描寫佛之"應"時,常用"光""照"這些動詞來形容。可作爲佐證的是"應"字在《津逮秘書》及《學津討原》的版本中作"暎"。"暎"同"映",照亮、返照義,注照而顯示事物本相。"應""暎"共存互通,都意指佛怎樣現身於具體的視覺現象中。

第二句的"味像",即體味、沉思、凝觀視覺對象,與"觀道"互文。"澄懷味像"是前人未提的重要觀點。《易傳》裏説"觀象"並非指具體意象,而是卦象,先秦道家似乎也無"味象"的觀點。時人在理解像的方面,造像、觀像,觀想阿彌陀佛像,是當時廬山僧團宗教活動的重要組成部分。《畫山水序》中"象"字亦作"像",這不能僅歸於版本誤寫,而是在字形上呈現出宗炳及當時佛教思想中,佛像之"像"(iconic image)與自然之"象"(natural image)的關係,即佛像與自然景象相融合,自然之象與佛像之象被看作共通的存在。

其後的"山水質有而趣靈"長句,從遠古時期山水有神靈的觀點發展而來,並非新見。從佛教影響的角度看,則是從佛像中有佛,擴展到山水中有靈。該句後半段的主要人物都是中土傳説的神仙,活動地點也是道家神仙所居之地,乍看去跟佛教聖地毫無關係。但借用道家語詞、概念,並不代表其背後的邏輯脈絡就屬於道家哲學系統。宗炳《明佛論》有相關表述:他認爲,三皇五帝是大乘菩薩化現出來的"生者",雖遊於傳説中的神山,所遵循的依舊是如來之道。宗炳把佛道放在最高位置,貫穿於儒家與道家,儒家的皇帝與道家的神仙都依循佛道而生轉,因而《畫山水序》中出現的三皇五帝之名及神山,也統攝於佛教義理。

最後是本段的總結:聖人以其神統攝於道,通聖人之神的賢者即可通古聖之道。山水是道的外現,仁者觀山水可發見其中之樂。"以神法道"所界定的神、道關係,跟道家的認識不同。道家思想中的神是對道的運作方式的一種表述。宗炳《明佛論》則把形容事物變化不可思議之力的神聯繫到佛教的神,佛家的神是群生之神的根本。他將神與道區分爲二,神在道之上,統攝道,佛法之神可通化貫穿一切變化,同時永存。隨緣顯現於具體事物的個别之神,被稱爲"識"。"識"有粗細之别,並非佛神那樣作爲超驗的最終現實,永遠不滅。該觀點還可參考慧遠的《沙門不敬王者論》[1]。段尾同時照應著開頭"聖人含道應物,賢者澄懷味象"。

余眷戀廬、衡,契闊[10]荊[11]、巫[12],不知老之將至。愧不能凝氣怡身,傷跕[13]石門[14]之流,於是畫象布色,構兹雲嶺。夫理絕於中古之上者,可意求於千載之下;旨微[15]於言象之外者,可心取於書策之内。況乎身所盤桓[16],目所綢繆[17],以形寫形,以色貌色也。

⑩ 分離、久別。　⑪ 荊山,在今湖北。　⑫ 巫山,在今四川。
⑬ "傷",傷損多病;"跕",音 diǎn,用脚尖點地。謂自己多病而行路艱難。
⑭ 今湖南石門山。　⑮ 隱微、不露。　⑯ 徘徊、逗留。　⑰ 纏綿,比喻親身仔細觀察。

第二段宗炳稱因爲年老,没有氣力去遊山水,因而選擇自己畫山水。接著説即使玄理存在於遠古,我們依然可在千載之後"意求",去"意想",這和《老子》中(§011)觀點類似,可由"大象"去得到"道"。再接著説言和象無法表達道之旨微,但可用心於書策,加以體會言象之外的玄理。這與《繫辭傳》中"書不盡言,言不盡意"類似(§014)。"況乎身所盤桓,目所綢繆,以形寫形,以色貌色也"強調的是視覺(visual)表達。通過書策可體會抽象的道,而通過畫像則能更形象地表達,因此這裏認爲圖像、繪畫比書法更能夠傳意,這是比較嶄新的思想。

且夫昆崙山之大,瞳子[18]之小,迫目以寸,則其形莫睹;迥[19]以數里,則可圍於寸眸。誠由去之稍闊,則其見彌小。今張[20]絹素[21]以遠暎,則崐[22]、閬[23]之形可圍於方寸之内。豎劃三寸,當千仞之高[24];横墨數尺,體百里之迥。是以觀畫圖者,徒[25]患類[26]之不巧,不以制小而累[27]其似,此自然之勢。如是,則嵩、華之秀,

---

[1] 論云:"天地之道功盡於運化,帝王之德理極於順通。若以對夫獨絶之教,不變之宗,故不得同年而語其優劣。"[梁]僧祐:《弘明集》,卷五,收於《大正藏》第52册,第31頁中。

玄牝[23]之靈,皆可得之於一圖矣。

⑱即眼睛。 ⑲遠。 ⑳展開。 ㉑生絲織成的絹。 ㉒昆崙山。 ㉓閬風山。 ㉔極高的山。"仞",長度單位,周制八尺,漢制七尺。 ㉕只。 ㉖相像,比喻圖畫以似之。 ㉗影響、限制。 ㉘道家思想中比喻萬物之源。

視覺的神妙之處是可把宏偉的現象變小,納於寸眸之中,"豎劃三寸"可以表現"千仞之高","橫墨數尺"可以表達"百里之迥"。因此說"嵩、華之秀,玄牝之靈,皆可得之於一圖矣"。這與傳統繪畫理論對大小比例的觀點態度有很大不同。例如王微的畫論認爲作畫不是繪製地圖,地圖的描畫實際上就是利用比例把廣闊的地理景觀縮小到一張圖紙中。王微批評這樣繪出的景物只是形狀而已,是沒有生命動感的死物。要賦予景物動感,必須依賴筆法與運墨,展示自然萬物內在生命的脈動,表現出景物的靈性。這種抽象的筆墨運動並不是宗炳畫論所強調的,相反,宗炳在此特別闡述、重視的正好是王微所貶低的比例法則。

這段末尾句的"則嵩、華之秀,玄牝之靈",嵩華、玄牝,明顯借用道家的語詞、概念,其實却是指佛教之神理。這也說明佛教真理之實現並不排斥道家遊仙傳統,而是將之容納其中。山水是道教的仙境,也是釋教的淨土,而佛教的最終實現,不是道家式的遊仙,而是了悟神理的涅槃之境。宗炳在山水中包攬道家的遊仙式想象,繼而從第三段末尾的道家神仙轉到第四部分的佛教境界。

夫以應目會心爲理者,類之成巧,則目亦同應,心亦俱會。應會感神,神超理得,雖復虛[29]求幽巖,何以加焉?又神本亡端[30],棲形[31]感類[32],理入影跡,誠能妙寫,亦誠盡矣。

㉙虛靜。 ㉚沒有頭緒、形態。 ㉛寄託於具體形狀。 ㉜感通同類。

這段較爲重要,能明顯看到佛教的影響。"應目會心爲理者"句,"應目",是用目光接觸、感知視覺對象。"會心",目光從外界攝取的形象顯映在心中,"應目會心",則目亦相觸,心亦感會,主客契合。"理"即"存在",

用英文可譯爲"all the things whose existence we can engage visually and respond intuitively",即所有東西的存在都可以讓我們目應心會。"理"說的不是物象之外之理,不是"principle"。這一段承接上文,說的是我們的心靈如何回答"應目會心爲理者",用英文來說即"whatever we can respond with our eyes and approach with our heart"。而然後所說的"類之成巧"中,"之"是"應目會心爲理者","類之"指的是上一部分所說的畫,畫家觀看山水時應目會心,繼而巧妙地形之於畫,於是觀畫的人,就可以"目亦同應,心亦俱會",我們就會以應目會心的方式去回應繪畫,就像我們回應山水一樣(respond to the painting in the same way we respond to the landscape)。觀看山水畫便有如畫家親臨山水,畫家觀山水的經驗也由山水畫被傳遞到觀畫的人。畫家和觀畫者在即目會心的狀態中創作、觀賞山水畫,最終實現"應會感神,神超理得"這種宗教與審美的理想境界。"應會感神",指在心目應接、領會山水中感通山水所顯現的神。"神超理得",指精神超越於形質,體會到佛道之理。不過,"神超理得"之"理"指的是"principle of the universe",而在畫中所得到的"理"無須再去求於山野。至於"神本亡端"所說的"神"是佛教中的"神",佛神沒有具體的存在形式,不受限於時間和空間存在,通過與萬物感通相會,寄託在具體形象之中,即"棲形感類"。佛神之理同時進入可見可形的"影跡"。這裏的形與影都是與無形的神相對而言,表示神怎樣棲身於有形之物,化入具體形象中顯示自身。不論是形或影,都是佛神的化身。就佛神通化萬物的功能來說,"神"化現於萬物中,同時因其靈明注照萬物,所以我們可以通過萬物之像來感神,這個萬物也包括山水。在畫家精妙的山水描繪中,神同樣能進入畫的境界。最後一句"理入影跡,誠能妙寫,亦誠盡矣",是指若是神理可以"妙寫",那麼物象中的感類之形也可以盡可能的表露出來。

於是閑居理氣,拂觴[33]鳴琴,披[34]圖幽對,坐究四荒。不違天勵[35]之叢,獨應無人之野。峰岫[36]嶢嶷[37],雲林森眇,聖賢映於絕代,萬趣融其神思,余復何爲哉?暢神而已。神之所暢,孰有先焉!(*LDMHJ*, *juan* 6, pp.103－104)

㉝ 指飲酒。"觴",音 shāng,酒器。　㉞ 打開。　㉟ 天的邊際。"厲",同"厉",邊界。　㊱ 音 xiù,山洞。　㊲ 音 yáo nì,山峰高峻。

該段承接上文,開頭"閑居理氣,拂觴鳴琴",描述道家式的養氣狀態,但"披圖幽對,坐究四荒",是否也屬於道家的養氣觀照?對於其時觀圖、觀像經驗的描述,主要存在玄與佛兩種典型的論述,前者以孫綽《遊天台山賦》中的遊觀山水爲代表,後者如慧遠《佛影銘》中的凝觀佛影。宗炳在這段使自己成爲觀畫者,講述凝觀他所作山水畫的精神活動。因此"披圖幽對"的思想背景與思維架構,並不是孫綽意想遊觀的玄學模式,而是直接凝觀佛影的佛教觀像模式。在慧遠和宗炳對於"象"的理解中,神跡通顯於萬物之中,佛像、山水、山水畫,已經融爲一體,同爲神跡之徵顯。因而觀山水畫與觀山水、觀像,共通爲一種精神修行,實現聖智的觀照。

之後的"聖賢暎於絶代,萬趣融其神思",這句的"暎"並不僅是一般所理解的"反照"意,還包括聖明之光主動照射到具體事物,將其神化身其中,光明徹照萬物,在萬物之像中顯映神跡。佛之神化現到全部自然界中,所以相應地接下句"萬趣融其神思",萬物中流通著聖賢之神思。這兩句照應了序文開頭的"聖人含道應物,賢者澄懷味像",前句也照應了第二段的"夫理絶於中古之上者,可意求於千載之下"。

結尾處宗炳轉到自己,稱"余"所做的同樣是"暢神",這裏"暢神"的性質,是從遊山水的暢快盡興,漸進爲對山水的反思與升華,從超出玄學範疇的凝觀,進入佛教禪定修行的狀態,將神趣所顯映之形跡,由山水推而廣之,以至自然萬物。這種"暢神"的理想狀態已融合山水與淨土,觀山水即見佛陀神跡,因而具有佛教之宗教理想實現的意義。所以,宗炳的"暢神"在凝觀山水畫的修行中,結合了宗教與審美體驗的自我超越。"暢神"也指與上段"棲形感類"之神的溝通交流。"神之所暢,孰有先焉",是指"暢神"一事本無先後,聖人所做的,"余"也可以完成。

【第 2.6 部分參考書目】

袁濟喜著:《六朝美學》,北京:北京大學出版社,1989 年,參第三章第三節《繪畫領域理論》,第 144—149 頁。

李幸玲著:《六朝居士佛教藝術的理論與實踐——以宗炳〈畫山水序〉爲中心》,《中國學術年刊》2007年第29期,第21—42頁。

蔡宗齊著:《"目擊高情"與宗炳〈畫山水序〉佛教文藝觀》,《文學遺産》2023年第3期,第4—18頁。

3 唐宋時期創作論

唐宋時期創作論發展的路徑與六朝的情況大相徑庭。陸機《文賦》和劉勰《文心雕龍》都致力於對整個創作過程作出詳盡的描述。入唐及以後，這樣的專論就不復出現了。唐人有關文學創作的討論多見於詩格、詩式、作詩指南這類著作，而宋代則更喜歡在書信中探討文學創作過程。從內容上講，唐宋創作論的發展有三個重要的里程碑，一是盛唐王昌齡以意爲主的創作論，二是中唐韓愈以氣爲主的創作論，三是南北宋交替之際興起的禪悟創作論。

所謂以"意"爲主的創作論，可以從"意"在文論著作中的出現和演變來考察。首先，我們要弄清楚情和意的關係。在六朝之前，對關於詩文中的創作過程的討論較少涉及"意"，如《毛詩序》的"情發於內而形於言"，還只涉及詩歌產生中情與志的關係。那麼，如何理解意和情兩者的關係。許慎《說文解字》把情和意基本作爲同義來互訓，認爲意就是一個心理的情，基本認爲情、意二者沒有區別。劉勰《文心雕龍·神思》篇言"登山則情滿於山，觀海則意溢於海"，情與意對舉，兩者基本同義。但二者還是有所區別的。較之"情"，"意"帶有更明顯目的性，因而與藝術創作關係密切。這點我們可以從范曄"常謂情志所托,故常以意為主"這段話中窺見消息。

在王昌齡《論文意》中,"意"是最重要的術語,出現了60次之多,用於描述和闡發創作過程的所有階段。基於對上下文的揣摩和與歷代各類文獻的比較,筆者發現王昌齡所用的"意"字承載了三種來源不同的意義,一是佛教唯識類文獻中超驗之意,二是書論中源於道家思想的超驗之意,三是《解文說字》所列與情互文通解之意。在3.2到3.6單元裏,我們將集中分析王昌齡如何妙用"意"的這三種不同意義,對創作不同階段作出與前人迥然有別的闡述,從而建立了一種新的創作論範式。

和陸機和劉勰一樣,王昌齡也是在意象言的框架之中建立一個完整的創作論,涵蓋了創作的整個過程。然而,他對意和象這兩個術語來了一番脫胎換骨的改造,融入了佛教的概念。首先,他吸收了"意"在佛典翻譯中獲得超驗意義,用它來取代陸機的"心遊"和劉勰的"神思",並用"起意""作意""用意"等常用的佛家術語來指涉創作開始時超驗的心理活動。在描述創作的第二階段"象"之時,他則更多地使用了佛教家術語"境",還根據"象"的不同內涵和生成方法分出"物境""情境""意境"三大類。如果說在陸機《文賦》和劉勰《文心雕龍》中"象"生成是一個紛呈物象、情感、言辭激烈地互動的過程,那麼王昌齡的"境"的生成則完全是在虛空靜寂中完成的。同樣,如果說陸劉追求的"意象"體現情與物最完美的結合,王昌齡心儀的"境"則是象蘇東坡所說那樣"空而納萬境",即揭示宇宙萬物之實相。然而,在描述創作的最後階段之時,王昌齡一改採用中土書論對"意"的動態描述,分析執筆成文的全部過程,謀篇佈局,遣詞用句,無所不包。王昌齡將"意"定義爲創作的最佳心理境界,這種境界不是短暫的心理過程,而是貫穿整個創作的過程,他開創了以"意"論創作的模式,而這種模式對明清時代的創作論的影響很大。在中國文論中,這種對情和物互動的描述,以後像謝榛等明清評論家講近體詩中情感的互動結合的討論,王昌齡的這一論述可以説是一個承前啓後的轉折。《文心雕龍》中講"物以貌求,心以理應"(《神思》),"萌芽比興"(《比興》),又有專門的《物色》篇。但陸機和劉勰都只講抽象的情物互動,但沒有聯繫到具體創作的語言使用。從王昌齡開始,不光從創作原則的理論層次,而且在具體作品寫作的層面,談情和物的相互關係。這方面以後的詩論家談得很多,王昌齡這裏實開先河,而且對以後詩學中情景論的發展而言是一個重要轉折。

在中國文學批評史上,由"意"一以貫之的創作論,除了王昌齡別無他例。綜上所述,王昌齡建構了一個極爲縝密的"意"的網絡,貫穿意→境→象→言的全部過程,從這個形而下、最基本實在的"意",延伸至道家形而上的第二義,最後進而到最爲形下的言詞組合。這一框架成爲分析中唐以後各種創作論的坐標。

皎然也是用"立意"做相關論斷,但意思有較大分別。王昌齡的"立意"是一種藝術想象、思維過程,而皎然的"立意"是指用較爲抽象的語言來陳述篇章的意思。皎然的"取境"則更在乎主觀的、有意思的文字功夫,要苦思冥想而非自然而然,纔能到達佳境。

王昌齡《論文意》和唐代其他詩格類著作無不帶有明顯的唯美主義傾向,內容上主要表現在對傳統儒家道德倫理、聖人文章的忽視,而形式方面則主要表現在強調學習寫作方法和技巧。因此,爲了摧毀纖弱萎靡的齊梁文風,以韓愈爲首的古文家論及文學創作,必定是反其道而行之,一方面學習聖人文章作爲寫文章的思想來源,而且採取一種完全超越有意識文字雕琢的寫作方法,並用孔子"辭達"一語來形容完全擯棄刻意修飾,瞬間自然成文的方式。韓愈所創立的養氣創作論,無疑就是這種文風變革的產物,雖稍嫌語焉不詳,但却極具原創性,因爲它用"養氣→辭達"的模式取代了陸機、劉勰"意→象→言"和王昌齡"意→境→象→言"的框架,成功地改造了有關聖人立言之説,使之成爲人人都可遵循的文學創作方法。到了宋代,在風靡天下的禪宗的影響之下,另一個新的二重創作框架,即悟→至言,又應運而生。此論發軔於吳可等人借禪語對江西詩派的批判,而成於嚴羽熟參唐詩、一味妙悟之説。

3.1　書論有關"意"的論述

對初盛唐書論家來説,王羲之的書意説是顛撲不破的書法原則。像王羲之那樣,他們分別從創作和接受兩個相反的角度來論"意"。講創作,必稱"意在筆前",談接受則必強調字中"見意"。但較之王羲之,他們論"意"已呈現出明顯的"超驗化"的傾向。如説王羲之所説的"意"只是對文字形態的想象,那麼李世民(599—649)、孫過庭(646—691)、張懷瓘(生卒年不詳)等人則將"意"描述爲作者之思與神靈的互動交匯,並認爲這種通神活動猶如庖丁解牛之神遇,是書法家超越技藝,寫出書法神品的原因。在王昌齡《論文意》中,這種新的書意說的影響是有跡可循的。

§ 063　李世民(599—649)《指法論》:書意與字形、圖像的關係

【作者簡介】李世民(599—649),唐太宗,唐朝第二任皇帝,被尊稱爲"天可汗",開創"貞觀之治"。唐高祖李淵次子,隨父反隋。唐朝建立後,李世民封爲秦王,武德九年發動玄武門之變,被立爲太子,李世民即位,年號貞觀。李世民勵精圖治,廣納諫言,以文治天下,開疆拓土。李世民好文學,兼擅書法,其與大臣的對答輯爲《貞觀政要》。

　　神,心之用也,心必靜而已矣。虞安吉①云:未解書意者,一點一畫皆求象本②,乃轉自取拙,豈是書耶? 縱倣③類本,體樣奪④真,可圖其字形,未可稱解筆意,此乃類乎效顰未入西施之奧室也。故其始學得其粗,未得其精,太緩者滯而無筋,太急者病而無骨,橫毫側管⑤則鈍慢而肉多,豎筆直鋒則乾枯而露骨。及其悟也,心動而手均⑥,圓者中規,方者中矩,麤⑦而能銳,細而能壯,長者不爲有餘,短者不爲不足,思與神會,同乎自然,不知所以然而然矣。(QTW, juan, 10, p.48)

　　① 與王羲之同時人。　② 像本來面目。　③ 仿效。　④ 爭取到。　⑤ 謂用側鋒行筆。　⑥ 調和、調節。　⑦ 音 cū,同"粗"。

　　在《書論》中可以發現"意"含義的轉變軌跡。李世民對"意"的理解與王羲之并不相同。王羲之講"意在字前",即在書寫之前,腦海中要想象字的形態,想好之後方可下筆,強調作品的內視,即心對作品視覺的呈現;

而李世民認爲，書意在於"思與神會，同乎自然"，作品自然地流入筆端。這裏說的"思"與"神"相遇，顯然出自《莊子·養生主》："臣以神遇而不以目視，官知止而神欲行。"在這裏，"書意"已經不是王羲之所說的書法家對字形動態的想象，而是指書法家超驗的神思。

§064　孫過庭(646—691)《書譜》：意先筆後

【作者簡介】孫過庭(646—691)，字虔禮，自署吴郡(今江蘇蘇州)人，一說陳留(今河南開封)人，另一說是富陽人(今杭州富陽)。唐代書法家及書法理論家。孫過庭出身寒微，博雅有文章，其書法源自鍾、王，兼善諸體，尤以草書名世。歷任右衛胄曹參軍、率府録事參軍，因暴病去世。唐垂拱三年撰寫墨跡《書譜》，現藏於臺北故宫博物院。

夫運用之方，雖由己出，規模所設，信屬目前，差之一豪，失之千里，苟知其術，適可兼通。心不厭精①，手不忘熟。若運用盡於精熟，規矩諳②於胸襟，自然容與徘徊，意先筆後，瀟灑流落，翰逸③神飛。亦猶弘羊之心，豫乎無際④；庖丁之目，不見全牛。⑤嘗有好事⑥，就吾求習，吾乃麤⑦舉綱要，隨而授之，無不心悟手從，言忘意得；縱未窮於衆術，斷⑧可極⑨於所詣⑩矣。(SGTSPJZ, p.91)

① 滿足於精深。　② 音 ān，熟悉、明了。　③ 毛筆自由揮動。④ 桑弘羊，西漢時人，精於心算，可不用籌算，典出《漢書·食貨志》。"豫"，預先知曉。　⑤ 前已注，典出《莊子》。　⑥ 好事者，即要學書法的人。　⑦ 同"粗"，粗略。　⑧ 一定。　⑨ 深探、窮究。　⑩ 術業所能達到的境界。

孫過庭對"意"的理解與李世民完全相同，即意不僅是想象字形的動態變化，更是超越經驗的藝術想象，是冥思、與神靈交往的過程。正如庖丁解牛，書法家先要通神，忘言得"意"，纔能寫出出神入化的作品。

§065　張懷瓘(盛唐時人)《書斷序》：意和神靈的關係

【作者簡介】張懷瓘，海陵(今江蘇泰州)人，唐開元年間書法家。初任鄂州司馬、升州司馬、右率府兵曹參軍至翰林供奉。工於書法，擅真、行、小篆、八分。著有《書議》《書斷》《文字論》《六體書論》《玉堂禁經》《評書藥石論》等。

心不能授之於手，手不能受之於心，雖自己而可求，終杳茫而無獲，又可怪矣。及乎意與靈通，筆與冥運，神將化合，變出無方：雖龍伯挈①鼇②之勇，不能量其力；雄圖應籙③之帝，不能抑其高。幽思入於毫間④，逸氣彌於宇内，鬼出神入，追虛捕微，則非言象筌蹄⑤，所能存亡也。(FSYL, p.184)

① 音 qiè，提起。　② 龍伯國的巨人一釣可提起六鼇。"鼇"，音 áo，海中大鱉典出《列子·湯問》。　③ 應驗符命。"籙"，音 lù，天賜符命之書。　④ 毛筆筆尖，毫毛的細尖之間，比喻細微之處。　⑤ "筌""蹄"，典出《莊子》，前已注。

張懷瓘比孫過庭更進一步，不僅直接點明意和神靈相通，而且還用詩的語言描述了書法運意神思的過程。書法家有此神思纔可以鬼出神入，超越自然。書法極品，無不是書法家之"意"與天地神靈交互溝通的結果，其手法也與冥冥之神相通。"神將化合"，纔能創造出體現宇宙氣概和力量的作品。此處的冥想之"意"的動態性質尤爲明顯。

§066　蘇軾(1037—1101)《文與可畫篔簹谷偃竹記》：意在畫前

【作者簡介】蘇軾(1037—1101)，字子瞻，一字和仲，號東坡居士，世稱蘇東坡。眉州眉山(今四川眉山市)人，北宋文學家、書法家、藝術家。仁宗嘉祐二年進士及第。神宗時曾在杭州、密州、徐州任通判、湖州任知州。元豐三年，因烏臺詩案被貶黃州任團練副使。哲宗即位後，累官至翰林侍讀學士、禮部尚書，晚年因新黨執政被貶惠州、儋州。徽宗時北歸，途中病逝常州，謚文忠。蘇軾是宋代文人代表，文、詩、詞、賦、書法和繪畫均有成就，其詩與黃庭堅並稱"蘇黃"；其詞開豪放一派，與辛棄疾並稱"蘇辛"；其文與歐陽修並稱"歐蘇"，更與父蘇洵、弟蘇轍合稱"三蘇"，父子三人同列唐宋八大家。蘇軾善書，爲"宋四家"之一。作品有《東坡七集》《東坡易傳》《東坡樂府》等。注本有《補注東坡編年詩》《東坡先生全集》《東坡樂府箋》等。

竹之始生，一寸之萌耳，而節葉具焉。自蜩腹蛇蚹①以至于劍拔十尋者，生而有之也。今畫者乃節節而爲之，葉葉而累②之，豈復有竹乎！故畫竹必先得成竹於胸中，執筆熟視，乃見其所欲畫者，急起從之，振筆直遂③，以追其所見，如兔起鶻④落，少縱則逝矣。與可⑤之教予如此。予不能然也，而心識其所以然。夫既心識其所以然而不能然者，內外不一，心手不相應，不學之過也。故凡有見於中而操之不熟者，平居自視了然，而臨事忽焉喪之，豈獨竹乎？子由爲《墨竹賦》以遺⑥與可曰："庖丁，解牛者也，而養生者取之；輪扁，斲輪者也，而讀書者與之⑦。今夫夫子之託於斯竹也，而予以爲有道者，則非耶？"子由未嘗畫也，故得其意而已。若予者，豈獨得其意，并得其法。（*SSWJ*, *juan* 11, pp.365-366）

① 蟬腹，蛇鱗的長度。"蜩"，音 tiáo，指蟬；"蚹"，音 fù，蛇腹下的橫鱗，代替足爬行。　② 累加。　③ 直截了當。　④ 音 hú，即隼。　⑤ 即文同，字與可，北宋時人，蘇軾從表兄。　⑥ 贈給。　⑦ 皆出《莊子》，見前注。

這裏的"胸有成竹"之說，與以上幾位唐代論書家所說的筆意之說，意思一致，都是參照《莊子》庖丁解牛故事來論述藝術創作奧秘的產物。

§ 067　董逌（北宋人）《徐浩開河碑》：書家的筆意

【作者簡介】董逌，字彥遠，京東西路鄆州須城（今山東東平）人。北宋藏書家、書畫鑑定家。徽宗政和年間,官秘書省校書郎。靖康年間,官至國子監司業、祭酒。高宗建炎年間,歷任江東提刑、禮部員外郎、宗正少卿、中書舍人,充徽猷閣待制。董逌從徽宗遊,得見宮中所藏,鑑賞心得尤多。董逌著有《廣川書跋》《廣川易學》《廣川詩學》《廣川畫跋》《廣川藏書志》《廣川詩詁》《錢譜》及《續錢譜》等。

書家貴在得筆意,若拘于法者,正似唐經所傳者爾,其於古人機地不復到也。觀前人于書,自有得于天然者,下手便見筆意。其于工夫不至,雖不害爲佳致,然不合于法者,亦終不可語書也。(*GCSB, juan* 8, p.96)

這裏説的"古人機地",指刻寫經書之匠無法理喻的書法關鍵,即"得于天然者",也就是説在不自覺超驗狀態中所得到的筆意。

3.2 王昌齡創作論:超驗的創作起端:靜觀之"意"

與陸機和劉勰一樣,王昌齡認爲文學創作是從超驗的心理活動開始的,特別強調這種心理活動超越時空限制的特徵。然而,他不用爲人熟悉的詞語去描述這種超驗活動,如陸機"心遊"、劉勰"神思"之類,而是選擇使用"意"以及動詞+意組成的詞組,如"起意""生意""作意"等等。這些詞組鮮見於中土文獻中,但在内典裏則大量使用。佛典中的"意"與儒、道、玄學文獻之中的意截然不同。在早期内典翻譯中,心、意、識三個字已被用作與佛教 *citta*、manas 和 *vijñāna* 概念相對應的術語。後來《楞伽經》把心分爲八識,並用意和意識命名其中兩識:"復次,大慧!言善不善法者,所謂八識。何等爲八?一者阿梨耶識,二者意,三者意識,四者眼識,五者耳識,六者鼻識,七者舌識,八者身識。"八識在唯識宗也同樣重要,但次序與此不同。阿梨耶識是八識,意是第七識,第六識是意識。第七識往往翻譯成末那,作爲第七識的"意"是超驗的心理狀態。

王昌齡選用"意"和"動詞+意"的詞組,並非力圖在用詞上標新立異,而是要按照佛教,尤其是唯識宗的"意"概念來重新定義文學起端的超驗心理活動,爲建立創作論新範式打下基礎。如果我們將以下三個選段與陸機"心遊"和劉勰"神思"的描述作比較,就可以看到,王氏所說的"意""用意""作意"不是在往返天地之間的精神飛翔,而是一種靜態的觀照。在下文的討論中,我們可以看到超驗觀照所啓動的創作過程,與以動態"神思"所引領的創作過程,是存在有巨大差異的。

§068 王昌齡(690—756)《詩格·論文意》:超驗之"用意""作意"的描述

【作者簡介】王昌齡(690—756),字少伯,河東晉陽(今山西太原)人,另一說京兆長安人(今陝西西安)人。盛唐邊塞詩人,開元十五年進士及第,曾任秘書省校書郎、汜水尉、江寧丞、龍標縣尉,世稱"王江寧"或"王龍標"。安史亂起,被濠州刺史閭丘曉所殺。王昌齡善寫邊塞詩,有"詩家天子""詩家夫子""七絕聖手"的稱譽。《新唐書·藝文志》著錄《王昌齡集》五卷、《詩格》二卷,後人輯有《王昌齡集》。

凡作詩之體,意是格,聲是律,意高則格高,聲辨[①]則律清,格律全,然後始有調。用意於古人之上,則天地之境,洞[②]焉可觀。(QTWDSGHK, pp.160–161)

① 明辨、區別。　② 透徹、清晰。

王昌齡首先把意定義爲詩之格。在張伯偉《全唐五代詩格匯考》所錄29種著作中,有11種冠以詩格之名。但是這些詩格著作多是講詩歌創作中的修辭技術性的問題,作深入理論闡述的唯有王昌齡《詩格》。"意是格"之"意",指的不是作品內容,而是作者的超驗的創作,緊接著的下一句"用意於古人之上,則天地之境,洞焉可觀",正好印證了這一解釋。所謂"天地之境,洞焉可觀",是指"用意"的結果是揭示宇宙天地的實相。

> 古文格高,一句見意,則"股肱良哉"③是也。其次兩句見意,則"關關雎鳩,在河之洲"④是也。其次古詩,四句見意,則"青青陵上柏,磊磊澗中石。人生天地間,忽如遠行客"⑤是也。又劉公幹詩云:"青青陵上松,飂飂谷中風。風弦一何盛,松枝一何勁。"⑥此詩從首至尾,唯論一事,以此不如古人也。(QTWDSGHK, p.161)

③ 語出《尚書·虞書·益稷》。　④ 語出《詩經·周南·關雎》。
⑤《古詩十九首》之一。　⑥ 劉楨《贈從弟詩三首》其二。

對現代讀者而言,"一句見意"即是人們讀一句就能明白詩作所要表達的意思。然而,如果我們將這段話放在古代書論和詩論的語境來理解,却會有截然不同的解讀。王昌齡所說的"見意"的概念,極可能取自前人的書論。從王羲之到唐代書論家,無不用"見意"一詞來指從書法作品中體悟書法家種種創造心理活動,從對字形狀態的想象直至與神靈的感通。參照"見意"在歷代書論中的共同意義,我們可以把這段的"意"理解爲作者創作的心理活動,"一句見意"即指讀一句就可立即感受體會作者創作心理活動高妙之處。從上下文來看,這種解釋似乎更爲通達。例如,"關關雎鳩,在河之洲",只是一個單純的描寫景物,不含任何意義之"意",但倒是能讓我們感受作者創作的情感狀態。如果觀看一幅書法作品時會看筆墨背後是否存在"生氣",是否存在創作者身心的律動,那麽讀詩歌作品也類似,"一句見意""兩句見意"等等講的也是同樣的審美感受。"見意"的這種解釋還有文本實證支撐。王昌齡自己就明言:"凡作文,必須看古人及當時高手用意處,有新奇調學之。"(WJMFL, p. 305),即是說要認真觀察古人是如何展開創造想象的。另外,《論文意》中"意"字出現六十次之多,其中絕大部分指涉創作活動的方方面面,而它們當中又有三種不同之義,所以讀者"見意"可以是三義共見,也可以只見其中一二。

……意須出萬人之境,望古人於格下,攢^①天海於方寸。詩人用心,當於此也。(*WJMFL*, p.286)

① 音 cuán,聚合。

凡屬文之人,常須作意。凝心天海之外,用思元氣之前,巧運言詞,精練意魄。(*WJMFL*, p.289)

3.3 王昌齡創作論:靜觀之"意"產生的方式和身體條件

王昌齡也像陸機和劉勰一樣探究身體與創作的關係,但關注點和分析框架却迥然有別。陸劉所關注的是身體與創作活動相互的影響,一方面陸劉兩人都講述身體如何影響甚至決定創作的成敗,另一方面劉勰還全面討論了不同創作方式對作者壽命的影響。相反,王昌齡把注意力集中在作者"作意"的瞬間,只關注作者身體狀況有助於"興發意生"。因此他大談睡眠重要性,認爲安寧酣暢的睡眠是"興發意生"前提。他反復用"興"字來表示內心瞬間不自覺的衝動,但此"興"非中土文論中所談之"興",與情感反應完全無涉,甚至與創作意願也關係不大。此"興"實乃指超驗之"意"興起的瞬間。如此談論身體與創作的關係無疑是前所未見的,甚有創意,彌補了陸劉不提超驗神思產生的身體條件的遺憾。

正如王昌齡"作意""用意""起意"等詞源於內典,他對"興發意生"瞬間性的強調也是出於內典。馬鳴《大乘起信論》對意有此解釋:"生滅因緣者,所謂眾生依心、意、意識轉故。此義云何?以依阿梨耶識説有無明不覺而起,能見、能現、能取境界,起念相續,故説爲意。"[1] 阿梨耶識從無明中突然升起而產生第七識意。意是可以變現境界,且這個過程是不斷的。比較馬鳴與王昌齡對"意"的論述,我們發現兩者有著重要的相似之處。馬鳴和王昌齡都強調,意是不自覺的超驗狀態。馬鳴把意的產生看作是阿梨耶識在無明的刺激下突然產生;而王昌齡則強調,意這一超經驗的冥想產生於一種不自覺的、瞬間的心理狀態。另外,兩人也都認爲意的產生同時也意味著變現出境界,即"能取境界"之所謂。這點下一單元將進一步討論。

§ 069　王昌齡《詩格・論文意》:超經驗之"意"產生的身體條件

　　凡神不安,令人不暢無興。無興即任睡,睡大①養神。常須夜停燈任自覺,不須強起。強起即惛②迷,所覽無益。紙筆墨常須隨身,興來即錄。若無紙筆,羈旅之間,意多草草③。舟行之後,即須安眠。眠足之後,固多清景,江山滿懷,合而生興。須屏④絕事務,專任情興。因此,若有製作,皆奇逸。看興稍歇,且如詩未成,待後有興成,却必不得強傷神。(QTWDSGHK, p.170)

---

[1]《大乘起信論》傳統上歸於馬鳴的作品,但它没有梵文版本,只有漢文版本,近代不少學者認爲是僞託,但這個我們暫時不討論。

① 大肆,毫無顧忌地。　② 同"昏"。　③ 粗率、不認真。　④ 音 bǐng,摒去、遠離。

　　凡詩人,夜間牀頭,明置一盞燈。若睡來任睡,睡覺即起,興發意生,精神清爽,了了⑤明白。皆須身在意中。若詩中無身,即詩從何有。若不書身心,何以爲詩。是故詩者,書身心之行李,序⑥當時之憤氣。氣來不適,心事不達,或以刺上,或以化下,或以申心,或以序事,皆爲中心不決⑦,衆不我知。由是言之,方識古人之本也。(QTWDSGHK, pp.164)

⑤ 清楚通達。　⑥ 敘說。　⑦ 不通。"決",疏通水道。

3.4　王昌齡創作論:靜觀之"意"與"境"的產生

　　跟劉勰、陸機一樣,王昌齡也認爲,創作的第二階段是形象在心中的呈現。然而,正如陸、劉和王氏筆下第一階段超驗心理活動大異其趣,第二階段形象呈現的內容、方式、結果亦有根本的區別。由於陸劉的心遊神思都始於"收視反聽",第二階段所呈現的形象自然不是實質的物象,只是情感和物象記憶的片段。相反,王氏的"作意"多起於對具體景物的目視,故第二階段所呈現的形象與具體物象有直接的關係。

　　第二階段形象呈現的方式和結果也有相應的差異。對於陸機、劉勰來講,形象呈現是情、象、辭之間互動互進的過程,如陸機《文賦》所言:"情曈曨而彌鮮,物昭晰而互進。傾群言之瀝液,漱六藝之芳潤。浮天淵以安流,濯下泉而潛浸。"(§049)而這種動態呈現最終結果就劉勰所說的"意象",即心中形成的作品虚象。相反,王昌齡認爲,形象呈現的方式是於對個別具體景物進行靜態的直覺觀照,而其結果是穿透具體景物而進入揭示萬物實相之"境"。對這種形象呈現的方式和結果,王昌齡本人就作出了極爲精闢的總結:"目擊其物,便以心擊之,深穿其境。如登高山絶頂,下臨萬象,如在掌中。以此見象,心中了見,當此即用。"(§070)王昌齡對創作第二階段的論述極具原創性,其精彩之處可在以下選段中咀嚼體會。

王昌齡"境"概念來自於佛教是毋庸置疑的。在佛教之前中土典籍裏,境是一個客觀描述的術語,它既可以説是客觀外界的邊界,也可以用來描述精神活動的領域。佛教使用境這個概念來表達一種不同於儒道的世界觀。因爲對佛教徒而言,一切所謂客觀現象都是與心相緣而生的存在,所以佛教的境包括主客觀兩方面,既非純粹的外界,也非純粹的内心,而是兩者互爲因緣的一種事相。佛教把六境(色、聲、香、味、觸、法)作爲六根的相對面,與其互爲因緣的即眼、耳、鼻、舌、身、意六根。由於境不能離開根而存在,所以它不是一種純粹的客觀,而是與主觀互爲因緣的一種存在。所以,王昌齡所説的境,就是這種佛家的"境"。

王昌齡關於"意"與"境"關係的論述也可以在内典中找到源頭。馬鳴《大乘起信論》云:"此意復有五種名:云何爲五?一者名爲業識,謂無明力,不覺心動故。二者名爲轉識,依於動心能見相故。三者名爲現識,所謂能現一切境界,猶如明鏡現於色像;現識亦爾,隨其五塵,對至即現,無有前後,以一切時,任運而起,常在前故。四者名爲智識,謂分别染淨法故。五者名爲相續識,以念相應不斷故;住持過去無量世等善惡之業,令不失故。"這裏,馬鳴對意進行了一種更具體的描述,分爲五種,并一一加以冠名。"業識"和"轉識"二名旨在説明意(末那識)來源於阿梨耶識。"現識"一名是説意"能現一切境界",把現象世界的總相如鏡像般地呈現出來。所謂"智識"一名是説明意有分別的能力,主要是淨法(事物的實相)和染法的區別。最後,"相續識"一名是講意的善惡之業的問題。

值得注意的是,馬鳴講意"能現一切境界",强調意所變現的不是具體的心象,而是整個世界的境界。王昌齡也同樣强調,意并不喚起具體的物像,而是呈現"天地之境"。王昌齡用"境"一字時,和他談具體的物、景不一樣,通常是指一切境界。另外,馬王兩人都用佛教"鏡"的比喻來描述,比如馬鳴説"明鏡現於色像",王昌齡講"以境照之""心偶照境"。照境和照鏡,這裏應該是同音同義的關係。王昌齡發現總相之境與個相之象的區別,無疑是唐代詩學最爲重要的突破之一。另外,王昌齡物境、情境、意境與唐代漢傳唯識宗所建立的三境説(性境、帶質境、獨影境)有不尋常的相似之處,而後者有可能是王氏三境説的思想源頭。兩類三境説的比較研究詳見 3.2—3.6 部分參考書目所列論文。

§ 070　王昌齡《詩格·論文意》:觀物與境生

夫置意作詩,即須凝心,目擊①其物,便以心擊之,深穿其境。如登高山絕頂,下臨萬象,如在掌中。以此見象,心中了見,當此即用。如無有不似,仍以律調②之定,然後書之於紙,會其題目。山林、日月、風景爲真,以歌詠之。猶如水中見日月,文章是景,物色是本,照之須了見③其象也。(*QTWDSGHK*, p.162)

① 接觸、碰。　② 聲律音調。　③ 清晰看見。

從這段話可知,山水的具體意象能够成爲創作的重要源泉,而不光是引發詩人情感的外在因素。通過靜觀景物,可以讓心象直接進入超乎形象之外的境界。所以王昌齡講"目擊其物",而不是"收視反聽"。"深穿其境"指的是通過觀物而獲得的直覺心境,從而把外界景象的精髓盡納其中,故云"如登高山絶頂,下臨萬象,如在掌中。以此見象,心中了見"。"水中見月"表達的是心靈中所呈現的不是真正的風景,而是反映了風景真正面貌的内在風景。

§071　王昌齡《詩格·詩有三境》：外物、張意、境象的關係

物境一。欲爲山水詩,則張①泉石雲峰之境,極麗絶秀者,神之於心。處身於境,視境於心,瑩然②掌中,然後用思,了然境象,故得形似。

① 展開、設置。　② 光潔明亮。

寫山水之詩,首先是用心來感悟物境,處身於境,用心觀物。"然後用思,了然境象,故得神似"。這裏的"神似"指的絶對不是六朝文論家所説的那種形似。王氏雖然給第一類境冠以"物境"之稱,他所談的絶非"物色"之"物"。在六朝創作論中的"物"指自然界中變化紛陳,感發詩人情志的實物實景,即鍾嶸所説的"春風春月,秋月秋蟬,夏雲暑雨,冬月祁寒"等"四候之感諸詩者"。王氏的"物境"則是"張"於直覺心靈中的萬物實相。因此,此心境之"形似"與彼物境之"形似"不可能是一碼事。

就六朝所追求的"形似"而言,外物之"恒姿"是衡量"形似"的最終標準。爲了達到與實物實景"形似",詩人就必須"窺情風景之上,鑽貌草木之中"。六朝詩人"體物爲妙",則要"功在密附。故巧言切狀,如印之印

泥,不加雕削,而曲寫毫芥"(《文心雕龍·物色》)。王氏所說的"形似"指的是對心境的真實寫照。得此"形似"的關鍵,自然不在於對外物"恒姿"的體察摹寫,而在於能否"神之於心,處身於境,視境於心",在於能否"用思"而"了然境象"。在理論的層次上來說,六朝文論中的"形似"代表著一種崇尚摹寫外物的藝術原則,而王昌齡所贊許的"形似"恰恰是對這種藝術原則的徹底否定。他用"物境""形似"一詞來表述對超越物象的境界的追求,似乎是偷樑換柱,提倡一種與六朝"形似"相對立的、反模仿的藝術原則。

情境二。娛樂愁怨,皆張於意而處於身,然後馳思,深得其情。

由於娛樂愁怨不是像山水一樣有具體的存在,因此不可能和山水一樣進行直覺的觀照。所以對娛樂愁怨的觀照要置身處地,即"張於意而處於身",得其境象,再經過"馳思"即具體意象的慘淡經營,然後深得其情。

意境三。亦張之於意,而思之於心,則得其真矣。
(QTWDSGHK, pp.172–173)

與物境一、情境二不同,意境三沒有說明主語爲何,即是什麼被"亦張於意"。此主語省略說明意境三所言之意是自發呈現的,不發於對山水自然和人類社會的感悟。談到這一點,可能會自然而然地提出這樣一個問題:我們普遍認爲佛教把心象視爲一種虛幻,而王昌齡却則把意和思作爲一種積極的心理活動和創造,二者是否矛盾?其實,這並不構成矛盾。因爲在佛教中也把"意"字來表達"發意"等積極肯定的概念。例如,《大乘起信論》云:"初發意菩薩等所見者,以深信真如法故,少分而見,知彼色相莊嚴等事,無來無去,離於分齊。唯依心現,不離真如。"菩薩和信衆要深信真如法,也要通過主觀努力。要超越對世界的執著,從污染的幻覺中回歸真如,仍要通過主觀思維,這就是所謂發意。由此可見,意一字在佛教中也不全部都是消極的。毫無疑問,王昌齡採用了佛教中"意"積極的一面,含蓄巧妙地借用來描述文學中幻境的創作。我認爲,王昌齡所說的意境不是實境,而是一種虛構之境。"思之於心",是對這種虛境進行一種再創作。例如《西遊記》中記載了很多的妖魔鬼怪都非現實,但並非不是現實的妖魔鬼怪就自成藝術作品,創作者還得"思之於心",然後纔能"得其真"。雖然意境不是真實的東西,但可以得到生活和藝術的真實。

§ 072 王昌齡《詩格・論文意》:"生意"指產生創作意圖和進入創作狀態

春夏秋冬氣色,隨時生意。取用之意,用之時,必須安神淨慮。目睹其物,即入於心。心通其物,物通即言。言其狀,須似其景。語須天海之內,皆納於方寸。至清曉,所覽遠近景物及幽所奇勝,概皆須任意自起。意欲作文,乘興便作。若似煩即止,無令心倦。常如此運之,即興無休歇,神終不疲。(QTWDSGHK, p.170)

§ 073 王昌齡《詩格・論文意》:觀物境生過程

旦日出初,河山林嶂涯壁間,宿霧及氣靄,皆隨日色照著處便開。觸物皆發光色者,因霧氣濕著處,被日照水光發。至日午,氣靄雖盡,陽氣正甚,萬物蒙蔽,却不堪用。至晚間,氣靄未起,陽氣稍歇,萬物澄靜,遙目此乃堪用。至於一物,皆成光色,此時乃堪用思。所説景物,必須好似四時者。(QTWDSGHK, pp.169－170)

在以上兩段中,王昌齡都強調觀物對象和時間的選擇。"遙目"觀照景物的最佳時刻是宿霧氣靄剛散開,萬物"因露氣濕著處,被日照水光發"之際。王氏爲何意追求"至於一物,皆成光色"?這點似乎很難從中土傳統繪畫的理論和實踐中找到其源頭。然而,在唯識家論性境的典籍中,用主動的光照來描述現量得性境的特點的例子比比皆是。例如,《宗鏡錄》卷五三載:"問:'五根於何教中證是現量。'答:'誠證非一,《圓覺經》云:"譬如眼光照了前境,其光圓滿,得無憎愛。"可證五根現量不生分別,其眼光到處,無有前後。'"王昌齡強調日光化物效應,明昱使用"眼光"比喻,有著極爲相似的目的,那就是說明,他們各自所追崇理想境界具有包攝萬物的圓滿實性。

3.5 王昌齡創作論:從"境"到"象"的轉化

在陸機和劉勰的創作論中,創作第三個階段是從"意"到"言"的過程,也就是最後的成文階段。但在王昌齡創作論中,書寫成文是第四階段,第二階段境生之後,還有從"境"到"象"的第三階段。王氏並沒有十分明確地對"境"和"象"作出區分,但從他遣詞用句的先後(如"境象"),我們不難揣摩到從"境"到"象"轉變過程。不過,最能證明王氏認爲境生之後還有"成象"過程的,莫過於他對"思"字的用法。在《論文意》中,"思"出現了14次,幾乎每一次都是描述境生之後有意識的意象選擇。

在《詩格》裏,王昌齡提出了三思,即三種用思的方式。他將第一種思稱爲"生思",解釋道:"生思一。久用精思,未契意象。力疲智竭,放安神思。心偶照境,率然而生。"他在這段話中,對創作第三階段作了重要論斷:思是有意識地對境進行加工,其目的是從中提煉出"意象"。王氏又言:"感思二:尋味前言,吟諷古制,感而生思。"似乎是說古人的吟諷,即"三境"中的情境,也能引起詩人自覺的意象營造。接著又言:"取思三。搜求於象,心入於境,神會於物,因心而得。""取思"實際上與"生思"大致相同,只是後者更強調思的突發性。

　　王昌齡對用思搜求意象的心理活動的描述,與馬鳴對第六識意識的論述,也有著重要的相似之處。《大乘起信論》云:"復次,言意識者,即此相續識。依諸凡夫,取著轉深。計我我所,種種妄執,隨事攀緣,分別六塵,名爲意識,亦名分離識,又復説名分別事識。"這裏,《大乘起信論》的譯者在意後面加一個"識"成爲意識,用於將第六識"意識"和第七識"意"區分開來。識在中文中表達一種認知、知識,將"識"字加在意後,甚爲恰當。馬鳴認爲,第七識并沒有涉及真正的理性思維,因爲它僅僅把染和淨加以區別,其它並沒有具體區別事物的作用。但意識則是一種真正的知識理性的過程,可以前五識相緣陸續現行,形成一種抽象的概念和思維。第七識"意"與第六識"意識"的主要區別在於,意是無意識地將世界像明鏡一樣呈現出來,而意識是一種主觀努力以區別各種主觀的感受和心理的活動,同時其中也涉及一種情感活動,其本質是對虛幻的一種執著。在王昌齡《論文意》中,我們也可以發現對於思的相似論述。王昌齡的思與第六識"意識"有很多相似的地方。兩者的感知和再現,不是整體,而是具體的分別。比如講思,則言搜象、取思、感思,都是選擇具體的意象來表達。王昌齡14次用"思"字,幾乎都是主觀的、有意識的選擇,跟"意識"的功用是很相似的。意識跟感官相緣而產生的思維活動通常與情感的執著是不可分的。同樣,王氏對"感思"的描述也強調搜象的過程中的情感因素。

§074　王昌齡《詩格·詩有三思》："意"與取境

　　生思一。久用精思,未契意象。力疲智竭,放安神思。心偶照境,率然而生。感思二。尋味前言,吟諷古制,感而生思。取思三。搜求於象,心入於境,神會於物,因心而得。(*QTWDSGHK*, p.173)

§075　王昌齡《詩格·論文意》：境生與文思

　　……夫作文章,但多立意。令左穿右穴①,苦心竭智,必須忘身,不可拘束。思若不來,即須放情却寬②之,令境生。然後以境照之,思則便來,來即作文。如其境思不來,不可作也。(*QTWDSGHK*, p.162)

　①　意指通達無礙,出自佛教經典。"必忘其身"是説身心要徹底鬆散,不能"苦心竭智",執著地追求某些東西。　②　放鬆、延緩。

§076　王昌齡《詩格·論文意》：精煉意魄

　　凡屬文之人,常須作意。凝心天海之外,用思元氣之前,巧運言詞,精練意魄。所作詞句,莫用古語及今爛字舊意。改他舊語,移頭換尾,如此之人,終不長進。爲無自性,不能專心苦思,致見不成。(*QTWDSGHK*, pp.163–164)

　除了搜求意象,用思還涉及"巧運言詞"。

3.6　王昌齡創作論：動態之"意"與境象到言的轉化

　　在王昌齡《論文意》中,將經"思"而得的"境象"付諸文字,是創作的第四,也是最後的階段。劉勰云"意翻空而易奇,文徵實而難巧",不僅爲作者、也爲作爲文論家的自己發出嗟歎。在創作論的書寫中,描述從翻空到徵實的成文過程,無疑是頭等難事。劉勰對此論題避而不談,似乎是畏難而退。相比之下,陸機則是知難而上,試圖從兩個不同的角度來解決這個難題,一是描述瞬間靈感的驅動,視之爲完美成文的奧秘;二是用四種不同文勢來更加具體地呈現虛象成文的動態過程。由於成文過程非藉動態形象描寫難以呈現,王昌齡所面臨的挑戰是難以想象的,因爲他所描述的意→境→象的過程都是在靜態觀照的狀態中完成的。顯然,佛教唯識宗的"意""境"這些以寂靜爲本的概念是無法運用來理解成文過程的,而且佛家普遍強調語言文字的虛幻,對文章創作自身是沒有興趣的。

爲了描述成文過程,王昌齡不得不放棄唯識之"意",轉爲使用初盛唐書論中"意"。如果說前者是王昌齡詩論中第一義的"意",那麼後者則是第二義的"意"。以意論書,始於王羲之,但到了唐代"意"不止於王羲之所說對字畫形態和振動的視覺想象,而是一個上通神靈下接筆尖,得於心應於手的飛動過程。生卒年比王昌齡早大約半個世紀的書法家孫過庭(646—691)就有這樣的描述:"意先筆後,瀟灑流落,翰逸神飛。亦猶弘羊之心,豫乎無際;庖丁之目,不見全牛。嘗有好事,就吾求習,吾乃麤舉綱要,隨而授之,無不心悟手從,言忘意得;縱未窺於衆術,斷可極於所詣矣。"[1]描述文學創作的成文階段,對於王昌齡

---

[1] [唐]孫過庭:《書譜箋證》,上海:上海古籍出版社,1982年,第91頁。

而言,沒有比書論之"意"更佳的選擇。首先,此書論之意與唯識之意共用一個字眼,而且都具超驗的性質,用之則可緊扣上文。另外,用此源自書論、呈動態的第二義之意,非常適合於描述成文過程言詞在所有不同層次的組合。因此,王氏認爲,此"意"貫穿行文全過程,直至文成收筆時仍起到驅動作用,故稱"高手作勢,一句更別起意;其次兩句起意,意如湧煙,從地昇天,向後漸高漸高,不可階上也。下手下句弱於上句,不看向背,不立意宗,皆不堪也"。這段話似乎是孫過庭以意論書法的文學翻版,甚至兩人所用的比喻(王爲"意如湧煙,從地昇天,向後漸高漸高",孫爲"瀟灑流落,翰逸神飛")也有異曲同工之妙。必須一提的是,王昌齡在討論此第二義的意具體運作時,又巧妙地使用了《論文意》中第三義的"意",即在唐代詩格中常與景物相對、内涵與"情"相同或相近的"意"。的確,王氏討論詩篇結構、對句一直到單句的書寫,無不是從此第三義的"意"或情與景物互動的角度展開的。

§ 077　王昌齡《詩格・論文意》:從意到言的轉變過程

　　詩本志也,在心爲志,發言爲詩,情動於中而形於言,然後書之於紙也。高手作勢,一句更別起意,其次兩句起意。意如湧煙,從地昇天,向後漸高漸高,不可階上[①]也。下手下句弱於上句,不看向背[②],不立意宗,皆不堪也。(QTWDSGHK, p.161)

　　① 順著階梯一步一步往上。　② 方向的同一和相反。

　　"詩言志"數句是傳統的説法,但"而形於言"以後則是王昌齡自己的闡發。所謂"起意",就是指充分發揮作品想象的能動作用。他將意比喻爲動態的浮煙,直到作品的最後完成。如果沒有作品想象作推動力,則一句比一句弱,而且後句與前句必缺少統一連貫性,因此不遵守立意原則的作品是不堪讀的。這是文論史發展的很重要的觀點,即把作品想象和用詞遣句的過程結合在一起討論。

§ 078　王昌齡《詩格·論文意》:與景語對立的"意"

詩頭皆須造意,意須緊,然後縱橫變轉。如"相逢楚水寒",送人必言其所矣。(QTWDSGHK, p.163)

"相逢楚水寒"句出王昌齡《岳陽別李十七越賓》。此段言詩若開頭言意,下面則必要言物,此爲情物換用。

詩貴銷題目中意盡。然看所見景物與意愜①者當相兼道②。若一向言意,詩中不妙及無味。景語若多,與意相兼不緊③,雖理通亦無味。昏旦景色,四時氣象,皆以意排④之,令有次序,令兼意説之爲妙。(QTWDSGHK, p.169)

① 相合。　② 互相共同道出。　③ 不能緊密相合。　④ 安排佈置。

這兩段中的意字,都是名詞性的、第三義的"意",指以情感爲主的表達內容。在王昌齡來看,此"意"必須與景物取得平衡,"一向言意"或景語"與意相兼不緊"都是不理想的。王昌齡意與景動態結合的觀點,可以説爲艾略特(T. S. Eliot,1888—1965)"在藝術形式中表現情感的唯一方式就是找到客觀關聯物"[1]的説法開了先河。

§ 079　王昌齡《詩格·論文意》:"意"貫穿作品所有層次

夫詩,入頭①即論其意。意盡②則肚寬,肚寬則詩得容預③,

---

[1] 艾略特(T. S. Eliot):《哈姆萊特和他的問題》(*Hamlet and His Problems*),《聖林集》(*The Sacred Wood*),倫敦1932年第3版,第100頁。

物色亂下。至尾則却收前意。節節仍須有分付。……凡詩頭,或以物色爲頭,或以身爲頭,或以身意爲頭,百般無定,任意以興來安穩,即任爲詩頭也。……詩有上句言意,下句言狀;上句言狀,下句言意。……凡詩,物色兼意下爲好,若有物色,無意興,雖巧亦無處用之。如"竹聲先知秋",此名兼也。(QTWDSGHK, pp.162－165)

① 即詩開頭。　② 沒有保留。　③ 寬容,空間大。

在此選段中,王昌齡的比喻"意如涌煙,從地昇天,向後漸高漸高,不可階上也"落到了實處,即作品的動態想象(第二義之意)可激活作品中各個層次上情(第三義之意)和景物的互動。

在王昌齡看來,詩篇開頭的成功與否也取決於意與物兩者的選擇和組合:"凡詩頭,或以物色爲頭,或以身爲頭,或以身意爲頭,百般無定,任意以興來安穩,即任爲詩頭也。"所謂的"身意"就是詩人內心的真情實意,而不是空泛的情感。《文鏡秘府論·地卷·論體勢》也是王昌齡所作,其所列十七勢中有六勢均是有關開篇的,可見他重視詩篇開頭的程度。

接著往下談到對句,如何安排物和意的先後,仍是緊扣兩者互動的原則:"詩有上句言意,下句言狀;上句言狀,下句言意。"再講即使是在一行裏,也要兼顧意和物的互動:"凡詩,物色兼意下爲好,若有物色,無意興,雖巧亦無處用之。如'竹聲先知秋',此名兼也。"王氏特別推崇意、景超乎相互倚傍,融爲一體,認爲能實現這一點的乃爲文章高手,并列舉了很多例子,如"池塘生春草,園柳變鳴禽"等。

【第3.1—6部分參考書目】

金學智著:《中國書法美學》,南京:江蘇文藝出版社,1994年。參第二章第四節《議乎"無聲之音,無形之相"——張懷瓘集大成式的書法美學思想》,第934—948頁;第二章第五節《"心手相師"對意在筆前說的補充》,第949—954頁。

黃景進著:《意境論的形成:唐代意境論研究》,臺北:臺灣學生書局,
　　2004 年。
黃炳輝著:《唐詩學史述論》,上海:上海古籍出版社,2008 年。
蔡宗齊著:《王昌齡以"意"爲中心的創作論及其唯識學淵源》,《復旦
　　大學學報》2017 年第 4 期,第 87—97 頁。
蔡宗齊著:《唯識三類境與王昌齡詩學三境説》,《文學遺産》2018 年
　　第 1 期,第 49—59 頁。
Zong-qi Cai. "Toward an Innovative Poetics: Wang Changling on *Yi* 意 and Literary Creation." *Journal of Chinese Literature and Culture* 4.1 (2016): 180–207.
Bodman, Richard W. *Poetics and Prosody in Early Mediaeval China: A Study and Translation of Kūkai's* 空海 *Bunkyō Hifuron* 文鏡秘府論 N.P.: Quirin Press, 2020.
Ho, Edward. "Aesthetic Considerations in Understanding Chinese Literati Musical Behaviour." *British Journal of Ethnomusicology* 6 (1997): 35–49.
Bush, Susan. *The Chinese Literati on Painting*: *Su Shih (1037–1101) to Tung Ch'i-ch'ang(1555–1636)*. Hong Kong University Press, 2012, Chapter 1, pp.1–28.

3.7　中晚唐皎然等人的"意""境""思""象"説

　　王昌齡妙用"意"之三義,以之統攝文學創作的所有階段,建立了一個糅合了佛道思想的意→境→象→言的創作論框架。較之陸機、劉勰"意→象→言"創作三階段説,王昌齡四階段説的創新突破,不僅僅在於增加了"境生"的階段,而更重要是它

借用佛教之"意"和基於道家的畫論之"意",重新解釋了這四個階段前後因果關係。中唐詩僧皎然也像王昌齡那樣大量使用"意""境""象""思"等術語,但它們各自的涵義和重要性大爲不同。首先,"意"已不再指統領一切的超驗心理活動,而是王氏著作中第三義之意,即與"情"近義的"意"。《詩式》論創作過程時說的"境"已不再指靜觀中呈現的世界實相,而是事物的個相。例如,他說的"取境"與"取象"已沒有什麼區別,兩者都指有意識地營造詩歌形象。不過,在評論詩篇審美效果時,皎然所讚揚的"境"與"象"却有本質的不同,多指超乎象外的審美境界。皎然的"思"字與王昌齡的用法相同,但他把有意識的"苦思"提到最重要的地位,並將無自覺意識的靈感視爲其對立面,認爲"意靜神王,佳句縱橫"只是很偶然的事,而且這種神助仍有賴於"先積精思"。

　　較之皎然,賈島對"意"化虛爲實的改造又進了一步,將王昌齡第三義"意"中包含的"情"分出來,列爲與"意"對等一類,前者指情中有景的詩句,而後者指只用情語的詩句。晚唐杜牧提出了"文以意爲主"的命題,所說的"意"屬王昌齡所說的第二義之"意"。晚唐徐夤則又對"意"作虛解,提出"意在象前"的命題,但從上下文判斷,此"意"雖似乎接近王昌齡的第一義之"意",但更像是在勾勒劉勰《神思》"意象"的形成的過程。

§080　皎然(720?—798?)《詩式·辯體有一十九字》:取境與體之高下

【作者簡介】皎然(720?—798?),俗姓謝,字清晝,湖州(今屬浙江)

人,自稱謝靈運十世孫。唐朝僧人、詩人。早年勤學,曾應舉求仕,中年以後居杼山、湖州等地,與州縣長官及文人往還酬唱。皎然曾與陸羽、顏真卿等交往。皎然編寫出《詩式》五卷《詩議》等,著有《杼山集》等。

評曰:夫詩人之思初發,取境偏高,則一首舉體便高;取境偏逸,則一首舉體便逸。(*QTWDSGHK*, p.241)

此段似乎模仿了王昌齡"凡作詩之體,意是格,聲是律,意高則格高"一段的措辭,但所得出的觀點卻是相反的。王氏所推崇的第一、第二義的意是超驗的,而皎然所說的"詩人之思"是有意識的思索。同樣,與王氏所說呈現萬物實相的"境"相反,皎然的"取境"是指著意營造具體作品的意象。

§081 皎然《詩議·論文意》:苦思、取象、造句

或曰:詩不要苦思,苦思則喪於天真。此甚不然。固須繹①慮②於險中,採奇於象外,狀③飛動之句,寫冥奧④之思。夫希世之珠,必出驪⑤龍之頷⑥,況通幽含變之文哉?但貴成章以後,有其易⑦貌,若不思而得也。"行行重行行,與君生別離"⑧,此似易而難到之例也。(*QTWDSGHK*, p.208)

① 抽引出。　② 謀思。　③ 描繪、再現。　④ 深奧難解。　⑤ 音 lí。　⑥ "頷",音 hàn,下巴。傳說中,驪龍頷下有寶珠,事見《莊子》《尸子》。　⑦ 容易、不費力。　⑧《古詩十九首》之一。

皎然認爲,不論構思還是用字遣詞均要"苦思",最上乘的作品容易讓人感覺是"不思而得"的,但這實爲一個錯覺,"似易而難到"的詩作,乃是"苦思"的成果。

§082 皎然《詩式·取境》:取境與苦思

評曰:或云,詩不假修飾,任其醜朴。但風韻正,天真全,即

名上等。予曰：不然。無鹽①闕容②而有德,曷若文王太姒③有容而有德乎？又云,不要苦思,苦思則喪自然之質。此亦不然。夫不入虎穴,焉得虎子。取境之時,須至難至險,始見奇句。成篇之後,觀其氣貌,有似等閒④不思而得,此高手也。有時意靜神王⑤,佳句縱橫,若不可遏,宛如神助。不然,蓋由先積精思,因神王而得乎？（QTWDSGHK, p.232）

① 齊宣王后鍾離春,爲人有德而貌醜。事見劉向《列女傳》。　② 容顏有損。　③ 周文王妻,武王母。　④ 輕易、尋常。　⑤ 稱王,謂神思運轉自如,毫不受限。

皎然一反歷來論詩崇尚自然率真的傾向,大講特講苦思的重要性,甚至認爲,所謂流於自然的作品並非無涉精思,只是作者技藝高超,能做到不留雕琢痕跡而已。皎然如此大膽地反潮流,無怪乎後來遭到王夫之嚴詞鞭撻,被視爲破壞詩風的罪魁禍首。

§ 083　皎然《詩式·立意總評》：立意與直抒胸臆的詩句

評曰：前無古人,獨生我思。驅江①、鮑②、何③、柳④爲後輩,於其間或偶然中者,豈非神會而得也？其例曰："迢迢牽牛星,皎皎河漢女。"⑤"枯桑知天風,海水知天寒。"⑥又："河中之水向東流,洛陽女兒名莫愁。"⑦"臨河濯長纓,念別悵悠悠。"⑧"畫作秦王女,乘鸞向煙霧。"⑨鮑照"剉蘗染黃絲,芬亂不可治。"⑩吳均⑪"鸂雛若上天,寄聲向明月。"又古詩："客從遠方來,遺我雙鯉魚。呼童烹鯉魚,中有尺素書。"⑫又："門有車馬客,駕言發故鄉。念君久不歸,濡跡滯江湘。"⑬柳惲"汀洲采白蘋,日落江南春。洞庭送歸客,瀟湘逢故人"⑭之例是也。詩人意立變化,無有倚傍,得之者懸解⑮其間。若論降格,更須評之。如潘岳《悼亡詩》：

"庶幾有時衰,莊缶猶可擊。"思之極也。雖有依倚,吾無恨焉。如"明月入綺窗,髣髴想蕙質"⑯,斯不及矣。(QTWDSGHK, pp.345–346)

① 江淹。 ② 鮑照。 ③ 何遜。 ④ 柳惲。 ⑤ 句出《古詩十九首》之一。 ⑥ 句出樂府《飲馬長城窟行》。 ⑦ 句出樂府《河中之水歌》。 ⑧ 句出《蘇武李陵贈答詩》組詩其三。 ⑨ 出鮑照《擬行路難》。 ⑩ 出鮑照《擬行路難》。 ⑪ 出江淹《怨歌行》。 ⑫《古詩十九首》之一。 ⑬ 鮑照《門有車馬客行》。 ⑭ 出柳惲《江南曲》。 ⑮ 憑空理解,謂了悟。 ⑯ 江淹《雜體詩三十首》其十一,擬潘岳《悼亡詩》之作。

從這段可以看出皎然所說的"立意"是指苦思煉句,與王昌齡具有超驗特徵的"作意""起意""立意"相差甚遠。

§ 084　皎然《詩議·詩有十五例》:與"情"近義、名詞性之"意"

一、重疊用事①之例。二、上句用事,下句以事成之例。三、立興以意成之例。四、雙立興以意成之例。五、上句古②,下句以即事③偶④之例。六、上句立意,下句以意成之例。七、上句體物,下句以狀⑤成之例。八、上句體時,下句以狀成之例。九、上句用事,下句以意成之例。十、當句⑥各以物色成之例。十一、立比⑦以成之例。十二、覆意⑧之例。十三、疊語之例。十四、避忌之例。十五、輕重錯謬之例。(QTWDSGHK, pp.214–215)

① 即用典。 ② 用舊事。 ③ 眼前之事。 ④ 與之相對。 ⑤ 描繪情景。 ⑥ 一句之中。 ⑦ 比喻。 ⑧ 回應前意。

這段在《文鏡秘府論》的摘錄中,每一例下皆引詩句作爲具體例證。

§ 085　賈島(779—843)《二南密旨·論立格淵奧》：意格即不訴諸於形象的寫情

【作者簡介】賈島(779—843)，字閬仙，另作浪仙，幽州范陽(今北京)人。唐代苦吟詩人，長於五律。早歲出家爲僧，法號無本，後還俗並參加科舉，累不中第。長慶二年舉進士。文宗開成二年時貶長江主簿。唐武宗會昌年初由普州司倉參軍改任司戶，未任病逝。因曾官長江主簿，故其集稱爲《長江集》。

詩有三格。一曰情，二曰意，三曰事。情格一。耿介①曰情。外感於中而形於言，動天地，感鬼神，無出於情。三格中情最切也。如謝靈運詩："池塘生春草，園柳變鳴禽。"②如錢起詩："帶竹飛泉冷，穿花片月深。"③此皆情也。如此之用，與日月爭衡也。意格二。取詩中之意不形於物象。如古詩云："行行重行行，與君生別離。"④如書公《賦巴山夜猿送客》⑤："何年有此路，幾客共沾襟。"事格三。須興懷⑥屬思，有所冥合⑦。若將古事比今事，無冥合之意，何益於詩教。如謝靈運詩："偶與張邴合，久欲歸東山。"⑧如陵士衡⑨《齊謳行》："鄙哉牛山歎，未及至人情。"如古詩云："懶向碧雲客，獨吟黃鶴詩。"以上三格，可謂握造化手也。(QTWDSGHK, pp.376‑377)

① 誠實正直。　② 出《登池上樓》詩。　③ 出《春夜過長孫繹別業》。　④《古詩十九首》之一。　⑤ 皎然詩。　⑥ 引起感發。　⑦ 暗合。　⑧《還舊園見顏范二中書詩》。　⑨ 即陸機。

賈島將王昌齡和皎然所用名詞性的意一分爲二，得情、意兩格。意格是指在情感表達時，少形象而多情語。

§ 086　賈島《二南密旨·論總顯大意》：意即諷喻的意義

大意，謂一篇之意。如皇甫冉①送人詩："淮海風濤起，江關幽思長。"②此一聯見國中兵革、威令併起。"同悲鵲遶樹,獨作鴈隨陽。"此見賢臣共悲忠臣,君恩不及。"山晚雲和雪,門寒月照霜。"此見恩及小人。"由來濯纓處,漁父愛瀟湘。"此見賢人見幾而退③。李嘉祐④《和苗員外雨夜伴直》:"宿雨南宮夜,仙郎伴直時。"此見亂世臣節也。"漏長丹鳳闕,秋冷白雲司。"此見君臣亂暗之甚。"螢影侵堦亂,鴻聲出塞遲。"此見小人道長,侵君子之位。"蕭條吏人散,小謝有新詩。"此見佞臣已退,賢人進逆耳之言。李端⑤詩:"盤雲雙鶴下,隔水一蟬鳴。"⑥此賢人趨進⑦兆也。下一句即韋金部在他國,孤進失期,乃招之也。"古道黃花發,青蕪赤燒生。"此見他國君子道消⑧,正風移敗,兵革併起。"茂陵雖有病,猶得伴君行。"此見前國賢人,雖未遂大志,尤喜無兵革。以上三篇,略而列之,用顯大意。(QTWDSGHK, pp.381–382)

① 唐代"大曆十才子"之一。 ② 出皇甫冉《途中送權三兄弟》。③ 見到事情發生前的隱微跡象,因而隱退。 ④ 約唐肅宗至唐德宗時人。 ⑤ "大曆十才子"之一。 ⑥ 出李端《茂陵山行陪韋金部》。⑦ 擢官。 ⑧ 消損。

賈島此處談"意",有兩個新穎之處,一是將意與儒家提倡的道德諷喻掛鉤,二是提出"大意"的概念,將對意言關係討論的重點從詩句營造移至全篇結構。

§087 杜牧(803—852)《答莊充書》:文以意爲主

【作者簡介】杜牧(803—852),字牧之,號樊川居士,京兆萬年(今陝西西安)人。晚唐詩人和古文家,擅長五言古詩和七律。祖父是中唐宰相杜佑。文宗大和二年,杜牧登進士第,授宏文館校書郎,後在外地府署中擔任幕僚,杜牧謂"十年爲幕府吏,每促束於薄書宴遊間"。歷任監察御史、膳部、比部及司勳員外郎，出任黃州、池州、睦州、湖州刺史，官終中書舍人。杜牧世稱"小杜"，以別於杜甫；又與李商隱齊名，稱"小李杜"。有詩文集《樊川文集》。

凡爲文以意爲主，氣爲輔，以辭彩章句爲之兵衛，未有主強盛而輔不飄逸者，兵衛不華赫①而莊整者。四者高下圓折，步驟隨主所指，如鳥隨鳳，魚隨龍，師衆隨湯、武，騰②天潛泉，橫裂天下，無不如意。苟意不先立，止以文彩辭句，繞前捧後，是言愈多而理愈亂，如入闤闠③，紛紛然莫知其誰，暮散而已。是以意全勝者，辭愈樸而文愈高；意不勝者，辭愈華而文愈鄙。是意能遣④辭，辭不能成意，大抵爲文之旨如此。（ DMJXNJZ, juan 13, pp.884-885）

① 華麗顯盛。　② 上升。　③ 音 huán huì，街道、市場。　④ 遣用、運用。

杜牧已經注意到"意"是一種動態的"意"，王昌齡以"勢"的概念描繪"意"，這裏杜牧以"氣"的概念來描繪"意"。杜牧以比喻的語言描述了從"意"到"言"的動態過程。"如鳥隨鳳，魚隨龍，師衆隨湯、武，騰天潛泉，橫裂天下，無不如意。"表現了寫作時都是按照"意"的意思來進行文字方面的架構，"意"是文字使用的推動力，也是組織的原則。因此"意能遣辭，辭不能成意"，表明"意"是驅動文字形成的推動力。杜牧這裏所說"意"顯然就是王昌齡第二義之"意"，即旨在驅動行文過程的"運意"。

§ 088　徐夤（849—938）《雅道機要·敘搜覓意》：意在象前

【作者簡介】徐夤（849—938），一作徐寅，字昭夢，泉州莆田（今福建莆田市）人，晚唐文學家，擅作詩、賦。早年多次科考不第，乾寧元年進士及第，授官秘書省正字。王審知辟爲掌書記，後泉州刺史王延彬以禮招。晚年歸隱。著作有《徐正字詩賦》等。

凡爲詩須搜覓。未得句,先須令意在象前,象生意後,斯爲上手矣。不得一向祇①搆②物象,屬對③全無意味。凡搜覓之際,宜放意深遠,體理④玄微。不須急就,惟在積思⑤,孜孜在心,終有所得。古今爲詩,或云得句先要領下⑥之句,今之欲高,應須緩就。若閬仙⑦經年,周樸⑧盈月可也。(QTWDSGHK, pp.445‑446)

① 只、僅僅。　② 同"搆",組織。　③ 連綴對偶。　④ 體會義理。
⑤ 積攢文思。　⑥ 領聯,即詩中第二聯。　⑦ 唐代詩人賈島,字閬仙,作詩執著於推敲字詞,被視作苦吟派詩人。　⑧ 唐代詩人,傳說其作詩盈月方得一聯一句。

這裏"意在象前",很明顯是借鑒王羲之"意在筆先"的説法。徐氏説"放意深遠,體理玄微",似乎是王昌齡第一義"意"的迴響,指成象前帶有超驗特徵的心理活動。

【第3.7部分參考書目】

郭紹虞著:《中國文學批評史》,第1版,上海:上海古籍出版社,1979年,四七《嚴羽〈滄浪詩話〉》,第268—285頁。

胡雪岡著:《意象範疇的流變》,初版,桃園:昌明文化有限公司,2018年,第五章《"意象"説的成熟》,第103—121頁。

王運熙、楊明著:《隋唐五代文學批評史》,第1版,上海:上海古籍出版社,1994年。

劉偉林著:《中唐詩境説研究》,臺北:萬卷樓圖書,2019年,第152—179頁。

Liu, James J. Y., and Richard John. Lynn. *Language-Paradox-Poetics: A Chinese Perspective.* Princeton:Princeton University Press, 2014, Chapter 3 "the Poetic of Paradox," pp.59, 60, 66.

3.8　韓愈等人的養氣創作論

　　劉勰《文心雕龍》建立了一個龐大無比的"文"的譜系,上接天文地理,下通整個文明發展史,從伏羲造八卦、商周禮樂之文、秦漢典籍之文直至六朝唯美之文,無不統攝其中。在此文的譜系中,聖人佔據樞紐的地位:"道沿聖而垂文,聖因文而明道。"因而創作文章自然離不開學習聖賢的文章。然而,劉氏《神思》《物色》《養氣》諸篇中論述文學創作之時,他却完全忘却了自己所信奉的文須徵聖宗經的原則,没有將文學創作和學習聖人文章聯繫在一起,而是從唯美的角度來分析整個創作過程。這樣,徵聖宗經就被架空爲與實際文學創作無關的教條。

　　然而正因如此,劉勰爲後人發展儒家創作論留下了足够的空間。韓愈無疑完美地利用了這個空間,成功地將徵聖宗經的原則改造成一種獨特的古文創作方法。筆者認爲,韓愈的成功,很大程度上在於他選擇了"養氣"爲切入點。他説"養氣"並非劉勰《養氣》篇所講那種保全身體的養氣,而是孟子所説的浩然之氣。孟子言"我知言,我善養吾浩然之氣……其爲氣也,至大至剛,以直養而無害,則塞於天地之間。其爲氣也,配義與道"。孟子所言"浩然之氣"是身體和思想道德緊密結合的"氣",西方思想中身體與思想是截然不同的兩個類别,而在中國儒家思想中這兩者是不能分開的。既然孟子已明言浩然之氣與言和道義的關係,用學習聖人文章養氣來描述的過程,自然是順理成章的事。韓愈《答李翊書》介紹自己通過學習聖賢文章而養浩然之氣的體驗。他首先交代自己讀書的範圍，"非三代兩漢之書不敢觀，非聖人之志不敢存"，然後描述學習聖賢文章對自己文章寫作的巨大幫助，用"汩汩然來矣""然後浩乎其沛然矣"諸語，用來形容長久沉浸於古聖文章而湧起的文思，把文思的動勢栩栩如生地表現出來。這裏，韓愈將古聖文章的學習虛化爲養氣過程，以虛對虛，借氣流動之貌呈現了虛渺無形的創作心理活動。接著他又以水做喻，從理論上闡述"氣"與"言"的關係："氣，水也；言，浮物也。水大而物之浮者大小畢浮。氣之與言猶是也。氣盛，則言之短長與聲之高下皆宜。"在韓愈看來，"文"的產生是"養氣"的結果，"養氣"到達成熟的地步便自然產生"言""文"。因此，養浩然之氣，即是道德培養的過程，也是培養"言"的過程，而所成之言自然近乎聖賢所立之言。

由於曹丕《典論·論文》先前打通了作者之氣與作者個人秉性、地域風氣的關係，韓愈養氣創作論其實還有更多可以拓展的空間。的確，不少韓愈的繼承人是沿著這些方向進一步拓展了養氣創作論。例如，蘇轍《上樞密韓太尉書》將"浩然之氣"推至作者周覽天下名勝所感受的天地之氣，然後描述作者如何内化的天地之氣，自然而然地寫出天下至文。明方孝孺《與舒君》則將養氣說用來重新解釋孔子所說"辭達"，認爲辭達所指，並非抽象概念的簡潔陳述，而是作者堪比天地力量之文思瞬間完成的自然表達。養氣——辭達過程的兩端，分別與孟子和孔子的語錄直接相連，養氣創作論的儒家特徵就不言而喻了。

§089 ＊《孟子·公孫丑上》：浩然之氣與言和道德的關係

（孟子曰）"……夫志，氣之帥也；氣，體之充也。夫志至焉，氣次焉。故曰：'持其志，無暴①其氣。'""既曰'志至焉，氣次焉'，又曰'持其志，無暴其氣'者，何也？"曰："志壹②則動氣，氣壹則動志也。今夫蹶③者趨者，是氣也，而反動其心。""敢問夫子惡乎長？"曰："我知言，我善養吾浩然之氣。""敢問何謂浩然之氣？"曰："難言也。其爲氣也，至大至剛，以直養而無害，則塞於天地之間。其爲氣也，配義與道；無是，餒④也。是集義所生者，非義襲而取之也。行有不慊⑤於心，則餒矣。"（MZYZ, pp.61－62）

① 暴露，損害。　② 專一。　③ 音"jué"，跌倒。　④ 貧乏。
⑤ 音"qiàn"，滿意。

§090 ＊《孟子·盡心下》：内在道德外化的力量

浩生不害①問曰："樂正子何人也？"孟子曰："善人也，信人也。""何謂善？何謂信？"曰："可欲之謂善，有諸己②之謂信，充實之謂美，充實而有光輝之謂大，大而化之之謂聖，聖而不可知之之謂神。樂正子，二之中、四之下也。"（MZYZ, p.334）

① "浩生"，姓；"不害"，名。　② 有之於己。

聖人心性充實之美似爲光輝照耀天地，因"大"感化影響天下，此種力量便稱之爲"聖"，亦可俗稱爲"神"。此外，"善"之力量發展到一定程度，可以養成爲浩然之氣，如鬼神一般，可以影響天地造化。

§091 韓愈（768—824）《答李翊書》：讀書、學聖、創作

【作者簡介】韓愈（768—824），字退之，河南河陽（今河南孟州）人，自

稱"郡望昌黎",世稱"韓昌黎"。唐代中期文學家。貞元八年,韓愈登進士第,累官監察御史,十九年因論事而被貶陽山令。元和十二年,從裴度征淮西,因功升任刑部侍郎,十四年因諫迎佛骨,被貶爲潮州刺史。長慶年間官至吏部侍郎、長慶四年病逝,諡號文,故稱"韓文公"。韓愈爲唐代古文運動的重心人物,"唐宋八大家"之首,與柳宗元並稱"韓柳"。他提出"文道合一""務去陳言""文從字順"等散文理論。著有《韓昌黎集》。

　　生所謂立言者是也,生所爲者與所期者,甚似而幾矣。抑不知生之志,蘄①勝於人而取於人耶？將蘄至於古之立言者耶？蘄勝於人而取於人,則固勝於人而可取於人矣；將蘄至於古之立言者,則無望其速成,無誘於勢利,養其根而竢②其實,加其膏而希其光。根之茂者其實遂,膏之沃者其光曄③,仁義之人,其言藹如④也。

　　① 音"qí",同"祈",祈求。　② 同"俟",等待。　③ 音"yù",光耀明亮。　④ 和善美好。

　　抑又有難者,愈之所爲,不自知其至猶未也。雖然,學之二十餘年矣。始者,非三代兩漢之書不敢觀,非聖人之志不敢存,處若忘⑤,行若遺,儼乎⑥其若思,茫乎其若迷。當其取於心而注於手也,惟陳言之務去,戛戛⑦乎其難哉！其觀於人,不知其非笑之爲非笑也。如是者亦有年,猶不改,然後識古書之正僞,與雖正而不至焉者,昭昭然白黑分矣,而務去之,乃徐有得也。當其取於心而注於手也,汩汩⑧然來矣。其觀於人也,笑之則以爲喜,譽之則以爲憂,以其猶有人之說者存也。如是者亦有年,然後浩乎其沛然⑨矣。吾又懼其雜也,迎而距⑩之,平心而察之,其皆醇也,然後肆⑪焉。雖然,不可以不養也。行之乎仁義之途,游之乎《詩》《書》之源,無迷其途,無絶其源,終吾身而已矣。

⑤ 忘我，忘其所在。　⑥ 嚴肅的樣子。　⑦ 形容不斷推敲，費力的樣子。　⑧ 文思暢通如水流。　⑨ 充實盛大。　⑩ 正面相對。　⑪ 隨心所欲，感覺不到拘束。

韓愈這裏提出一種新的文學觀，即文人可以像聖人一樣寫出聖人的美文，並且介紹了他自己的學習過程："非三代兩漢之書不敢觀，非聖人之志不敢存。"由此漸近聖人的思想境界。韓愈認爲自己所作之言亦可稱爲"立言"，這可以説是對曹丕文學觀的繼承；但和曹丕的純美文學觀點不同的是，韓愈認爲要通過學習聖人纔能寫出和聖人之言一樣可以立身傳世之文。要通過學習聖人以寫出和聖人之言類似的文章這一觀點，應該也受到了劉勰《徵聖》和《宗經》中類似思想的影響。

氣，水也；言，浮物也。水大而物之浮者大小畢浮，氣之與言猶是也。氣盛，則言之短長與聲之高下者皆宜。雖如是，其敢自謂幾於成乎！雖幾於成，其用於人也奚取焉？雖然，待用於人者，其肖於器邪？用與舍屬諸人①。君子則不然，處心有道，行己有方，用則施諸人②，舍則傳諸其徒，垂諸文而爲後世法③。如是者，其亦足樂乎？其無足樂也？（HCLWJJZ, juan 3, pp.240－242）

① 取決於別人。　② 施用於人。　③ 所效法。

《文心雕龍》中，雖然也講圣、道、文的關係，但那主要是立足於提升文的地位，是從總體上來談的。具體到創作，如其《物色》諸篇，則根本不談聖人。古文家談論文學，將自然和文的關係在具體的創作中加以論述，這對前代的文論是一個發展。這裏的"氣"也不同於曹丕所説的"氣"。韓愈在這裏所説的"氣"，可以追溯到孟子的"浩然之氣"。"浩然之氣"即身體與道德的混合，和天地之氣可以融合。這裏的"氣"既指道德修養，又指自然聲律。後者是對駢文的反對。在韓愈看來，"氣盛，則言之短長與聲之高下皆宜"，説的即是自然之氣可以產生抑揚頓挫的自然音樂之美，這不同於寫作駢文必須的人爲的聲律要求。

§092　蘇軾(1037—1101)《與謝民師推官書》："辭達"新解

　　求物之妙,如繫風捕影,能使是物了然於心者,蓋千萬人而不一遇也。而況能使了然於口與手者乎？是之謂辭達。辭至於能達,則文不可勝用①矣。(SSWJ, juan 49, p.1418)

　　① 無法用盡。

《論語》説"辭達而已矣"。到了宋代,"辭達"已經成爲一個重要的文學批評的論題。貫道派強調"辭達而已",並非文不重要,而是很難做到所謂"了然於心,蓋千萬人而不一遇也"。什麼是辭達？是自然而然,同時又達到最高的藝術境界。能够將萬物之真"了然於心",而同時用"口與手"將其表達出來,這纔是"辭達"。這和"載道"派理解的"辭達而已"完全不同。"載道"派認爲"辭達而已"就是我們不要追求文辭,文辭僅表意而已,並不重要,可以得魚忘筌。

§093　蘇轍(1039—1112)《上樞密韓太尉書》：天地之氣與
　　　　文章

【作者簡介】蘇轍(1039—1112),字子由,一字同叔,晚年號潁濱遺老,眉州眉山(今四川眉山)人。蘇洵之子、蘇軾之弟,嘉祐二年與兄蘇軾同登進士,哲宗時官至尚書右丞、門下侍郎。晚年閒居許州潁昌。諡文定。蘇家父子三人,均在"唐宋八大家"之列,人稱"三蘇",蘇轍是"小蘇"。蘇轍著述甚豐,在貶官和晚年閒居期間,致力於著述。作品有《欒城集》《欒城後集》《欒城三集》等。

　　太尉執事①：轍生好爲文,思之至深。以爲文者,氣之所形,然文不可以學而能,氣可以養而致。孟子曰："我善養吾浩然之氣。"今觀其文章,寬厚宏博,充乎天地之間,稱其氣之小大。太史公行天下,周覽四海名山大川,與燕、趙間②豪俊交遊,故其文疏蕩,頗有奇氣。此二者,豈嘗執筆學爲如此之文哉？

其氣充乎其中而溢乎其貌,動乎其言而見乎其文,而不自知也。

① 韓琦,時任樞密使。　② 今河北及山西一帶。

　　轍生十有九年矣。其居家所與遊者,不過其鄰里鄉黨③之人,所見不過數百里之間,無高山大野,可登覽以自廣。百氏之書,雖無所不讀,然皆古人之陳迹,不足以激發其志氣。恐遂汨沒④,故決然捨去,求天下奇聞壯觀,以知天地之廣大。過秦、漢之故都,恣觀終南、嵩、華之高,北顧黃河之奔流,慨然想見古之豪傑。至京師,仰觀天子宮闕之壯,與倉廩、府庫、城池、苑囿之富且大也,而後知天下之巨麗。見翰林歐陽公,聽其議論之宏辯,觀其容貌之秀偉,與其門人賢士大夫游,而後知天下之文章聚乎此也。

③ 鄉人朋友。　④ 沉淪埋沒。

　　太尉以才略冠天下,天下之所恃⑤以無憂,四夷之所憚⑥以不敢發,入則周公、召公,出則方叔、召虎⑦。而轍也,未之見焉。且夫人之學也,不志其大,雖多而何爲? 轍之來也,於山見終南、嵩、華之高,於水見黃河之大且深,於人見歐陽公⑧,而猶以爲未見太尉也。故願得觀賢人之光耀,聞一言以自壯,然後可以盡天下之大觀,而無憾者矣。

⑤ 依賴、仰仗。　⑥ 畏懼。　⑦ 周宣王時賢臣,立中興之功。
⑧ 指歐陽修。

　　轍年少,未能通習吏事。嚮⑨之來,非有取於斗升之禄。偶然得之,非其所樂。然幸得賜歸待選⑩,使得優遊數年之間,將歸以益治其文,且學爲政。太尉苟以爲可教而辱⑪教之,又幸矣。(LCJ, juan 22, pp.477－478)

⑨ 音"xiàng",之前。　⑩ 等待考核聽選。　⑪ 謙辭,承蒙。

蘇轍這裏主要講"養氣"。他認爲"文者氣之所形",而"氣可養而致"。這裏主要發展了孟子"善養浩然之氣"說,並且將養氣過程具體化,很具體地講述了自己通過周覽名山大川以養氣的體會。

§094　＊方孝孺(1357—1402)《與舒君》：辭達氣勢的誇張描寫

【作者簡介】方孝孺(1357—1402),字希直,又字希古,號遜志,寧海(今屬浙江)人。蜀獻王聘爲世子師,名其讀書之廬曰"正學",故世稱正學先生。宋濂弟子。曾任漢中府教授,建文年間任翰林侍講學士。惠帝好讀書,召方孝孺講解,修《太祖實錄》及《類要》,孝孺爲總裁。燕王朱棣起兵,被執下獄,因拒絕草詔,被殺害,牽連甚廣。方孝孺著述頗多,現存《遜志齋集》。

道者,氣之君;氣者,文之師也。道明則氣昌,氣昌則辭達。文者,辭達而已矣。然辭豈易達哉？六經、孔、孟,道明而辭達者也。自漢而來,二千年中,作者雖有之,求其辭達,蓋已少見,況知道①乎？夫所謂達者,如決江河而注之海,不勞餘力,順流直趨,終焉萬里,勢之所觸,裂山轉石,襄陵②蕩壑。鼓③之如雷霆;蒸之如煙雲;登之如太空④;攢⑤之如綺縠。迴旋曲折,抑揚噴伏,而不見艱難辛苦之態,必至於極而後止,此其所以爲達也,而豈易哉？漢之司馬遷、賈誼,其辭似可謂之達矣;若揚雄,則未也;唐之韓愈、柳子厚,宋之歐陽修、蘇軾、曾鞏,其辭似可謂之達矣。若李觀⑥、樊宗師⑦、黃庭堅之徒,則未也。於道則又難言也。嗟乎,此豈可與昧者語哉！(XZZJ, juan 11, p.349)

① 通曉大道。　② 漫過山陵。　③ 敲擊。　④ 天空。　⑤ 音"cuán",聚合、拼湊。　⑥ 唐代宗至德宗時人,與韓愈同登進士第。
⑦ 唐代宗至德宗時人,爲韓愈等倡導的"古文運動"的參與者。

這裏的觀點可以視作是古文派"文以明道"論在明代的餘響。文以明道,我們可以通過氣理解道,氣盛則辭達。這裏繼承了古文家的觀點,認爲辭達非一般的表達,所謂辭達,乃是能够自然而然地創作文章的一種氣象或境界。

【第3.8部分參考資料】

梁濤著:《"浩然之氣"與"德氣"——思孟一系之氣論》,《中國哲學史》2008年第1期,第13—19頁。

歐陽禎人著:《孟子的人格自由論研究》,《武漢大學學報(哲學社會科學版)》2004第5期,第612—617頁。

李春青著:《從人學價值到詩學價值——論蘇轍"養氣説"的深層含蘊》,《社會科學輯刊》1998年第3期,第140—145頁。

胡遂著:《論蘇詞主氣》,《文學評論》1999年第6期,第53—63頁。

3.9 嚴羽等人的禪悟創作論

宋代禪學風靡天下,以禪入詩,以詩示禪的詩風亦日盛。對這種新詩風的理論總結,首見於蘇軾的五言古詩《送參寥師》。對於此詩的歷史意義,清汪師韓作出了精闢的論斷:"取韓愈論高閑上人草書之旨,而反其意而論詩,然正得詩法三昧者。其後嚴羽遂專以禪喻詩,至爲分別宗乘,此篇早已爲之點出光明。"[1] 所謂"反其意",是指蘇軾挑戰韓愈以氣勢爲宗的創作論,認爲"靜和空"纔是決定作品優劣的決定因素,稱:"令詩語妙,無厭空且靜。靜故了群動,空故納萬境。"(§095)蘇軾認

---

[1] 《蘇詩選評箋釋》卷二。

爲，韓愈批評閑上人，因無法寫出象張旭狂草那種書法極品，是站不住腳的。此詩尾聯"詩法不相妨，此語當更請"明確提出詩歌和佛法完全相通的觀點，頓開宋代文人以禪喻詩的風氣。如果說蘇軾《送參寥師》用嚴肅的哲學術語來闡述作詩和參禪本質相同的道理，那麼吳可《學詩詩》則採用俚俗的禪宗話頭，大聲呼籲跳出江西詩法模仿杜甫詩的窠臼，改用參禪的方式來寫詩。《學詩詩》使用說禪的話頭，淺白易懂，符合大衆的口味，很快成爲一種"喜聞樂用"的體式。龔相沿用此體式，寫下了自己的《學詩詩》，更加猛烈地攻擊江西詩派，直言"點鐵成金猶是妄"，將矛頭直指江西詩派首領黃庭堅。

不少學者認爲，嚴羽《滄浪詩話》是宋代禪喻詩論的壓卷之作。的確，嚴氏已完全超越了吳、龔等人《學詩詩》喊口號式的陳述，使用更爲雅正的語言，對學詩學禪的妙悟和熟參兩方面一一作出了精闢透徹的分析。他先連續十次使用"悟"字，先依照佛家判教將悟分爲第一義大乘禪和第二義的小乘禪，接著將漢魏晉與盛唐之詩類比大乘禪，將大曆以後的詩類比小乘禪。如此類比仍意猶未盡，於是又引入禪宗的派系進一步類比，稱"學漢、魏、晉與盛唐詩者，臨濟下也。學大曆以還之詩者，曹洞下也。"最後再對悟加以分級，稱："有透徹之悟，有但得一知半解之悟。漢、魏尚矣，不假悟也。謝靈運至盛唐諸公，透徹之悟也。"

與吳可、龔相等人完全否定學詩必要性的做法不同，嚴羽並未排斥學習前人的創作方法，而是認爲應先向前人學習，方能達到悟的境界。所以，談完"悟"之後，他又連續十次使用"熟參"一詞，列出參讀詩歌必須遵循的時序，列出漢魏直到宋代各時期必讀詩人的名字。在熟參《楚辭》以來的詩作之後,學詩人可"博取盛唐名家,醞釀胸中,久之自然悟入"。

儘管嚴羽有關"悟"和"熟參"的陳述呈現了一定程度的圓通,但《滄浪詩話》中一些鏗鏘有力的宣言却似乎充滿著矛盾。他一方面稱"夫學詩者以識爲主",並列出詩法五條、詩品九類、文字用工三類;另一方面又稱"夫詩有別材,非關書也;詩有別趣,非關理也"。筆者認爲,透過這些貌似矛盾對立的陳述,我們可以看到,嚴羽是在運用佛教不落兩邊的思維來處理無意識"悟"和有意識"學詩"的關係,使兩者之間呈現一種撲朔迷離、若即若離的關係。"若即"是指兩者之間有可以圓通,取得可辯證統一的一面;"若離"則是指兩者可以分開對立的一面。筆者認爲,正因爲其"若即"和"若離"之間的張力,《滄浪詩話》纔能對明清詩論發展產生極爲深遠的影響。復古派取其"若即"一邊,相信熟參唐詩即可達到唐人透徹之悟的境界。相反,反復古派則只取"若離"一邊,認爲"悟"的性情、性靈的實現,是無法通過熟參和模仿來獲得的。就對後世的影響而言,沒有任何詩學著作可與《滄浪詩話》相比。

§ 095　蘇軾《送參寥師》:靜空與境界

上人學苦空①,百念已灰冷。劍頭惟一映②,焦穀③無新穎④。胡爲⑤逐吾輩,文字爭蔚炳。新詩如玉屑⑥,出語便清警。退之論草書,萬事未嘗屛。憂愁不平氣,一寓筆所騁。頗怪浮屠人⑦,視身如丘井。頹然寄淡泊,誰與發豪猛⑧。細思乃不然,真巧非幻影。欲令詩語妙,無厭⑨空且靜。靜故了群動,空故納萬境。閱世走人間,觀身卧雲嶺。鹹酸雜衆好,中有至味永。詩法不相妨,此語當更請⑩。(*SSSJ*, *juan* 17, pp.905－907)

① 指佛教義理。佛説人世間一切皆苦、一切皆空。故蘇軾用"苦""空"來代指佛教。　② 音"xuè",以口吹物發出的聲音,語出《莊子·則陽》:"夫吹筦也,猶有嗃也;吹劍首者,吷而已矣。"　③ 燒乾的穀物。　④ "穎",禾的尖端。《維摩詰經》云:"如無色界色,如焦穀芽。"此句意爲,學佛之人看透色相,同時也看透語言文字之色彩聲音。　⑤ 爲什麽。　⑥ 玉的碎屑,比喻美好的文辭。　⑦ 出家人。　⑧ 韓愈嘗作《送高閑上人序》,文中批評高閑上人持心淡薄,不知爲何會作草書。因爲在韓愈眼中,草書是滌蕩起伏的情緒的表現。上幾句,是從韓愈序文中的觀點伸發而來。　⑨ 不排斥。　⑩ 領受。

§096　吴可(南北宋之交)《學詩詩》:作詩與禪悟

【作者簡介】吴可,字思道,號藏海居士,金陵(今江蘇南京)人,祖籍甌寧(今福建建甌)。大觀三年進士,曾官於汴京。嘗居於洪州,宣和末年官至團練使,責授武節大夫致仕。建炎後,轉徙楚、豫等地。乾道、淳熙年間尚在世。吴可論詩上承蘇軾,喜用禪語。著有《藏海居士集》《藏海詩話》。

學詩渾似學參禪,竹榻蒲團不計年。直待自家都了得,等閑拈出便超然。

學詩渾似學參禪,頭上安頭不足傳。跳出少陵窠臼外,丈夫志氣本衝天。

學詩渾似學參禪,自古圓成有幾聯?春草池塘一句子,驚天動地至今傳。(*SRYX*, p.8)

§097　龔相(北宋中後期)《學詩詩》:作詩與禪悟

【作者簡介】龔相,字聖任,處州遂昌(今屬浙江麗水市)人。祖父龔原，王安石門下，與李之儀爲同年。高宗紹興間知華亭縣，後家吳中。事見清乾隆《華亭縣志》卷九。龔相有《論詩詩》，並與陳與義、陳長方、王之道爲友，陳長方有《送龔聖任序》，王之道有《和龔聖任即事》《和龔聖任冬日即事》詩。

學詩渾似學參禪，悟了方知歲是年。點鐵成金[①]猶是妄，高山流水自依然。

① 詩中化用古人語，可以化腐朽爲神奇。黃庭堅提出的詩法，多被用來形容詩中如何用典。

學詩渾似學參禪，語可安排意莫傳。會意即超聲律界[②]，不須鍊石補青天。

② 修行所達的境界，龔相用來形容詩歌創造中的形式層次。

學詩渾似學參禪，幾許搜腸覓句聯。欲識少陵[③]奇絕處，初無言句與人傳。(SRYX, p.9)

③ 杜甫，號少陵野老。

第一首很明顯地批判了江西詩派的"點鐵成金，脫胎換骨"，"高山流水自依然"則強調了直觀體悟隨心創作。第二首講的是"會意"，這裏的"意"是指超驗的"言外之意"。第三首強調直觀而得的詩境無法用文字傳達。吳可和龔相的《學詩詩》有一鮮明的共性：即強調頓悟。因爲作者的"自家"都可以達到"了得"，所以無需一味努力，有"踏破鐵鞋無覓處，得來全不費功夫"之意，強調創作的"自然"性，要講究自然而然地抒發自己的個性。好詩都在自己心中，無需在文字上有意爲之，過分雕琢。

§ 098 戴復古(1167—1248?)《昭武太守王子文，日與李賈、嚴羽共觀前輩一兩家詩及晚唐詩，因有論詩十絕。子文見之，謂無甚高論，亦可作詩家小學須知》：作詩與禪悟

【作者簡介】戴復古(1167—1248?)，字式之，號石屏、石屏樵隱，黃巖

(今屬浙江台州)人。少孤,篤志於詩。理宗紹定年間曾爲邵武教授。爲南宋江湖詩派重要成員,以詩遊歷近五十年。有詩集《石屏小集》等。

欲參詩律似參禪,妙趣不由文字傳。個裏稍關心有悟,發爲言句自超然。

詩本無形在窈冥,網羅天地運吟情。有時忽得驚人句,費盡心機做不成。(DFGSJ, juan 7, p.228)

§099 包恢(1182—1268)《答傅當可論詩》:詩人如造物者

【作者簡介】包恢(1182—1268),字宏父,一字道夫,號宏齋,建昌南城(今屬江西撫州)人。寧宗嘉定十三年(1220)進士。曾官刑部尚書,以資政殿大學士致仕。善詩,又善評詩。四庫館臣從《永樂大典》輯其詩文爲《敝帚稿略》。

某素不能詩,何能知詩,但嘗得於所聞大概。以爲詩家者流,以汪洋澹泊爲高。其體有似造化之未發者,有似造化之已發者,而皆歸於自然,不知所以然而然也。所謂造化之未發者,則冲漠有際,冥會無跡;空中之音,相中之色,欲有執著,曾不可得而自有,尸居而龍見,淵默而雷聲者焉!所謂造化之已發者,真景見前,生意呈露,混然天成,無補天之縫罅;物各傳物,無刻楮之痕跡。蓋自有純真而非影,全是而非似者焉!故觀之雖若天下之至質,而實天下之至華;雖若天下之至枯,而實天下之至腴。如彭澤一派,來自天稷者,尚庶幾焉,而亦豈能全合哉!(BZGL, juan 2)

在這段論述中,包恢把詩人比作造物者,能够藉詩歌創造萬物。他的這一論點無疑提高了詩人的地位,在傳統文論中所見不多。

§100 嚴羽《滄浪詩話·詩辯》：禪道與詩道

【作者簡介】嚴羽，字儀卿，一字丹丘，號滄浪逋客，世稱嚴滄浪。邵武（今福建邵武）人。南宋詩論家，與同族嚴仁、嚴參齊名，世號"三嚴"。嚴羽論詩主妙悟、崇古仿古，以漢魏晉盛唐爲師。他的《滄浪詩話》影響了明代前後七子、竟陵派、清初王士禛。著有詩集《滄浪集》二卷。

禪家者流，乘有小大①，宗有南北②，道有邪正。學者須從最上乘③，具正法眼④，悟第一義⑤，若小乘禪，聲聞⑥辟支果⑦，皆非正也。論詩如論禪，漢、魏、晉與盛唐之詩，則第一義也。大歷以還之詩，則小乘禪也，已落第二義矣；晚唐之詩，則聲聞辟支果也。學漢、魏、晉與盛唐詩者，臨濟⑧下也。學大歷以還之詩者，曹洞⑨下也。大抵禪道惟在妙悟，詩道亦在妙悟，且孟襄陽學力下⑩韓退之遠甚，而其詩獨出退之之上者，一味妙悟而已。惟悟乃爲當行，乃爲本色。然悟有淺深、有分限、有透徹之悟，有但得一知半解之悟。漢、魏尚矣，不假悟也。謝靈運至盛唐諸公，透徹之悟也。他雖有悟者，皆非第一義也。吾評之非僭⑪也，辯之非妄也。天下有可廢之人，無可廢之言。詩道如是也。若以爲不然，則是見詩之不廣，參詩之不熟耳。試取漢、魏之詩而熟參之，次取晉、宋之詩而熟參之，次取南北朝之詩而熟參之，次取沈⑫、宋⑬、王⑭、楊⑮、盧⑯、駱⑰、陳拾遺⑱之詩而熟參之，次取開元、天寶諸家之詩而熟參之，次獨取李、杜二公之詩而熟參之，又取大歷十才子之詩而熟參之，又取元和之詩而熟參之，又盡取晚唐諸家之詩而熟參之，又取本朝蘇⑲、黃⑳以下諸家之詩而熟參之，其真是非自有不能隱者。儻猶於此而無見焉，則是野狐㉑外道，蒙蔽其真識，不可救藥，終不悟也。（CLSHJS， pp.11－12）

① 佛教派別。釋尊入滅後一段時期,爲區別於原始佛教和部派佛教,大乘佛教興起,大、小乘對立。　② 中國佛教禪宗的兩派。南宗爲六祖慧能所創,主張頓悟;北宗爲神秀所創,主張漸悟。　③ 最高明圓滿的禪法。④ 禪宗語,即依徹見真理之智慧眼。　⑤ 根本宗旨,佛教中常指超越言語思維的真諦。　⑥ 聞諸佛聲教而得道者。　⑦ 小乘二果之一,通過緣覺自覺自悟而得道。　⑧ 中國禪宗五家七宗之一,以唐代臨濟義玄爲宗祖。　⑨ 禪宗五家七宗之一,以洞山良价爲宗祖。　⑩ 低於。　⑪ 音"jiàn",虛妄之詞。　⑫ 沈佺期。　⑬ 宋之問。　⑭ 王勃。　⑮ 楊炯。⑯ 盧照鄰。　⑰ 駱賓王。　⑱ 陳子昂。　⑲ 蘇軾。　⑳ 黃庭堅。㉑ 野狐禪,禪宗對外道異端的譏諷語。

【第 3.9 部分參考書目】

郭紹虞著:《中國文學批評史》,第 1 版,上海:上海古籍出版社,1979年,四七　嚴羽《滄浪詩話》,第 268—285 頁。

Hartman, Charles. *Han Yu and the T'ang Search for Unity*. Princeton: Princeton University Press, 1986, Chapter 4 "The Unity of Style," pp.211－276.

Egan, Ronald. *The Problem of Beauty: Aesthetic Thought and Pursuits in Northern Song Dynasty China*. Cambridge, Mass.: Harvard University Asia Center, 2006. 中譯參見艾朗諾《美的焦慮:北宋士大夫的審美思想與追求》,杜斐然、劉鵬、潘玉濤譯,上海:上海古籍出版社,2013 年。

Lynn, Richard J. "Sudden and Gradual in Chinese Poetry Criticism." In *Sudden and Gradual: Approaches to Enlightenment in Chinese Thought*, edited by Peter N. Gregory, 381－427. Honolulu: University of Hawai'i Press, 1987.

Schmidt, J. D. "The 'Live Method' of Yang Wan-li." In *Studies in*

Chinese Poetry and Poetics, edited by Ronald C. Miao, 287–320. San Francisco: Chinese Materials Center, 1978.

Owen, Stephen, ed. *Readings in Chinese Literary Thought*. Chapter 8. Cambridge: Harvard University Press, 1992. 中譯參見宇文所安《中國文論:英譯與評論》,王柏華、陶慶梅譯,上海:上海社會科學出版社,2003年,第八章是嚴羽《滄浪詩話》詩辯和詩法部分的英譯和注解。

Lynn, Richard J., trans. "Yen Yü, *Ts'ang-lang's Discussions of Poetry*: 'An Analysis of Poetry'." In *The Columbia Anthology of Traditional Chinese Literature*, edited by Victor H. Mai, 139–144. New York: Columbia University Press, 1994. 林理彰譯《嚴羽〈滄浪詩話·詩辨〉》。

4 明清以意爲主的創作論

　　盛唐以後,創作論的書寫是沿著"化整爲零"的方向來發展的。所謂"化整爲零",是指不再像陸機和劉勰那樣系統地討論整個創作過程,也不採用邏輯連貫的專論形式。所謂"整"有兩重意義,一是書寫內容的完整,即對創作整個過程都一一加以闡述;二是書寫形式的整體性,即採用連貫縝密的專論形式。陸機《文賦》和劉勰《神思》無疑是這種"整"式創作論書寫的傑出典範,前無古人後無來者。在他們之後,大概只有王昌齡一人致力於探究整個創作過程,並以"意"一以貫之。在上一章中,筆者提出,在創作論這個狹窄的範圍裏,王昌齡以意爲主的創作論可稱爲體大思精,"體大"是指它覆蓋了整個創作過程,從起意觀照、興起境生、精思搜象、運意屬文無不一一論及,建立了意—境—象—言的創作論框架。"思精"則指王氏妙用"意"在佛教唯識宗、中土書論、漢語普通詞類所呈現的三義,不僅重新定性創作起端的超驗心理狀態,以及其產生的條件、方式和效果,而且還開創了用"意"來論述最後成文階段的路徑。王氏對每一創作階段的論述無不精闢深刻,極具原創性。不過,我們必須強調,稱王氏的創作論體大思精,只是就內容而言,而其形式則無系統性可言。他的論述分佈零散,沒有沿著創作過程組成一個前後連貫的整體。

盛唐之後所謂"化整爲零"的創作論書寫傾向,在明清時期尤爲明顯。明清詩話著作卷帙浩繁,但難以找到像王昌齡《論文意》那樣專心探究創作全部過程的例子。明清批評家似乎更熱衷於探究詩歌創作某一特定階段,發前人之未發,對許多複雜的術語概念作出了精闢的闡發。他們所發表的真知灼見,猶如熠熠生輝的片段,散見於各自所寫的詩學著作之中,且數量甚多,有待整理。爲此,筆者在通讀《全明詩話》《清詩話》《清詩話續編》等各種詩話總集後,采集出有關文學創作的精華段落,加以梳理歸類,以"化零爲整"的方式,重構出以意爲主、以情爲主以及以參悟爲主的三種創作論。明清詩學著作中有關"意"的討論甚多,本文輯集了其中最有代表性的部分,力圖展現一個較爲完整的以意爲主的創作論,而另外兩種創作論則留到下一章討論。

在研讀歷代創作論的文獻過程中,筆者發現其中出現"意"字有五種不同的意義,現臚列如下:

1. 第一義的意,具有形而上意義的概念,主要作動詞用。作爲一個哲學概念,意主要在先秦道家和魏晉玄學典籍中使用。陸機和劉勰用此第一義的意建構了意象言的創作論框架,而用"意"來描述具體創作想象活動的第一人則是東晉王羲之。在唐人孫過庭和張懷瓘等人書論中,"意"則明顯呈現了與神靈相通的形上涵義。王昌齡將書論中第一義的"意"引入詩論,專門用來描述最後成文階段中作者動態的心理活動。

2. 第二義的意，也是一個形而上的概念，作動詞用，源自佛教唯識宗文獻中第七識"意"，由王昌齡引入詩論，用它來描述創作肇始時的靜態的超驗觀照[1]。王昌齡之後，此義的"意"就基本消失了。

3. 第三義的意，屬形而下的名詞概念，在文論中作"情"的近義詞使用。范曄認爲意是情的升華，即是從直接情感反應提煉而成的藝術情感。王昌齡在討論中用了此第三義的意來描述佈局謀篇、遣詞用字過程中情與物象的互動。

4. 第四義的意，也是形而下的名詞概念，指文字所傳達的"意義"，包括文意、篇意、句意、字意等等，在文章學中使用最多。劉勰《文心雕龍·熔裁》屬於文章學奠基之作，而其中所談的意就是第四義的意。

5. 第五義的意，指"意願""意圖"，主要作形容詞或副詞用，多見於區分有意識和無意識創作活動的討論。王昌齡沒有使用第五義的意，然而在清代詩論中則經常使用，"有意""無意"這類詞語屢見不鮮。

在創作論中，動詞性第一、二義之"意"起著提綱挈領的作用，而另外三義則是第一、二義之"意"作用的對象或結果。在元明清文論中，已很難找到筆者所稱王昌齡《論文意》中源於内典的第二義之"意"的例子。如果説，王昌齡借用了唯識宗第七識"意"，用它來描述創作肇始時的超驗觀照，並將此第二義

---

[1] 參見拙文《王昌齡以"意"爲中心的創作論及其唯識學淵源》，《復旦大學學報》2017年第4期，第87—97頁；《唯識三類境與王昌齡詩學三境説》，《文學遺産》2018年第1期，第49—59頁。

"意"所變現的萬物總相稱爲"境",那麼隨著唯識宗式微等因素,元明清文論家則極少用"意"字來描述創作起端的澄神觀照,多改爲借用禪宗術語,如虞集所用"具摩醯眼"一語。

總的說來,多數明清文論家最關注的不是創作始端的超驗觀照或想象,而是作者在最後成文階段中的心理活動。此階段是從"翻空"想象轉變爲"徵實"語言的過程,而對之描述亦存在"務虛"和"務實"兩種路徑。務虛者多步王昌齡、杜牧的後塵,把書論中動勢飛揚的"意"(即第一義之"意")引入文論,用來描述作者這種意動如何驅動成文的整個過程,從佈局謀篇、比類用事,直至遣詞用句。

明清詩論中討論第一義之意(以下簡稱爲"意")在成文過程的論述甚多,本章將沿著成文由虛到實的過程加以梳理。在最虛的始端,"意"被描述爲落筆成文的神秘驅動力,超詣變化,與天地神靈同體。往實的方向推進,"意"與辭的關係被用來區別兩種相反的成文過程,即所謂"辭前意"和"辭後意"之説。再進一步,"意"被視爲決定文章整體結構的首要因素。又進一步,"意"便被當作造情、取景、遣詞造句的樞機。

如果説王昌齡是用上升的煙來形容這種成文的驅動力,王夫之等人則用"勢""氣"等虛的術語,以及更加生動的象喻來加以形容,並強調只有氣與勢纔能保證意的飽滿與充沛。相反,務實的論意者則力圖將動勢的"意"落實到佈局謀篇、遣詞用句諸方面,稱之爲"運意",並且認爲作品各方面動態的統一都源於"運意"的成功。例如,王廷相提出的"四務"(運意、定格、結篇、鍊句)當中,後三"務"就可以理解爲在運意的狀態下完成作品的書寫過程。"運意"的討論還引發出意與題、意與辭關係的新議題,而謝榛等人"辭前意"和"辭後意"之說也應運而生。

　　創作最後的成文階段關乎佈局謀篇、取象用事、遣詞用字不同層次上的語言使用,撇開這些"徵實"的語言問題不談,一味談論"翻空"之意的文論家畢竟是少數。在明清時期,論"意"者更多是試圖將翻空之意落實到具體的詩法之中,而其中成功者取得了相得益彰的效果,一則將翻空之意落到實處,二則把機械死板的詩法變爲活法。值得一提的是,在這些不同層次上,"意"自身的特徵及作用又經常予以虛、實兩解。由於"意"的論述存在虛實變換,層出不窮,貫穿了詩法的方方面面,我們可以用清末朱庭珍"無定之法"一語來確定"意"統率所有詩法層次的地位。

　　明清詩學著作中有關成文過程中"意"的討論很多,本章輯集了其中最有代表性的部分,力圖"化零爲整",重構出一個較爲完整的以意爲主的創作論。本章共有七個單元。第一單元介紹對"意"至虛的讚譽,隨後五個單元遵循從虛至實的軸綫,分別介紹意與文章、意與總體結構、意與情、意與求意取象、意與遣詞造句五個主題,最後一個單元則由實轉虛,討論意與詩法辯證互動關係。

　　筆者認爲,明清以意爲主的創作論,須放在古代創作論發展史的宏觀視野中,纔能真正認識其重要的意義。自陸機《文賦》以來,如何描述作者"翻空"其意,將作品的想象轉化爲徵實的文字,歷來是困擾文論家的難題。在《文賦》中,陸機先用隱晦的比喻來形容行文的動勢,而在結尾時又忽然描述靈感突發,驅動行文的狀況,但始終未打通作者想象活動和文章書寫的關係。劉勰雖然意識到神思最終還得落實到文章的具體構造,列出成文之"三準",但却没法闡明神思與遵循三準的關係。到了唐代,王昌齡別出心裁,一方面用源自書論、動態的第二義"意"描述作者在成文階段的心理活動,另一方面又用靜態的、名詞性的第三義"意"來代稱作品的情感内容,並將此徵實之"意"與景物的互動視爲連綴文字的原則。

  明清論意者則沿著王昌齡所開闢的路徑,致力於用靈動飛揚的"意"來貫穿統攝作品所有層次的書寫,從而將詩法從死法改造爲活法。在很大的程度上可以説,明清文論家解決了描述作者將想象付諸文字過程的難題,從而使古代創作論變得更加完整和寬闊。如果我們進一步把視野擴展到整個文論傳統,那麽我們還可以看到明清以意爲主的創作論一個更具重大意義的貢獻,那就是實現詩學與文章學的匯通。明清論詩家對文章精細而富有層次感的分析,無疑受到宋代文章學對古文和近體詩的結構分析的影響。同時,他們無疑又反過來促進了文章學由"實"向"虛"的發展。宋代的文章學論意多聚焦文章的大意,極少與創作的心理活動相聯繫,只是偶然論及讀者對文章之意的感悟,略帶一些"虛"的意味。由於明清以意爲主創作論進入了傳統文章學的範圍,其對意、文關係的虛解活説,無疑對文章學的發展注入了新機。

4.1 "意"爲驅動行文的神秘力量

  元明清詩論延續了王昌齡以意爲成文驅動力的觀點,並將

"意"的描述分爲務虛和務實兩大類。"務虛"這一類是將"意"從行文的技術層面分離出來,然後以各種方式對之加以神化。神化方式用得最多的大概是直觀的象喻,將文章比於自然界的實物,而"意"比作實物之外的虛象,如虞集所說"風之於空,春之於世",又如錢詠用一系列奇幻變化的景象,形容意輔氣而行的狀況:"若看春空之雲,舒卷無迹者;有若聽幽澗之泉,曲折便利者;有若削泰華之峯,蒼然而起者;有若勒奔踶之馬,截然而止者。倏忽萬變,難以形容,總在作者自得之。"對"意"再進一步的神化就是把它與宇宙的基本力量等同起來。例如,王夫之將意與萬物變化之"勢"相連,稱後者爲"意中之神理"。對"意"的神化,達到登峰造極的恐怕非元代虞集這段話莫屬:"趣,意之所不盡而有餘者之謂。趣是猶聽鐘而得其希微,乘月而思遊汗漫。窅然真用,將與造化者同流,此其趣也!"這段話,比之道家典籍中對"道"的讚揚,又有何區別?至於如何打通此虛無縹緲、玄而又玄的"意"與至實的言辭使用,王夫之、錢詠、厲志拈出了"氣"作爲兩者中介,大談意與氣的關係,而張裕釗則借鑒姚鼐的聲氣神之説,進一步來打通"氣"與"辭"的關係,讓至虛"意"落實爲驅動整個行文過程的強大力量。以下六個單元(4.2—4.7)正是明清人對此"意"在成文的每個主要階段的關鍵作用的評述。

§ 101　＊王昌齡(690—756)《詩格·論文意》:意爲行文的驅動力

　　高手作勢,一句更別起意,其次兩句起意。意如涌煙,從地

昇天,向後漸高漸高,不可階上①也。下手下句弱於上句,不看向背②,不立意宗,皆不堪也。(QTWDSGHK, p.161)

① 順著階梯,一步一步往上。　② 方向的同一和相反。

§ 102　＊范仲淹(989—1052)《唐異詩序》: 意與氣爲一體

嘻! 詩之爲意也,範圍乎一氣,出入乎萬物,卷舒變化,其體甚大。故夫喜焉如春,悲焉如秋。徘徊如雲,崢嶸如山;高乎如日星,遠乎如神仙;森如武庫,鏘如樂府。羽翰乎教化之聲,獻酬乎仁義之醇。上以德於君,下以風於民。不然,何以動天地而感鬼神哉! 而詩家者流,厥情非一: 失志之人其辭苦,得意之人其辭逸,樂天之人其辭達,覯閔之人其辭怒。如孟東野之清苦,薛許昌之英逸,白樂天之明達,羅江東之憤怒。此皆與時消息,不失其正者也!(FZYQJ, juan 8, p.156)

§ 103　＊虞集《詩家一指》[1]: 藝術創作的意象: 超驗之意

【作者簡介】虞集(1272—1348),字伯生,號邵庵,又號道園,祖籍仁壽(今屬四川眉山),元代文學家。南宋丞相虞允文的五世孫。宋亡後,父虞汲徙居臨川崇仁(今屬江西)。虞集自小由其母楊氏以口授。元成宗大德六年,任大都路儒學教授,累遷秘書少監、集賢修撰。文宗時,任奎章閣侍書學士,纂修《經世大典》。順帝即位,稱病歸臨川。謚文靖。虞集工於詩,與柳貫、黃溍、揭傒斯被稱爲"儒林四傑",又與揭傒斯、范梈、楊載齊名,爲元詩四大家之一。著有《道園學古錄》《道園類稿》等。

---

1 《詩家一指》,其編著者或著錄爲明代人懷悅(成化元年,即 1465 年,尚在世),張健《〈詩家一指〉的産生時代與作者》(《北京大學學報》1995 年第 4 期)考證編著者不可能是懷悅,而應是元代人虞集。其書反映了元代的詩學思想,內容上與《虞侍書詩法》有相互因襲者。

意　作詩先命意,如構宮室,必法度形制已備於胸中,始施斤鈇①。此以實驗取譬,則風之於空,春之於世,雖暫②有其迹,而無能得之於物者,是以造化超詣③,變化易成,立意卑凡,情真愈遠。

趣　意之所不盡而有餘者之謂趣,是猶聽鐘而得其希微,乘月而思遊汗漫④。育⑤然真用,將與造化者同流,此其趣也!
(QMSH, p.111)

① 砍木的工具與鉗子,這裏比喻寫文的工具,意謂付諸實踐。
② 同"暫",音 zàn,猝然,暫時。　③ 高深玄妙。　④ 渺茫無際。
⑤ 音 yǎo,深遠。

此處,虞集將意比作"風之於空,春之於世",給"意"披上神秘的面紗。對"意"的神化要再進一步,就要把它與宇宙的基本力量聯繫甚至等同起來。於是,虞集將"意之所不盡而有餘者"稱之爲超驗之"趣"。虞集稱意與"造化者同流",可謂登峰造極,甚至和道家典籍中對"道"的讚揚如出一轍。

§104　王夫之(1619—1692)《薑齋詩話》:意與文勢

【作者簡介】王夫之(1619—1692),字而農,號薑齋,人稱船山先生,湖南衡陽人。明遺民、明末清初思想家、文學家,與顧炎武、黄宗羲並稱"清初三大儒",崇禎十五年中舉。明亡,聯合地方義軍抗清,入南明任職,後輾轉遊歷,著書講學,晚年隱居衡陽石船山。著有《周易外傳》《尚書引義》《春秋世論》《讀通鑒論》《宋論》《永曆實録》《噩夢》《黄書》等。

無論詩歌與長行文字,俱以意爲主。意猶帥也。無帥之兵,謂之烏合。李、杜所以稱大家者,無意之詩,十不得一二也。煙雲泉石,花鳥苔林,金鋪錦帳,寓意則靈。若齊、梁綺語,宋人搏合①成句之出處,役②心向彼掇索③,而不恤己情之所自發,此

之謂小家數,總在圈繢④中求活計也。(JZSHJZ, p.44)

① 揉搓集聚。　② 使役,勞役。　③ 摘取索求。　④ 圈套,"繢",音 huì,布帛的剩餘部分。

　　把定一題、一人、一事、一物,於其上求形模,求比似,求詞采,求故實⑤;如鈍斧子劈櫟柞⑥,皮屑紛霏,何嘗動得一絲紋理?以意爲主,勢次之。勢者,意中之神理也。唯謝康樂⑦爲能取勢,宛轉屈伸,以求盡其意,意已盡則止,殆無剩語;夭矯⑧連蜷,煙雲繚繞,乃真龍,非畫龍也。(JZSHJZ, p. 48)

⑤ 典故出處。　⑥ 音 lì zuò,櫟樹。　⑦ 即劉宋詩人謝靈運。
⑧ 曲折飛騰。

　　王夫之強調"以意爲主",並且還將"意"比作一軍之"帥",通過軍事方面的比喻來表達意的統率一切的重要性,如"意猶帥也。無帥之兵,謂之烏合",這一比喻源遠流長,東晉王羲之用之論書(§061),而晚唐杜牧《答莊充書》亦用此喻論文(§088)。

§105　廖燕(1644—1705)《意園圖序》: 意與造物

【作者簡介】廖燕(1644—1705),初名燕生,字夢醒,號柴舟,韶州曲江(今廣東韶關)人。清初文學家。諸生,厭科舉。一生貧困潦倒,在武水西建"二十七松堂",潛心著作。廖燕工詩文、書法、雜劇,著述頗豐,有《二十七松堂集》傳世,包括論、辨、序、題詞、疏引、記、文、書、尺牘、說、書後、跋、傳、誌銘、墓表等,並有雜劇《醉畫圖》《鏡花亭》《訴琵琶》《續訴琵琶》等。

　　園莫大於天地,畫莫妙於造物。蓋造物者,造天下之物者也。未造物之先,物有其意,既造物之後,物有其形。則意也者,豈非爲萬形之始,而亦圖畫之所從出者歟①?予嘗閉目坐忘,嗒②然若喪③,斯時我尚不知其爲我,何況於物?迨④意念既明,則舍我而逐於物,或爲鼠肝,或爲蟲臂,其形狀又安可勝窮也耶？傳稱趙子昂⑤善畫馬，一日倦而寢，其妻牕隙窺之。偃仰鼾呼，儼然一馬也。妻懼。醒以告。子昂因而改畫大士像。未幾，復窺之。則慈悲莊嚴，又儼然一大士。非子昂能爲大士也，意在而形因⑥之矣。萬物在天地中，天地在我意中，即以意爲造物，收煙雲、丘壑、樓臺、人物於一卷之内，皆以一意爲之而有餘。則也癡以意爲園，無異以天地爲園，豈僅圖畫之觀云乎哉？雖然，天下事亦得其意已耳也。（ESQSTJ, juan 5, p.95）

① 音 yú，表示感歎語氣。　② 音 tà，忘懷的樣子。　③ 忘我。
④ 音 dài，等到。　⑤ 趙孟頫，字子昂，元湖州人。工書法，繪畫善山水、人物、鞍馬、竹石等。　⑥ 因依、依託。

§106　錢泳（1759—1844）《履園譚詩》：氣主與意輔

【作者簡介】錢泳（1759—1844），字立群，號台仙，一號梅溪，江蘇金匱（今屬江蘇無錫）人。長期做幕客，足跡遍及大江南北，交友甚廣，一生結識了很多名士，如王昶、孫星衍、洪亮吉、章學誠、包世臣等學者。工詩詞、篆隸，精鐫碑版，善於書畫。著有《履園叢話》《履園譚詩》《蘭林集》《梅溪詩鈔》等。

詩文家俱有三足，言理足、意足、氣足也。蓋理足則精神，意足則蘊藉，氣足則生動。理與意皆輔氣而行，故尤必以氣爲主，有氣即生，無氣則死。但氣有大小，不能一致，有若看春空之雲，舒卷無迹者；有若聽幽澗之泉，曲折便利者；有若削泰華①之峯，蒼然而起者；有若勒②奔踶③之馬，截然而止者。倐忽萬變，難以形容，總在作者自得之。（QSH, p.871）

① 泰山與華山。　② 收緊韁繩以止住。　③ 奔馳。"踶"，音 dì，用蹄子踢。

這段説的是"意"和"氣"的關係。錢泳認爲"理與意皆輔氣而行,故尤必以氣爲主",認爲氣更重要,意以輔氣爲主。錢氏可能受到古文派"氣"的思想的影響,認爲藝術想象需要以"氣"爲前提。

§107　厲志(1804—1861)《白華山人詩説》:意主氣輔

【作者簡介】厲志(1804—1861),初名允懷,字心甫,號駭谷,又號白華山人。浙江定海人(今屬浙江舟山市)。詩歌收入《白華山人詩集》,爲厲志自己編訂,多作於道光十六年前。因生有眚疾,當時幾近失明,不能親自編次,特委託詩友慈溪葉元階代爲編定。厲志爲詩重在情、意,主張作詩要自然。

六朝專事鋪陳,每傷于詞繁意寡。然繁詞中能貫以健氣行者,其氣大是可學。此即建安餘風,唐賢亦藉以爲筋力者也。今人作詩,氣在前,以意尾之。古人作詩,意在前,以氣運之。氣在前,必爲氣使,意在前,則氣附意而生,自然無猛戾之病。(QSHXB, p.2283)

這裏的觀點恰好與錢泳的觀點相反。錢泳認爲氣爲主、意爲輔,而這裏則批判"氣在前,以意尾之"的現象,厲志認爲意爲主,氣爲輔,"古人作詩,意在前,以氣運之……意在前,則氣附意而生,自然無猛戾之病"。不過,他這裏所説的"氣"的涵義較爲具體,主要指作者情感的衝動力。

§108　張裕釗(1823—1894)《答吴至甫書》:因聲求氣而通其意

【作者簡介】張裕釗(1823—1894),字廉卿,號濂亭,湖北武昌人。清末詩文家、書法家。道光二十六年舉人,授内閣中書。後跟隨曾國藩,與黎庶昌、薛福成、吴汝綸合稱爲"曾門四弟子"。張裕釗歷主江寧鳳池、保定蓮池、武昌江漢、襄陽鹿門等書院。張裕釗論文,宗主桐城義法。著有《濂亭文集》《濂亭遺文》《濂亭遺詩》等。

古之論文者曰：文以意爲主。而辭欲能副其意，氣欲能舉其辭。譬之車然，意爲之御，辭爲之載，而氣則所以行也。欲學古人之文，其始在因聲以求氣，得其氣，則意與辭往往因之而並顯，而法不外是矣。是故契其一而其餘可以緒引也。蓋曰意、曰辭、曰氣、曰法之數者，非判然自爲一事，常乘乎其機而絚同以凝於一，惟其妙之一出於自然而已。自然者，無意於是，而莫不備至，動皆中乎其節，而莫或知其然。日星之布列，山川之流峙是也。寧惟日星山川？凡天地之間之物之生而成文者，皆未嘗有見其營度而位置之者也，莫不蔚然以炳，而秩然以從。夫文之至者，亦若是焉而已。……故姚氏暨諸家"因聲求氣"之說，爲不可易也。吾所求於古人者，由氣而通其意以及其辭與法，而喻乎其深。及吾所自爲文，則一以意爲主，而辭、氣與法胥從之矣。（ZYZSWJ, juan 4, p.85）

4.2　意與辭（文章）：兩種不同的成文方式

關於意與辭的關係，在明清之前大致有務實和務虛兩種相反的論述。務實的論述認爲，意即是需要表達意義，而辭則應該是能準確表達的文字。這種論述大概始出於孔子。《論語·衛靈公》有"辭達而矣"一句，雖然語焉不詳，但從口氣似乎可以判斷，孔子顯然強調文字是爲意義服務的，甚至還間接批評了華麗的文飾。務虛的論述則可見於蘇軾在《與謝民師推官書》中所作的翻案文章，他一方面致力虛化"意"的涵義，認爲辭達意不是指要表達文章名詞的意的概念，而是"求物之妙，如繫風捕景"，即呈現言表之外的意象，亦即第一義的"意"。另一方他又直接肯定了言辭之文的價值，認爲如此達意之辭必定是文采斐然的。

明後七子之一的謝榛別出心裁，將這兩種論述與創作過程掛鈎，分別命名爲"辭前意"和"辭後意"，並分別用這兩個新的概念去貶損宋詩和褒揚盛唐詩。他所批評的"辭前意"是指"宋人必先命意，涉於理路，殊無思致"的寫詩方法。先"立許大意"，而後求諸文字表達，這種寫作方法承繼了上述務實的辭達觀。謝榛"辭後意"説則是沿著蘇軾務虛辭達觀的路徑發展出來的。"辭後意"説務虛的特點可見於這段描寫："忽然有得，意隨筆生，而興不可遏，入乎神化，殊非思慮所及。或因字得句，句由韻成，出乎天然，句意雙美。"如果説"入乎神化，殊非思慮所及"一語與蘇軾對辭達超驗狀況的描述同出一轍，那麽謝榛"忽然有得，意隨筆生"一語則將"辭"提高至前所未見的地位，甚至凌駕在"意"之上。謝榛認爲，不自覺狀態下的文字使用過程中，一種具有超驗性質的"意"可油然而生。這種論述在從前的文論著作中很難見到先例，顯然極有原創性，而它產生的歷史原因可能是多元的，其遠源似乎可追溯到宋代興起的文字禪，而更加直接的因素應是復古派自身的詩歌創作經驗，尤其是以唐人近體詩爲楷模煉字煉句的實踐。不管謝榛是否有意爲之，他的"辭後意"説也爲復古派模仿盛唐詩的實踐提供了洋洋灑灑的理論根據，同時還引導了不少清人將文與意等量齊觀，深入探究兩者互動的辯證關係（參§111）。

至清初，吳喬《圍爐詩話》對辭意之辨進行了闡發。他認爲,文字中也能煥發形而上的精神體驗,用禪家的語言講意和辭的互動關係,並説明兩者是"相對相生"的關係:辭和意的位置作用是不能絶對而言的,并且意和句可以相互決定。另外,吳喬還圍繞意與辭的關係,提出了作詩三個層次説。稍後,清張謙宜《絸齋詩談》進一步闡發"辭前意"和"辭後意"的區別,並批評朱熹説理爲主的辭前意。

§ 109　＊蘇軾(1037—1101)《與謝民師推官書》:意與辭達

　　孔子曰:"言之不文,行而不遠。"又曰:"辭達而已矣。"夫言止於達意,即疑若不文,是大不然。求物之妙,如繫風捕景,能使是物了然於心者,蓋千萬人而不一遇也。而況能使了然於口與手者乎?是之謂辭達。辭至於能達,則文不可勝用矣。(*SSWJ*, *juan* 49, p.1418)

§ 110　李東陽(1447—1516)《麓堂詩話》:辭意完美結合

　　【作者簡介】李東陽(1447—1516),字賓之,號西涯,湖廣茶陵縣(今湖南茶陵)人,生於京師(今北京),明朝重臣,文學家,茶陵詩派的核心人物。天順八年十八歲進士及第,入翰林院爲庶吉士,累官至太子少保、吏部尚書、禮部尚書、華蓋殿大學士,李東陽在朝爲官五十年,卒諡文正。李東陽是明代中期文壇領袖,著作甚多,有《懷麓堂全集》,並參與編修《大明會典》《歷代通鑑纂要》《憲宗實録》《孝宗實録》等。

　　作詩不可以意徇①辭,而須以辭達意。辭能達意,可歌可詠,則可以傳。王摩詰"陽關無故人"②之句,盛唐以前所未道。此辭一出,一時傳誦不足,至爲三疊歌之③。後之詠別者,千言萬語,殆不能出其意之外。必如是,方可謂之達耳。(*QMSH*, p.480)

① 順從、依從。　② 王維《渭城曲》中句"西出陽關無故人"。③《渭城曲》入樂府，三疊歌之，即反復吟唱，又謂之《陽關三疊》。

李東陽將"意"作爲詩歌"辭達"的對象。只有當詩句意味雋永，千古傳頌，而且後人不可超越，纔能稱之爲"達意"。

§111　謝榛（1495—1575）《四溟詩話》：辭前意和辭後意之別

【作者簡介】謝榛（1495—1575），字茂秦，號四溟山人、脱屣山人，山東臨清人。明初詩文家。早歲折節讀書，刻意爲歌詩，後入京師，與李攀龍、王世貞等結詩社，爲"後七子"之一，倡導爲詩摹擬盛唐，主張"選李杜十四家之最者，熟讀之以奪神氣，歌詠之以求聲調，玩味之以裒精華"。後爲李攀龍、王世貞排斥，客遊諸藩王之間，一生未仕終其身。謝榛著有《四溟山人集》《四溟詩話》（即《詩家直説》）。

詩有辭前意、辭後意。唐人兼之①，婉而有味，渾而無迹。宋人必先命意，涉於理路，殊無思致。及讀《世説》："文生於情，情生於文。"王武子先得之矣。②（QMSH, p.1315）

① 兼有兩者。　② 典出《世説新語·文學》。王武子，即王濟，字武子，西晉太原晉陽人，晉武帝婿。孫楚除婦服，作詩示王武子，王評曰"未知文生於情，情生於文"。

宋人謂作詩貴先立意。李白斗酒百篇，豈先立許多意思，而後措詞哉？蓋意隨筆生，不假布置。（QMSH, p.1315）

唐人或漫然成詩，自有含蓄托諷。此爲辭前意，讀者謂之有激而作，殊非作者意也。（QMSH, p.1315）

有客問曰："夫作詩者，立意易，措辭難，然辭意相屬而不離。若專乎意，或涉議論而失於宋體；工乎辭，或傷氣格而流於晚唐。竊嘗病之，盍③以教我？"四溟子④曰："今人作詩，忽立許大⑤意思,束之以句則窘,辭不能達,意不能悉。譬如鑿池貯⑥青天,則所得不多;舉杯收甘露,則被澤不廣。此乃内出者有限,所謂'辭前意'也。或造句弗就⑦,勿令疲其神思,且閲書醒心,忽然有得,意隨筆生,而興不可遏,入乎神化,殊非思慮所及。或因字得句,句由韻成,出乎天然,句意雙美。若接竹引泉而潺湲之聲在耳,登城望海而浩蕩之色盈目。此乃外來者無窮,所謂'辭後意'也。"(QMSH, p.1369)

③ 音 hé,如何、怎樣。 ④ 即謝榛,號四溟山人。 ⑤ 這般大,許多。 ⑥ 音 zhǔ,儲藏。 ⑦ 無法完成。

謝榛從題和意的關係引申出意和辭的先後之辯。"意"和"辭"的關係,也就是"意"和"言"的關係。謝榛提出一個新的論題,即"辭前意"和"辭後意"之辯。"辭前意"指的是先想到"意",然後用"辭"來進行雕琢和表達,其局限在於"如鑿池貯青天""舉杯收甘露","内出者有限";"辭後意"說的是自然而然一氣呵成的辭,即辭來意生,"辭"和"意"大約同時出現。謝榛以具體詩句說明唐宋詩之别,認爲宋人只有"辭前意",而唐人多是自然而然的創作。這裏包含著對宋詩的批判,認爲"辭前意"往往流於一種抽象的討論;唐詩創作的"辭後意"則相較之下是一種自然的創作。這種"辭前意"和"辭後意"之辯,也是一個新的論題。

§112 謝榛(1495—1575)《四溟詩話》:辭前意、辭後意

或曰:"子謂作古體、近體概同一法,寧不有誤後學邪?"四溟子曰:"古體起語比少而賦興多①,貴乎平直,不可立意涵蓄。若一句道盡,餘復何言?或兀坐②冥搜,求聲於寂寥,寫真於無象,忽生一意,則句法萌於心,含毫③轉思,而色愈慘澹,猶恐入於律調④,則太費點檢鬬削而後古。或中有主意,則辭意相稱,而發言得體,與夫工於鍊句者何異。漢魏詩純正,然未有六朝、

唐、宋諸體縈心故爾。若論體製,則大異而小同;及論作手⑤,則大同小異也。未必篇篇從頭敘去,如寫家書然,畢竟有何警拔?或以一句發端,則隨筆意生,順流直下,渾成無迹,此出於偶然,不多得也。凡作近體,但命意措詞一苦心,則成章可逼盛唐矣。作古體不可兼律,非兩倍其工,則氣格不純。今之作者,譬諸宮女,雖善學古妝,亦不免微有時態。"(QMSH, p.1370)

① 賦比興,《詩》六義之三,被解釋作古典詩歌創作的三種方法。賦平鋪直敘,比與興的界限不明晰,後常被混爲一談。 ② 獨自坐著。 ③ 含筆於口中,比喻構思爲文。 ④ 律詩的音調,謂寫古體詩恐其似律詩。 ⑤ 寫作筆法。

這裏說的是"意"對"言"、對"文"的影響。謝榛具體討論了"意"和所有詩體的關係。他認爲作古體詩不需"立意涵蓄",然後指出六朝、唐、宋的問題在於用意太多,批評其有意創造。而作近體詩時則需要用意,需要"命意措詞一苦心",這裏的"意"指的是有意的創造構思。

§ 113 吳喬(1611—1695)《圍爐詩話》:用禪語解釋意、辭相對相生的關係

【作者簡介】吳喬(1611—1695),清初詩人、詩論家。一名殳,字修齡。崑山(今屬江蘇)人。崇禎十一年諸生,尋被斥。清兵入關,以布衣身份遊於公卿。著有《古宮詞》、《托物草》、《好山詩》、《圍爐詩話》、《答萬季埜詩問》、《西崑發微》。《西崑發微》箋釋李商隱詩,《圍爐詩話》收於《借月山房匯抄》,始行於世。

禪者有云:"意能剗句,句能剗意,意句交馳①,是爲可畏。"夫意剗句,宜也。而句亦能剗意,與意交馳,不須稟意而行,故曰"可畏"。詩之措詞,亦有然者,莫以字面求唐人也。臨濟再參黃公案②,禪之句剗意也。"薛王沉醉壽王醒"③,詩之句剗意

也。（*QSHXB*, p.505）

① 交相奔走。　② 臨濟義玄問其師黄檗,如何是佛法大意? 檗便打,如是三度。典見《臨濟録》,是臨濟宗經典公案之一。義玄正式創建了臨濟宗,屬禪宗五家之一。　③ 語出李商隱《龍池》。

這裏用禪家的語言講意和辭的互動關係。

§114　吴喬《圍爐詩話》：辭前意與苦吟

讀詩與作詩,用心各别。讀詩心須細,密察作者用意如何,布局如何,措詞如何,如織者機梭,一絲不紊,而後有得。于古人只取好句,無益也。作詩須將古今人詩,一帚掃却,空曠其心,于茫然中忽得一意,而後成篇,定有可觀。若讀時心不能細入,作時隨手即成,必爲宋、明人所困。……凡偶然得句,自必佳絶。若有意作詩,則初得者必淺近,第二層猶未甚佳,棄之而冥冥搆思,方有出人意外之語。更進不已,將至"焚却坐禪身"①矣。晚唐多苦吟,其詩多是第三層心思所成。盛唐詩平易,似第一層心思所成。而晚唐句遠不及盛,不能測其故也。（*QSHXB*, pp.591-592）

① 語出賈島《哭柏岩和尚》。

吴喬認爲作詩的三個層次：第一層是偶然得句,但除非出自李白,否則這種作品是膚淺的。這跟皎然批評他人作詩不用思,率然而作的觀點相同。第二層説的是"煉意",但吴喬在這裏也批評了"有意作詩",他認爲"有意作詩,則初得者必淺近"。第三層説的是"苦吟",即"冥冥搆思",乃至"更進不已"。這三種的主要區别在於功夫下得多不多。吴喬雖然没有完全否定苦吟造語,依然提倡"辭後意"而非"辭前意"。

§115　吴雷發（康雍時人）《説詩菅蒯》：辭生意

【作者簡介】吴雷發,字起蛟,號夜鍾、寒塘。江蘇吴江人。康雍時人,諸生。詩文爲李重華稱賞。中年後潛心理學,立《功過格》以檢點舉止,録嘉言懿行裨益學者。著有《香天談藪》《説詩菅蒯》《寒塘詩話》等。吴雷發所撰《説詩菅蒯》,見丁福保編《清詩話》。

作詩固宜搜索枯腸,然着不得勉强。故有意作詩,不若詩來尋我,方覺下筆有神。詩固以興之所至爲妙,唐人云:"幾處覓不得,有時還自來。"①進乎技矣。(QSH, p.897)

① 語出唐貫休《言詩》。

§116 張謙宜(1650—1733)《絸齋詩談》:説理爲主的辭前意

【作者簡介】張謙宜(1650—1733),名莊,字謙宜,以字行,一字稚松、絸齋,號山農、山民,晚年自稱山南老人。膠州城水寨(今屬山東青島)人。清代著名經學家、方志學家、文學理論家、古文家和詩人。乾隆五十一年進士,然終生未仕。著述頗多,如《四書廣注》《尚書説略》《絸齋詩談》《絸齋論文》等。

朱文公①學詩煞用工夫,看其顔古色蒼,自非晁無咎②諸人所及。因他胸中先有許多道理,然後尋詩家言語襯托出來,此却别是一路。詩家有象外圓機,而談理有一定繩尺,發揮既少藴藉,布置自露蹊徑。初意怕人不曉,又不欲使人見其針綫,三回五次修飾,已落後天③。讀者但知爲經書注脚,不知爲風雅之宗。(QSHXB, pp.863-864)

① 朱熹,謚號"文",後世稱之爲朱文公。 ② 晁補之(1053—1110),北宋文人,字無咎,與張耒、黄庭堅、秦觀並稱"蘇門四學士"。 ③ 指失去其本真自然面貌,"後天"謂外在修飾。

這裏認爲"經書注脚"是形而下的"辭前意","風雅之宗"的"辭後意"則是詩人超驗創作活動的展現。

4.3　意與整體結構：虛實交錯的論述

"辭前意"和"辭後意"之辯無疑是務虛的，屬於對創作理念和方式的探索。若往務實方向探尋，我們接著可以研究明清詩論家如何論述"意"與整體結構之間的關係。筆者發現，他們對意與文章結構的論述，形成了一種頗爲奇特的虛實交錯的關係。

首先，他們對"意"的虛寫，往往伴隨文章結構的實寫。例如，王廷相、費經虞、吳喬等人一方面虛寫"意"，視之爲超詣的心理活動。他們對"意"的描述要麼使用類似虞集那種玄而又玄的語言，來表述一種形而上的創作思維，如王廷相《藝藪談宗・與郭價夫論詩》強調意的統攝作用，費經虞《雅倫》中關於命意的相似論述。要麼使用王夫之那種誇張的軍事比喻，對之神妙化，如吳喬《圍爐詩話》的相關論述。而且，他們在對"意"進行虛化翻空的描述的同時，會對結構作出詳盡、富有層次感的歸類分析。另一方面，與此情況相反，"意"如被實寫，文章結構的討論往往被架空，甚至一筆帶過。例如，在清初復興的儒家文學思潮的影響之下，魏禧將"意"重新定義爲"立言與立身立事"之大意，而張謙宜則將"意"視爲胸襟識見的載體。他們認爲，作者有此實實在在的"大意"，文章自然會有完美的形態。他們論"意"的做法多少帶有唐宋貫道派論文輕視形式細節的遺風。與以上兩派固執一邊的做法不同，清末朱庭珍力圖同時展現"意"的虛實相轉，辯證統一。他一方面用至虛的言語來描述"選意"的過程,另一方面又將"意"落實到相題命意的細節,認爲即使囿於固定之"題"中,依然可以有展現超遠的"意"的空間:"專於題之真際,人所未有,我所獨見處著想,追入要害。迨思路幾至斷絕之際,或觸於人,或動於天,忽然靈思泉湧,妙緒絲抽,出而莫禦,汩汩奔來,於是烹鍊之,翦裁之,振筆而疾書之,自然迥不猶人矣。"

§ 117　王廷相(1474—1544)《藝藪談宗·與郭價夫論詩》:詩之四務

【作者簡介】王廷相(1474—1544),字子衡,號浚川,河南儀封縣(今河南蘭考縣)人,明朝思想家、文學家。弘治八年廿二歲舉於鄉,弘治十五年進士,選庶吉士,任兵科給事中,因曾忤中官尋謫贛榆丞。正德十一年升任寧國縣知縣,隔年升松江府同知,歷四川僉事、山東提學副使、山東右布政使、兵部侍郎、兵部尚書。嘉靖二十三年病逝。王廷相工詩文,爲"前七子"之一。著作有《王氏家藏集》《內臺集》等。

嗟乎!言徵實①則寡餘味也,情直致②而難動物也。故示以意象,使人思而咀之,感而契③之,邈哉深矣。此詩之大致也。然措手施斤④,以法而入者有四務;真積力久,以養而充者有三會。謂之務者,庸⑤其力者也;謂之會者,待其自至者也。何謂四務?運意、定格、結篇、鍊句也。意者,詩之神氣,貴圓融而忌闇滯⑥;格者,詩之志向,貴高古而忌蕪亂;篇者,詩之體質,貴貫通而忌支離;句者,詩之肢骸,貴委曲而忌直率。是故超詣⑦變化,隨模肖形,與造化同工者,精於意者也;搆情古始,侵⑧風匹雅⑨,不涉凡近者,精於格者也;比類攟故⑩,辭斷意屬⑪,如貫珠累累者,精於篇者也;機理混含,辭鮮意多,不犯輕佻者,精於句

者也。夫是四務者,藝匠之節度也。一有不精,則不足以軒鬵⑫翰塗⑬,馳迹古苑,終隨代汨没爾。(QMSH, p.2993)

① 徵求事實。 ② 質樸率直。 ③ 相合、契合。 ④ 斧子一類用以砍樹的工具。 ⑤ 任用。 ⑥ 隱蔽、凝滯不暢。 ⑦ 超越其所能達到的,比喻高深玄妙。 ⑧ 臨近、接近。 ⑨ 意謂與風雅相匹敵。 ⑩ 同類相比,收攝故實。 ⑪ 語辭斷裂,而意脈相連。 ⑫ 音 xuān zhù,飛舉。 ⑬ 指爲文之路。

王廷相所説的"四務",即"運意、定格、結篇、鍊句",跟劉勰"三準"説有很多相似之處。

§118 費經虞(1599—1671)《雅倫》:命意與詩歌結構

【作者簡介】費經虞(1599—1671),字仲若,號鮮民,門人私謚孝貞先生。四川新繁(今新都)人。崇禎十二年舉人,十七年受雲南昆明縣令,遷雲南府同知,是時因成都大亂,力辭得許,率次子費密啓行,輾轉流寓多地,終卒於揚州。費經虞著述甚豐,有《毛詩廣義》《四書字義》《注周易參同契》《臨池懿訓》《字學》《古韻拾遺》《雅倫》等,又與其子費密共輯《劍閣芳華集》。

《詩則》云:"作詩以意爲主。古人操詞易,命意難。命意欲其高遠超詣,出人意表,與尋常迥絶,方可爲主。如搆宫室,必法度形似備於胸中,始施斤斧。取譬則風之於空,春之於世,暫有其迹,而無能知其所爲者。是以造端超詣,變化易成。若命意卑凡,真情不透。"……韓子蒼①云:"作詩須命終篇意,切勿以先得一聯一句,因而成章,如此則意多不屬②。然古人亦不免有此述懷即事③之類,先成詩而後命題者也。"(QMSH, p.4735)

① 韓駒,字子蒼,宋徽宗至高宗時人,《宋史》卷四四五有傳。 ② 不連綴,指意義之間不連貫。 ③ 面對眼前景物。

這裏費氏通過轉述《詩則》和韓駒的言論,強調了命意的重要性。

§119　吳喬(1611—1695)《圍爐詩話》：意與詩歌結構

　　唐人七律，賓主、起結、虛實、轉折、濃淡、避就、照應，皆有定法。意爲主將，法爲號令，字句爲部曲兵卒。由有主將，故號令得行，而部曲兵卒，莫不如臂指之用①，旌旗金鼓②，秩然井然。弘、嘉詩③惟有旌旗炫目，金鼓聒耳④而已。(QSHXB, p.545)

　　① 比喻運用自如、指揮靈便，像臂之運指。　② 金鼓，四金六鼓，指樂器，用以和軍旅。　③ 明代弘治至嘉靖年間。　④ 雜亂刺耳。

　　這裏用軍事作譬，講"意爲主將，法爲號令，字句爲部曲兵卒"，即創作各方面都要服從"意"。以意爲主而其它爲輔。這一比喻源遠流長，東晉王羲之用之論書(§060)，晚唐杜牧以及吳氏同時代的王夫之則用之論文(§087, §104)。

§120　魏禧(1624—1681)《學文堂文集序》：立言、立身、立事的大意

【作者簡介】魏禧(1624—1681)，字冰叔，一字叔子，號裕齋，人稱勺庭先生。江西寧都人。明遺民、清散文家，與侯方域、汪琬合稱"國初三家"，與兄魏祥、弟魏禮以文章名世，世稱"寧都三魏"。三魏兄弟與彭士望、林時益、李騰蛟、邱維屏、彭任、曾燦等合稱"易堂九子"。明遺民。明亡後，魏禧隱居翠微峰，後出遊江南，入浙中，以文會友。魏禧主經世致用，積理、練識，著有《魏叔子文集》《左傳經世》《兵謀》《兵法》《兵跡》等。

　　然吾以爲格調者，文之繪事後素①者也。文以意爲先，而一篇必有一意，則能文者，夫人而知之。蓋君子之立言與立身立事，皆必有其大意，大意既定，則無往不得其意。辟如治軍，汾陽之寬②、臨淮③之嚴，自決機兩陣，至一令一號，皆終身行其意所獨得，故皆足成功。否則因題命意，緣事以起論，其前後每自相牴牾，而觀者回惑扞格④，無所得其根本。椒峰⑤言依仁義，雖

小文雜記,恒取有關勸懲,至其叙事之文,凡忠臣、孝子、義士、節婦,必勤勤懇懇爲文傳之。而其間有難言者,尤必委曲隱紆⑥,求其可傳而後已。(WSZWJ, juan 8, p.393)

① 出《論語·八佾》,意爲先有白底爲質,而後描繪五彩,施文飾。② 唐汾陽王郭子儀,治兵寬宏。 ③ 李光弼,治兵嚴整,平安史之亂,與郭子儀齊名。代宗朝封臨淮郡王。 ④ 音 hàn gé,互相牴牾、格格不入。⑤ 陳玉璂,清康熙年間學者。 ⑥ 隱蔽、曲折。

魏禧將"意"重新定義爲"立言與立身立事"之大意,這一論述與唐宋古文家談道德修養啓發文章的論述相呼應,在此處"意"具有名詞性的內涵,是相當實質化的。這裏也用軍事統帥來比"意",文章必有大意,如同治軍須聽統帥之號令:"辟如治軍,汾陽之寬,臨淮之嚴,自決機兩陣,至一令一號,皆終身行其意所獨得,故皆足成功。"他將"意"的概念實化,但是對於文章結構的論述卻寥寥幾言。

§ 121　張謙宜《絸齋詩談》:造意與構篇

造意是詩骨,故居第一……詩,與其詞勝於意,毋寧意勝於詞。蓋意尚可以生詞,詞必不能生意也。詩之工拙,有先判①於字句之前者,只是爭箇意思好不好。所謂思路,亦即行於意中;所謂識見,亦即寓於意中;所謂胸襟,亦即見於意中。人生惟識見胸次不可勉強,當隨其閱歷學問以漸而高。至思路,則要當下便擴充,初借古人詩以引②之,繼用吾之心以通③之,博考今人得失以驗之,久久自有得力矣。……造意構篇,此是大框廓。(QSHXB, pp.810-811)

① 評定、分辨。 ② 引發、牽引。 ③ 貫通。

張謙宜將"意"視爲胸襟識見的載體,認爲作者有此實實在在的"大意",文章自然有完美的形態。其論"意"的做法多少帶有唐宋貫道派論文輕視形式細節的遺風。

§122　沈德潛(1673—1769)《説詩晬語》：意旨間架

【作者簡介】沈德潛(1673—1769)，字確士，號歸愚，江蘇長洲(今江蘇蘇州)人。清代詩人。乾隆四年得進士，授翰林院編修，歷任侍讀、內閣學士、禮部侍郎，加禮部尚書銜，卒贈太子太師，謚文愨。身後因捲入徐述夔案，遭罷祠奪官。沈德潛爲葉燮門人，論詩主格調。著有《歸愚詩文鈔》。又選有《古詩源》《唐詩別裁》《明詩別裁》《清詩別裁》等。

寫竹者必有成竹在胸，謂意在筆先，然後著墨也。慘澹經營，詩道所貴。倘意旨間架①，茫然無措，臨文敷衍，支支節節而成之，豈所語於得心應手之技乎？（QSH, pp.548‐549）

① 旨意與結構。

§123　龐塏(1657—1725)《詩義固説》：意與立題

【作者簡介】龐塏(1657—1725)，字霽公，號雪崖，晚號牧翁。直隸任丘(今河北)人。康熙十四年舉人。十八年召試博學鴻詞，授翰林院檢討，分修《明史》，歷官內閣中書、工部主事、戶部郎中、建寧府知府。工詩文，有《詩義固説》《叢碧山房集》。

詩有題，所以標明本意，使讀者知其爲此事而作也。古人立一題於此，因意標題，以詞達意，後人讀之，雖世代懸隔，以意逆志，皆可知其所感，詩依題行故也。若詩不依題，前言不顧後語，南轅轉赴北轍，非病則狂，聽者奚取？（QSHXB, p.729）

§124　朱庭珍 (1841—1903)《筱園詩話》：構思的層次

【作者簡介】朱庭珍(1841—1903)，字小園，又作筱園。雲南石屏人。庭珍幼得家傳，光緒十四年舉人，光緒年間，與友人在昆明結爲蓮湖詩社，並任社長，主講經正精舍，以詩文唱酬。同治四年，二十四歲的朱庭珍開始構寫《筱園詩話》，歷十三年始成。除《筱園詩話》，還著有《穆清堂詩鈔》(內含《論詩絕句五十首》)等。

作詩先貴相①題，題有大小難易，內中自有一定之分寸境界。作者務相題之所宜，以爲構思命意之標準。標準既立，子細斟酌於措詞、著色、使典②、布局之間，以期分寸適合，境界宛肖③，自然切當不移。箇中消息，極密極微，差之毫釐，謬以千里。七子④之浮聲空調，正坐⑤不知相題行事，一味擊鼓鳴鐘，高唱"大江東去"，所以分寸不合，情景不切，是爲偽詩，非真詩也。若真詩，則宜剛宜柔，或大或小，清奇濃淡，因題而施，自無不合乎分際，恰到好處者。通首並無一語空談，一字浪下⑥，銖兩⑦絲毫，皆經秤量而出，權衡至當⑧，安得有膚浮之患哉！（QSHXB, p.2341）

①查看、審視。　②運用典故。　③逼真。　④指明代弘治、正德年間以李夢陽、何景明等爲首的"前七子"，與嘉靖、隆慶時期李攀龍等組成的"後七子"。　⑤"坐"，介詞，因爲。　⑥輕率、虛妄地寫出。　⑦一銖一兩，形容極輕的重量。　⑧最恰當。

§ 125　朱庭珍《筱園詩話》：立意入神的描述

詩人構思之功，用心最苦，始則於熟中求生，繼則於生中求熟，遊於寥廓逍遙之區，歸於虛明自在之域，工部所謂"意匠慘淡經營中"①也。每一題到手，先須審題所宜，宜古宜今，我作何體，布置略定，然後立意。立意宜審某意爲題所應有，某意爲題所應無，某意爲人人所共見，某意爲我所獨得，某爲先路正面，某爲左右對面，孰重孰輕，孰賓孰主，一一審擇於微，分毫不爽②,於題之真際③妙諦,一眼注定,不啻④立竿見影。然後沈思獨往,選意鍊詞,凡人人所共有之意,及題中一切應付供給之語,不思而得者,與夫尋常蹊徑所有之意境典故,搖筆即來湊手者,皆一掃而空之,專於題之真際,人所未有,我所獨見處著想,追入要害。迨⑤思路幾至斷絕之際,或觸於人,或動於天,忽然靈思泉湧,妙緒絲抽,出而莫禦⑥,汩汩奔來,於是烹鍊⑦之,翦裁之,振筆而疾書之,自然迥不猶人⑧矣。所謂成竹在胸,借書於手;又所謂兔起鶻落⑨,迅追所見,稍縱即逝也。今人憚於費心,非枝枝節節⑩而爲之,即以應酬了事。心思尚不能銳入,何能銳出? 未曾用心至思路欲斷之候,何能望有思路湧出之時,安可希得心應手之技乎? (QSHXB, pp.2346 – 2347)

① 語出杜甫《丹青引贈曹將軍霸》。 ② 毫無差錯。 ③ 佛教用語中指現象的本質,此處謂真義。 ④ 無異於,如同。"啻",音 chì,只、僅僅。 ⑤ 及、到。 ⑥ 無法抵制。 ⑦ 冶煉。 ⑧ 全然不同於人。 ⑨ 兔子剛起躍,鶻鳥猛衝下來,比喻決定性的瞬間。 ⑩ 斷斷續續,零碎拼湊。

4.4　意與煉情:情的藝術升華

本章引言介紹了"意"的五種不同意義,而其中第三義之"意"是"情"的同義詞或近義詞。許慎《說文解字》以情訓意,視兩者同義。范曄言:"常謂情志所託,故當以意爲主,以文傳意。以意爲主,則其旨必見;以文傳意,則其詞不流。然後抽其芬芳,振其金石耳。此中情性旨趣,千條百品,屈曲有成理"。據這段話來判斷,范曄顯然認爲,情與意並非完全同義,因爲情需要提煉成意,或説升華爲富有藝術性的"情文",方可進入文章,從而展現出"情性旨趣,千條百品,屈曲有成理。"經過藝術提煉的情與景物的互動,在成文過程中至關重要,自然是詩論家關注的重點。王昌齡獨具慧眼,拈出第三義的"意"字來指涉貫穿成文過程的情景互動,但他過於簡單地將意等同於情,故没有深入探究煉情爲意的審美效應。

清代詩論家沿著王昌齡的思路,作出了更爲精確深入的闡述。首先,他們直截了當地指出,此第三義的"意"即是經過藝術構思的情。例如,黄子肅言:"大凡作詩,先須立意,意者,一身之主也。如送人,則言離别不忍相舍之意;寄贈,則言相思不得見之意;題詠花木之類,則用《離騷》芳草之意。"又言:"故意在於閑適,則全篇以雅淡之言發之;意在於哀傷,則全篇以悽婉之情發之;意在於懷古,則全篇以感慨之言發之。此詩之悟意也。"晚清朱庭珍則描述了情志經過煉意而産生含蓄藴藉的審美效果,稱"意中意外,志隱躍其欲現,情俳惻其莫窮,斯言之有物,衷懷幾若揭焉"。如果説此前謝榛用第四義之"意"來定義"辭前意",以及用第五義之"意"(有主觀意願)來作爲區分"辭後意",那麽黄侃則用了第三義之"意"(與"情"近同)來確定意與辭的關係,並用此關係來重新解釋《文心雕龍》中"風骨"的意義。

§126 黄子肅(1290—1348)《詩法》:立意與情的關係

【作者簡介】黄清老(1290—1348),字子肅,號樵水,閩人。元末重要學者、詩人。其《詩法》原爲《答王著作書》。

大凡作詩,先須立意,意者,一身之主也。如送人,則言離別不忍相舍之意;寄贈,則言相思不得見之意;題詠花木之類,則用《離騷》芳草之意。故詩如馬,意如善馭者,折旋操縱,先後疾徐,隨意所之,無所不可,此意之妙也。又如將之用兵,或攻或戰,或屯或守,或出奇以取勝,或不戰以收功,雖百萬之衆,多多益辦,而敵人莫能窺其神,此意之妙也。(QMSH, p.59)

黃子肅這裏所說的"意"是第三義的"意",即與"情"近義,但兩者有本質的不同。

§127 朱庭珍(1841—1903)《筱園詩話》:意爲情的藝術升華

詩所以言志,又道性情之具也。性寂於中,有觸則動,有感遂遷①,而情生矣。情生則意立,意者志之所寄,而情流行其中,因託於聲以見於詞,聲與詞意相經緯②以成詩,故可以章③志貞④教、怡性達情也。是以詩貴真意。真意者,本於志以樹骨,本於情以生文,乃詩家之源,即詩家之先天。至修詞工夫,如選聲配色之類,皆後起粉飾之事,特⑤其末焉耳。詩人首重鍊意以此。慘淡經營於方寸之中,以思引意,以才輔意,以氣行意,以筆宣意,使意發爲詞,詞足達意。而意中意外,志隱躍⑥其欲現,情悱惻⑦其莫窮,斯言之有物,衷懷⑧幾若揭焉。故可以感動後人,以意逆志,雖地隔千里,時閱百代,而心心相印,如見其人,所謂言爲心聲,人各有真是也。後人不肯稱情而言,意與心違,匿情激志,以形於言,不惟喜怒哀樂,均失其真,即言與人,亦迥⑨不相符。"言僞而辨"⑩,亦安用之! 此古人所以

多真君子,而後人所以多僞君子也。豈非速朽之道,安望傳哉!(QSHXB, pp.2404 - 2405)

① 變動。 ② 織物的直綫與橫綫,這裏比喻相交叉、組織。 ③ 彰顯。 ④ 堅定。 ⑤ 只,不過。 ⑥ 隱約。 ⑦ 悲切。 ⑧ 内心所感。 ⑨ 副詞,全之義。 ⑩ 言論僞誤而説得有理有據,句出《荀子·在宥》。

這段話講意的形成跟情的關係,可以用來詮釋前引范曄"意爲情之所寄"。這裏講"情生則意立,意者志之所寄",把范曄的意思闡述得很清楚。單看范曄的文本,我們不易揣摩其意。但通過明清人的討論,我們可以比較清楚地把握古人是如何揣摩清楚意和情志的關係的。這也説明意就是直接情感反應升華而成藝術情感,而其審美效果即是"意中意外,志隱躍其欲現,情悱惻其莫窮,斯言之有物,衷懷幾若揭焉"。(參§051)

§128 黄侃(1886—1935)《文心雕龍札記·風骨》:情感爲主的意

【作者簡介】黄侃(1886—1935),字季剛,湖北蘄春人。初名喬馨,後改名侃,自號量守居士。1903年考入湖北省文普通學堂,與同學議論時政,暢談革命。1905年,留學日本早稻田大學。同年在東京加入中國同盟會。1910年,歸國組織反清活動。民國建立,主編《民聲日報》。1914年秋,應聘爲北京大學教授;1919年後,相繼執教於武昌高等師範、山西大學、東北大學、南京中央大學等校,講授詞章、訓詁及經史之學。黄侃著作甚豐,重要著述有《音述》《説文略説》《爾雅略説》《集韻聲類表》《文心雕龍札記》《日知錄校記》《黄侃論學雜著》等。

風骨 二者皆假於物以爲喻。文之有意,所以宣達思理,綱維①全篇,譬之於物,則猶風也。文之有辭,所以攄②寫中懷,顯明條貫,譬之於物,則猶骨也。必知風即文意,骨即文辭,然後不蹈空虛之弊。或者舍辭意而別求風骨,言之愈高,即之愈渺,彦和本意不如此也。紬③誦斯篇之辭,其曰怊悵述情,必始於風,沈吟鋪辭,莫先於骨者,明風緣情顯,辭緣骨立也。其曰辭之待骨,如體之樹骸,情之含風,猶形之包氣④者,明體恃⑤骸以立,形恃氣以生;辭之於文,必如骨之於身,不然,則不成爲辭也,意之於文,必若氣之於形,不然,則不成爲意也。
(*WXDLZJ*, p.101)

① 維繫、統領。　② 音 shū,抒發。　③ 音 chōu,抽引。　④ 語皆出《文心雕龍·風骨》篇。　⑤ 依賴。

這裏黄侃對劉勰《風骨》作出了很明確的闡釋。"風"即文意,"骨"即文辭。"怊悵述情,必始於風",就是説情感的處理是一個從情到意的過程。用詞則等於骨。風、骨兩個詞都是比喻,講的是意和言的關係。黄氏引用了劉勰用風骨比喻情文關係的言語,但接著用"意"代替"情",言:"辭之於文,必如骨之於身,不然則不成爲辭也;意之於文,必若氣之於形,不然則不成爲意也。"如此重新定義"風骨"一詞,可見他已覺察到劉勰没有把握情與意之間貌似細微而實爲本質的差别。在上個世紀二三十年代能夠有如此高度的理論思維,是很令人欽佩的。

4.5　意與求音取象:有意無意的最佳平衡

與煉情一樣,求音取象亦是成文的關鍵環節。陸機討論成文過程時言"課虚無以責有,叩寂寞而求音;函綿邈於尺素,吐滂沛乎寸心",認爲求音取象乃成文之首務,而其成功的關鍵又在於"函綿邈於尺素,吐滂沛乎寸心"。王昌齡亦持同樣的觀點,但將此滂沛而動之心改稱爲"意",並用往上湧動的煙加以比喻。然而,陸機和王昌齡都無法解釋作者之"意"與音和象的互動關係,這大概是因爲至虚之"意"和徵實之音、象的存在矛盾。

然而，清代詩論家從《世説新語》的這段話找到了解決此矛盾的辦法："庾子嵩作《意賦》成。從子文康見，問曰：'若有意邪，非賦之所盡；若無意邪，復何所賦？'答曰：'正在有意無意之間。'"[1] 由於人們對"意"的理解存在偏差，這句話歷來常受到望文生義式的誤讀。這裏説的"意"并非意願的意，而是類似王弼所指的、當時玄學中最高的本體範疇。文康認爲，此本體之"有意"是無法用言語表達的，而非本體内涵、形而下的"無意"是不值得寫賦來描述的。庾子嵩則認爲，"有意"與"無意"之間有可心遊和言説的空間，故作賦頌意是大有意義的。對於清代詩論家而言，驅動成文過程的"意"具有明顯的形而上的特徵，與晉人所説的"有意"相同，而詩中音和象付諸語言，帶有形而下的性質，故與晉人所説的"無意"有相似之處。

庾子嵩《意賦》没有傳世，我們無從得知他是如何論述"有意"和"無意"的關係，但明清詩論家却留下了不少借晉人"有意無意之間"之説來論述求音取象過程的證據。例如，明末馮復京言："晋人作《意》賦，被詰乃曰：'在有意無意之間。'嗚呼，此間亦微矣哉。神化所至，未之或知，必思其次，則刻腎鏤腸，固天真之司契，窺情鑽貌，亦得意之妙筌也。"馮氏顯然將晉人的"有意"誤讀爲"有意爲之"，而又將"無意"誤讀爲"無意爲之"。但此顛倒的誤讀並無礙他論述作者形而上之"意"動與形而下的遣詞用句的關係。在他看來，無意識的"神化所至"與有意識的"刻腎鏤腸"是相互相成的，故均"得意之妙筌"。正是出於此

---

[1] ［南朝］劉義慶撰，徐震堮校注：《世説新語校箋》，北京：中華書局，1984年，第140頁。

對立統一的辯證思維,他論"構意"同時肯定"爲情造文"和"爲文造情",又同時強調須同時從形而下、形而上之域取象:"近取衿帶之前,冥搜象繫之外。"

同樣,清李重華也用"有意無意之間"作爲撰寫文章的圭臬,稱"意之運神,難以言傳,其能者常在有意無意間。"他把意動稱爲"意之運神",並加以生動的描述:"善寫意者,意動而其神躍然欲來,意盡而其神渺然無際,此默而成之,存乎其人矣。曰:是三者孰爲先?曰:意立而象與音隨之。"他把畫論中"寫意"的概念引入詩論,一則強調成文過程中意動的重要性,二則要說明此意動將催生出雋永的意象:"如舞曲者動容而歌,則意愜悉關飛動,無論興比與賦,皆有恍然心目者。"

§ 129 黃子肅(1290—1348)《詩法》:運意與選景

意在於假物①取意,則謂之比;意在於托物與詞,則謂之興。意在於鋪張實事,則謂之賦。但貴圓活透徹,辭語相頡頏②,常使意在言表,涵蓄有餘不盡,乃爲佳耳。是以妙悟者,意之所向,透徹玲瓏,如空中之音,雖有所聞,不可彷彿;如象外之色,雖有所見,不可描摹;如水中之珠,雖有所知,不可求索。洞觀天地,眇視萬物,是爲高古。剖出肺腑,不借語言,是爲入神。超遠虛空,了悟生死,是爲離羣。寄興悠揚,因彼見此,是爲造巧。隔關寫景,不露形迹,是爲不俗。故意在於閑適,則全篇以雅淡之言發之;意在於哀傷,則全篇以悽婉之情發之;意在於懷古,則全篇以感慨之言發之。此詩之悟意也。(*QMSH*, p.59)

① 藉助物。 ② 音 xié háng,上下翻飛,指互相抗衡。

§130　馮復京(1573—1622)《説詩補遺》：構意與取象

【作者簡介】馮復京(1573—1622)，字嗣宗，江蘇常熟人。強學博記，早年治《詩經》，鈎貫箋疏。喜聚書，藏書萬卷。有《蟫蟫集》《六家詩名物疏》《遵制家禮》《常熟先賢事略》等。草創《明右史略》，未就而卒，生平見錢謙益《馮嗣宗墓誌銘》。有二子馮舒與馮班，人稱"海虞二馮"。

"構意"者，《書》曰"詩言志"，苟情志無主，則詠歌可以不作矣。然憲①先進之典刑，偶②目前之酬酢③，或爲文而造情，固應匠心而命管④也。意遠者，格必高。意醇⑤者，體必正。意壯者，氣必雄。意精者，詞必簡。文術萬變，思路一揆⑥。近取衿帶⑦之前，冥搜象繫⑧之外，興來神答，則濡翰⑨聯翩。理伏⑩景幽，則含毫⑪渺默⑫。晉人作《意》賦⑬，被詰乃曰："在有意無意之間。"嗚呼，此間亦微矣哉。神化所至，未之或知，必思其次，則刻腎鏤腸，固天真之司契⑭，窺情鑽貌，亦得意之妙筌⑮也。彼畏難怯慮者，何足以語此。(QMSH, pp.3841–3842)

①頒布、公佈。　②回應、應和。　③音 chóu zuò，主賓之間相互敬酒，泛指交際聚會。　④驅使筆管。　⑤純正平和。　⑥道理一致。"揆"，音 kuí，道理、準則。　⑦衣帶。　⑧《易》的《象傳》和《繫辭傳》，此處借指幽遠的道理。　⑨沾濕毛筆，指動筆寫作。"濡"，音 rú，濡濕。　⑩隱藏。　⑪持著筆，比喻沉思。　⑫句出陸機《文賦》："或含毫而邈然。"　⑬西晉庾子嵩作《意》賦。　⑭切合、恰好。　⑮精妙的方法。

§131　張謙宜《絸齋詩談》：造意與搆篇

凡做詩，先相題之來處去處，此即吾之起結所從生也。次搜題之層數，與夫内境外境。且如一書房，内面之陳設，是謂内境；外面之院落盆景，是謂外境。既有兩樣，即是層數，或由外看進，或自内看出，即吾之頸聯腹聯起承轉折章法也。我造題，我又先看題,次運題,缺者補之,醜處遮之,難處斡旋①之,然後可以告成篇矣。詩之結,乃其到頭緊要一著②,如蠶作繭,如樹結果,須以通身氣力赴之。造題製序,當法唐人。(QSHXB, p.813)

① 意爲調節、和解。　② 落筆。

§132　李重華(1682—1755)《貞一齋詩說》:運意與取象

【作者簡介】李重華(1682—1755),字實君,號玉洲,江蘇吳江人。少有俊才,從張大受遊。雍正二年進士,改庶吉士,授編修。充四川鄉武副考官。生平游跡甚廣,登臨憑弔,發而爲詩,頗得江山之助。重華頗長於詩,又以古文名,著有《貞一齋集》《貞一齋詩話》《三經附義》於世。

詩有三要,曰:發竅於音,徵色於象,運神於意。何謂音?曰:詩本空中出音,即莊生所云"天籟"是已。籟①有大有細,總各有其自然之節;故作詩曰吟、曰哦②,貴在叩寂寞而求之也。求之果得,則此中或悲或喜,或激或平,一一隨其音以出焉。如洞簫長笛各有竅,一一按律調之,其淒鏘③要眇,莫不感人之深。今不悟其音而惟吾所爲,猶斷竹而妄吹之也。如是以爲文字④且不可,奚當⑤於詩?何謂象與意?曰:物有聲即有色,象者,摹色⑥以稱音也。如舞曲者動容而歌,則意愜悉關飛動,無論興比與賦,皆有恍然心目者。故詩家寫景,是大半工夫。今讀古人詩,望而知爲誰氏作。象固然矣,斯不獨徵聲,又當選色也。意之運神,難以言傳,其能者常在有意無意間。何者?詩緣情而生,而不欲直致其情;其蘊含秖⑦在言中,其妙會更在言外。《易》曰:"鼓之舞之以盡神。"善寫意者,意動而其神躍然欲來,意盡而其神渺然無際,此默而成之,存乎其人矣。曰:是三者孰爲先？曰：意立而象與音隨之，余所以先論音，緣人不知韻語由來，則綴輯⑧牽合舉⑨謂之詩，即千古自然之節胥⑩泯焉；若悟其空中之音，則取象命意，自可由淺入深。故指示初學，音特居首也。（QSH，p.921）

① 孔穴中發出的聲音。　② 音é，有節奏地誦讀。　③ 象聲詞，形容強弱長短交錯，有節奏。　④ 指一般的文章。　⑤ 怎樣可以稱得上。　⑥ 臨摹物象。　⑦ 正、恰。　⑧ 連綴、聚集。　⑨ "舉"，副詞，皆、都。　⑩ 音xū，皆、都。

李重華一方面寫神秘的"運神"，一方面講有意識地選擇具體意象，力圖取得有意無意的最佳平衡，如此獨特的闡釋，無論是在哲學中還是在文論中都十分少見。

4.6　意與遣詞造句：虛意與實辭的連通

如果説成文過程始於心中的作品虛象，那麼其末端應是遣詞造句。作者之"意"最爲翻空，而遣詞造句最爲徵實，如何連通兩者，揭示它們之間的互動的關係，顯然是頗爲棘手的難題。然而，清代詩論家解決此難題，顯然有著後發的優勢。王羲之、孫過庭、張懷瓘等人早已詳細分析書法家心中之"意"如何呈現於文字形體之中，從而給它們注入精神活力；而後來的畫論家又發展出"寫意"的理論，闡明了"畫意不畫形"的創作宗旨。宋代以來，不少詩論家幾乎直接套用書論畫論的"意"説，用以作爲遣詞造句的原則。例如，明費經虞《雅倫》錄有蘇東坡這段話："善畫者，畫意不畫形；善詩者，道意不道名。詩者，不必以言語求而得，必觀其意焉。故其譏刺是人也，不必言其所爲之惡,但言其爵位之尊,車服之美,而民疾之,以見其不堪也。"

如果說蘇東坡明用畫論"意"說來論述詩家遣詞造句的原則,元末黃子肅《詩法》則暗用書論"意"說來對詩句進行品級分類,講述運意("意")與不同層次的語言選辭("得句""得字")的互動關係。在下引的選段中,他先分出妙句和佳句兩大級別,然後再根據內容和審美境界細分出"洞觀天地之句""剖出肺腑之句""了達生死之句""寄興悠揚之句""隔關寫景之句"五類。細緻觀察他對這兩級五類句的描述,不難看出它們與書論家對書法筆畫、字體形態、字行流動的描述何等相似,同樣也是用具體自然景物的動勢作比喻,以陰陽變化的律動作爲評判的準則。由果推因,我們不難得知,造就這些妙句佳句的"立意""得意",並非指作品大意的設定,而是指作者心中飛動變化之運意。

§133 黃子肅《詩法》:運意與選辭

意既立,必須得句。句有法,當以妙悟爲上。第一等句,得於天然,不待雕琢,律呂自諧①,神色兼備。奇絕者,如孤崖斷峰。高古者,如黃鐘大呂②。飄逸者,如清風白雲。森嚴者,如旌旗甲兵。雄壯者,如千軍萬馬。華麗者,如奇花美女。是爲妙句。其次必須造語精工,或動靜,或大小,或真假,或生死,或遠近,或古今,或虛實,或有無,變化彷彿,一句之中,常具數節義,乃爲佳句。是以洞觀天地之句,似放誕而非放誕;了達生死之句,似虛無而非虛無;剖出肺腑之句,似粗俗而非粗俗。寄興悠揚之句,意之所至,信手拈來,頭頭是道,不待思索,得之於自然。隔關寫景之句,不落方體③,不犯正位,不滯聲色,左右上下,無所不通,似著題而非著題,非悟者不能作也。句既得矣,於句中之字,渾然天成者爲佳。下字必須清,必須活,必須響④。與一篇之意、一句之意相通,各自卓立,而復相成,是爲本色。若了達生死之句,其字宜高古,宜真率;洞觀天地之句,其字宜籠放,宜開闊,宜雄渾;剖出肺腑之句,其字宜沉著,宜痛快;寄興悠揚之句,其字宜含蓄不露,宜優游不迫;隔關寫景之句,其字宜精工,宜神奇,宜飛動,宜變化,宜峻峭,宜飄逸,每有似真非真,似假非假,若有若無,若彼若此之意,爲得之。

① 音調和諧。　② 古代音樂十二律中的陽律第一律與陰律第四律,比喻音樂莊嚴和諧。　③ 規規矩矩的體制。　④ 情、活、響,三字並列,分別表示寫詩落字的三種要求。

黃氏先分出"得於天然"的妙句和"造語精工"的佳句兩大類別,然後再根據內容和審美境界細分出"洞觀天地之句""剖出肺腑之句""了達生死之句""寄興悠揚之句""隔關寫景之句"五種。細緻觀察這段的描述,不難看出,這兩級五類句與書論家對書法筆畫、字體形態、字行流動的描述,與自然風貌形態動靜的描述比喻,都有相當的相似之處,如"若洞觀天地之句,其字宜籠放,宜開闊,宜雄渾""隔關寫景之句,其字宜精工,宜神奇,宜飛動,宜變化,宜峻峭,宜飄逸"論書家也同樣用具體自然景物的動勢作比喻,以陰陽變化的律動作爲評判的準則。由果推因,我們不難得知,造就這些妙句佳句的"立意""得意",並非指作品大意的設定,而是指作者心中飛動變化之運意。事實上,在列出兩類五種佳句之後,黃氏接著回頭討論"意"與句字互爲因果的辯證關係。

總而言之,一詩之中,必先得意;一句之中,必先得字。先得意,後得句,而字在乎其中,不待求索者上也。若先得句,因句之所在而生意，或先或後，使意能成就其句之美者次之。若先得字，因字而生句，因字而生意，意復與句皆成其字之美者，又其次也。故意也，句也，字也，三者全備爲妙悟。意與句皆悟，而字有虧欠，則爲小疵。若有意無句，則精神無光；有句無意，則徒事妝點⑤，句意俱不足，而惟於一字求工，何足取哉！然意之所忌者，最忌用俗，最忌議論。議論則成文字而非詩，用俗則淺近而非古。句之所忌者，最忌虛中之虛，實中之實，須虛中有實，實中有虛。字之所忌者，最忌妝點，最忌襯貼。蓋非本句之所有，而強爲牽合以成之者，是又不可不知。(QMSH, pp.59-60)

⑤ 引文恐有訛誤。《四庫全書》本作："若有意無句，則精神無光，有句無意，則徒事妝點。"

黃氏顯然認爲，得意而後得句，得句而後得字，這種因果先後連鎖的成文過程，若能自然而然地完成，便可得極品的佳作。同樣，經過這個虛到實的轉變過程，"意"自身也得以升華爲光彩奪目的境界，但若"有意無句則精神無光"。黃氏意、句、字之說很可能影響了明謝榛"辭前意、辭後意"之說(見上文有關謝說的討論)。

§ 134　費經虞(1599—1671)《雅倫》：構意與遣詞

蘇子瞻《答葛延之文訣》云："意而已。事料散在經史，惟意足以攝①之。"《跋李端叔詩卷》②云："暫借好詩消永日，每逢佳處一參禪。"蓋謂端叔用意太過，一時難知，參禪之語，所以警戒。又云："善畫者，畫意不畫形；善詩者，道意不道名。"詩者，不必以言語求而得，必觀其意焉。故其譏刺是人也，不必言其所爲之惡，但言其爵位之尊，車服之美，而民疾之，以見其不堪也。"君子偕老,副笄六珈"③,"赫赫師尹,民具爾瞻"④是也。其頌美是人也,不必言其所爲之善,但言其容貌之盛,冠珮之華,而民安之,以見其無愧也。"緇衣之宜兮"⑤,"服其命服,朱芾斯皇"⑥是也。(QMSH, pp.4734 – 4735)

① 挈提,統攝。　② 李端叔,李之儀,北宋時人,字端叔,元祐末年與蘇軾交遊甚密。　③《詩經·鄘風·君子偕老》中句。"副笄〔fù jī〕六珈〔jiā〕",貴族婦女的頭飾。頭髮編成假髻稱作"副",假髻上所插的簪稱"笄",發簪上的玉飾稱"六珈"。　④《詩經·小雅·節南山》。　⑤《詩經·鄭風·緇衣》。　⑥《詩經·小雅·采芑》。

這裏引《詩經·鄘風·君子偕老》"君子偕老,副笄六珈"、《小雅·節南山》"赫赫師尹,民具爾瞻"例說明"頌美是人"時不必直言其善,"言其容貌之盛,冠珮之華,而民安之,以見其無愧"也有相似的效果。即畫筆和詩筆所描繪的對象並非具體的形態,而是具體形態背後的一種精神。

4.7　意與詩法:形上之意與形下之法的辯證互動

在明前後七子掀起的復古思潮中,創作論的發展經歷了重大的轉型,關注的重點移至創作最後的成文階段。復古派大力提倡學習盛唐詩,自然就必須做兩件事,一是從唐詩中總結出佈局謀篇、取象煉情、遣詞造句的原則和方法,二是展示如何活學活用古人的技法,從而寫出可以與唐詩媲美的作品。如果說明代論詩家在第一件事上建樹不少,那麼清代論詩家則在第二件事上取得了突破。他們采用了莊子解釋庖丁解牛的模式來揭示學習唐詩的訣竅,即一方面要有意識地學習形而下的技藝,另一方面又須進入無意識的、形而上的創作心理狀態,纔能做到"得於心而應於手。"然而,他們同時認爲,技藝的超越所依賴的,不是莊子所說的那種玄而又玄的"神遇",而是形上之意與形下之言在各種不同層次上持續的互動。張惠言敏銳地注意到"意"與"言"的這種辯證互動,並用"法"來總括詩技的所有方面。他認爲,在創作成文階段,虛空的運意始終不脫離詩中定法,故稱:"意者,非法也,而未始離乎法。其養之也有源,其出之也有物,故法有盡而意無窮。"朱庭珍亦言:"詩者以我運法,而不爲法用。故始則以法爲法,繼則以無法爲法。能不守法,亦不離法,斯爲得之。"朱氏所說的"我"即是張惠言所說的"意",但他對運意過程的描述比張氏所言則更加詳細生動。張惠言和朱庭珍創造性地利用辯證法,提出定法活法、有法無法之說,成功地解決了陸機、劉勰以來想象論與技法論一直相脫節的老大難問題,無疑是清代創作論發展的一大亮點。

§ 135　張惠言(1761—1802)《送錢魯斯序》:意與法

【作者簡介】張惠言(1761—1802)原名一鳴,字皋文,一作皋聞,號茗柯,武進(今江蘇常州)人。清代詞人、散文家、常州詞派之開山祖、陽湖文派的創始人。嘉慶四年進士,改庶吉士,官編修。編有《詞選》《七十家賦鈔》,著有《茗柯文編》《茗柯詞》。

魯斯遂言曰:"吾曩①於古人之書,見其法而已。今吾見拓②於石者,則如見其未刻時;見其書也,則如見其未書時。夫意在筆先者,非作意而臨筆也。筆之所以入,墨之所以出,魏、晉、唐、宋諸家之所以得失,熟之於中而會之於心。當其執筆也,曩③乎其若存,攸攸④乎其若行,冥冥乎,成成乎,忽然遇之,而不知所以然,故曰意。意者,非法也,而未始離乎法。其養之也有源,其出之也有物,故法有盡而意無窮。吾於爲詩,亦見其若是焉。豈惟詩與書,夫古文,亦若是則已耳。"(MKWB, p.70)

① 音 nǎng,往昔。 ② 音 tà,摹印原作。 ③ 通"遙",遠。 ④ 迅疾狀。

此序討論了不能用實際文字捉摸的、作爲思想創作心理活動的意和作爲具體規則的詩法(縱貫文章結構、求音取象等創作成文的細節)之間的關係。他認爲在創作成文階段"意者,非法也,而未始離乎法",虛空的運意始終不脱離詩中定法,有滋養的源頭,產出的詩也"言之有物"。二者相輔相成,故稱:"意者,非法也,而未始離乎法。其養之也有源,其出之也有物,故法有盡而意無窮。"

§136 朱庭珍(1841—1903)《筱園詩話》:意即無法之法

詩也者,無定法而有定法者也。詩人一縷心精,蟠天際地①,上下千年,縱橫萬里,筆落則風雨驚,篇成則鬼神泣,此豈有定法哉!然而重山峻嶺,長江、大河之中,自有天然筋節脈絡,鍼綫波瀾,若蛛絲馬迹,首尾貫注,各具精神結撰,則又未始無法。故起伏承接,轉折呼應,開闔頓挫,擒縱抑揚,反正烘染,伸縮斷續②,此詩中有定之法也。或以錯綜出之,或以變化運之;或不明用而暗用之,或不正用而反用之;或以起伏承接而兼開闔縱擒,或以抑揚伸縮而爲轉折呼應;或不承接之承接,不呼應之呼應;或忽以縱爲擒,以開爲闔,忽以抑爲揚,以斷爲續;或忽以開闔爲開闔,以抑揚爲抑揚,忽又以不開闔爲開闔,不抑揚爲抑揚；時奇時正，若明若滅，隨心所欲，無不入妙：此無定之法也。作詩者以我運法，而不爲法用。故始則以法爲法，繼則以無法爲法。能不守法，亦不離法，斯爲得之。蓋本無定以馭有定，又化有定以歸無定也。無法之法，是爲活法妙法。造詣至無法之法，則法不可勝用[3]矣。所謂行乎其所當行，止乎其所不得止，神而明之，存乎其人也。若泥[4]一定之法，不以人馭法，轉以人從法，則死法矣。（QSHXB, p.2327）

[1] 上至於天，下及於地，比喻無所不至。"蟠"，遍及、佈滿。　[2] 同"繼"，繼續、連接。　[3] 用盡。　[4] 拘泥、受限。

朱氏用重山峻嶺、長江大河、蛛絲馬跡等比喻描述"意"的規模；用"起伏承接，轉折呼應，開闔頓挫，擒縱抑揚，反正烘染，伸縮斷續"來描述"法"的特質："時奇時正，若明若滅，隨心所欲，無不入妙：此無定之法也"。對於意與法的關係，他認爲創作用意領法而"不爲法用"。所以理想的境界是顯得"不守法，亦不離法"，"無法之法，是爲活法妙法"。

【第4部分參考書目】

蔣寅著：《科舉試詩對清代詩學的影響》，《中國社會科學》2014年第10期，有關當時科舉與詩帖形式的背景資料，見第143—163頁。

王英志著：《試論吳喬"意爲主將"説——〈圍爐詩話〉管窺》，《清人詩論研究》，江蘇：江蘇古籍出版社，1986年，第111—123頁。有關吳喬"意"與不同創作概念的概關，見第111—123頁。

王英志著：《朱庭珍的詩論》，《清人詩論研究》，江蘇：江蘇古籍出版社，1986年，有關朱庭珍文學思想中"意"和"氣"的關係，見第372—392頁。

王英志著：《李重華〈貞一齋詩説〉得失評》，《清人詩論研究》，江蘇：江蘇古籍出版社，1986年，有關"意""神"和"氣"的發展，見第

171—182 頁。

張健著:《清代詩學研究》,北京:北京大學出版社,1999 年,第十二章第四節《李重華的音、象、意説》,第 583—591 頁。

Shi, Xiongbo. "The Aesthetic Concept of Yi 意 in Chinese Calligraphic Creation." *Philosophy East & West*, vol. 68, no. 3, 2018, pp.871 – 886.

5 明清以參悟爲主的創作論

　　上文所討論以意爲主的創作論,都是緊扣成文過程展開的。前者論意貫穿了成文過程所有階段,而後者之中復古派論情則把注意力集中在成文過程取象的活動,兩者都很少脫離成文過程之前的超驗心理活動,即陸機心遊、劉勰神思、王昌齡作意之類涉及的內容。然而,在明清詩學著作中,有關創作始端的超驗心理活動的論述其實數量不少,只是較爲零散繁雜,梳理起來十分困難。對這些論述加以分類梳理,還是可能的。筆者用"參悟"這個概念作爲分類梳理的原則,建構框架來分析不同超驗心理活動論述具有的特點。"參悟"之"悟"通常指宗教尤其是佛教中的超驗體悟,經過嚴羽用"妙悟"論詩的創作,就成爲文論的術語。如果將"參悟"的範圍加以拓展後,"悟"字便不僅指佛教中的超驗體悟,更可以用來描述所有與源於道、儒哲學的超驗心理活動。

　　與"悟"相比,"參"是一個漸漸地、有意地過程,目的是透徹地領悟,常作及物動詞用,後面跟的賓語名詞多指誘發"悟"的事物。明清文論中描述的創作始端的超驗心理活動,其產生機制,根據"參"的不同對象和"悟"的不同方式,可以分爲四種:

參悟無形造化過程而生、參悟有形山水而生、參悟典籍文字而生、參悟情感而生四者而產生的。相應而產生的"悟"則是動態心遊、靜態觀照、與典籍作者通神以及纏綿情緒所引發的直覺，其中前三種明顯呈現了莊子哲學、佛教和唐宋儒學閱讀理論的影響，而最後一種則源自清末況周頤本人生活和創作經驗。依照對"參悟"的概念這一重新解釋，筆者將明清詩論中關於創作始端超驗心理活動的論述，梳理出參悟造化心遊說、參悟山水觀照說、參悟文字攝魂說、參悟情感直覺說四種，並一一加以評述。

5.1　郝經等人參悟造化的心遊說

參悟造化的心遊說源自陸機的"收視反聽"和劉勰的"神思說"。陸機對"心遊"的描繪基於莊子的"遊心"。所謂"造化"是指太極之道，即一生二，天乾地坤，陰陽變易，孕育萬物的過程。此造化過程無形無體，身體感官無以認知，故必須收視反聽，用超驗之心來參悟。由於造化是一個不斷變化，永不停息的過程，而參悟此造化的超驗之心也必然是隨其變化發展而動的，故《莊子·應帝王》用"遊心"來形容動態悟道的超驗之心，言"汝遊心於淡，合氣於漠，順物自然而無容私焉，而天下治矣"。莊子認爲"造化"的過程無形無體，身體感官無以認知，故必須收視反聽，用超驗之心來參悟。由於這個過程不斷變化，參悟此造化的超驗之心也隨其變化發展而動。以此爲範本，陸機認爲，文學創作是以相似的超驗體悟爲肇始的，他和莊子一樣,強調心遊的準備條件是感官活動的停止和精神凝注,且範圍超越了所有時空界限,即"收視反聽,耽思傍訊,精騖八極,心遊萬仞"。

然而,文學創作之"心遊",與莊子"遊心"的目的有所不同,它並非追求永久的精神超越,而是要回歸到情感和物象世界,寫出傑出的作品。對"心遊"這一歸程,陸機有此描述:"其致也,情曈曨而彌鮮,物昭晰而互進。傾群言之瀝液,漱六藝之芳潤。"劉勰神思説實際上是陸機心遊説的翻版。他描述了同樣一種動態超驗之心的雙程之旅,其前半程是超越時空、與天地之道相向的飛翔,而後半程則是飛回現象世界。有所不同的是劉勰還提到了決定這雙程之旅成功與否的因素,即構成前半程"關鍵"的身體和道德狀況("志氣"),以及在後半程起"樞機"作用的才學和思維("辭令"和"酌理")。

陸、劉二人對超驗的心理活動和狀態的描述,都存在不同程度上的"語焉不詳"的問題,因而給元明清的批評家留下了很多闡釋發揮,乃至演繹新理論的空間。元代創作者郝經在《陵川集·內遊》中對文學創作超驗"內遊"過程的闡述,比陸機和劉勰更有氣勢,更爲具體深刻。郝氏棄陸所獨鍾的賦、駢體不用,而採用靈活多變的古文,長短句交錯排比,創造出縱橫捭闔的文勢,栩栩如生地呈現了作者遨遊天地,出神入化"內遊"的過程。在文論歷史發展的語境中,郝文至少在兩點上超越了陸劉,實現了重大突破。首先,郝氏對作者"心遊"(陸機語)或"神思"(劉勰語)作出更加具體詳盡的描述。如果說陸劉寥寥數語勾勒了神思超越時空之旅,郝氏則別出心裁,將此超越時空之旅具體化,首先是"持心御氣,明正精一",與天地之道同體,"每寓於物而遊";然後神通古聖製作河圖洛書,"剗劃太古,挈天地之幾,發天地之蘊,盡天地之變,見鬼神之跡"。隨後再心遊三皇五帝、湯、文、武、周、孔創造人文的過程。郝氏認爲,此內遊的最大特點是"遊於內而不滯于內,應於外而不逐於外",一方面用"止水""明鏡""平衡"諸事與物來比喻其"不滯於內",另一方面又將河圖洛書描述成内遊"應於外而不逐於外"而成的碩果。此外,郝經還將内遊想象爲一種內視過程,即用超驗之心見天地鬼神之心:"因吾之心,見天地鬼神之心;因吾之遊,見天地鬼神之遊。"

郝氏第二個重大突破是打通了文論中的原道說和神思說。在《文心雕龍》之中,這兩說是截然分開的,原道說是文的歷史溯源、文的譜系的建構,而對古聖創造河圖洛書、易卦、建立周代文明的歷史敘述很少論及創造心理活動。相反,神思說所描述的是文人創造唯美的藝術作品的心理過程,與聖人創造文明的過程完全無涉。但在郝經的筆下,今日文章巨匠的創作不啻於重複古聖創造文明的心理過程。通過打通原道說和神思說,郝經實際上還解決了唐宋古文家一直未能完美解決的問題,即解釋爲何學習孟子養浩然之氣就能寫出絕世的古文。郝經將天地浩然之氣視爲"內遊"的根本動力,而憑此內遊,作者就能神通古聖,像古聖那樣創作出驚天地、動鬼神的作品。如此將原道說和神思說融爲一體,在古代文論史上大概是獨一無二的。

劉勰在神思說中描述了一種動態超驗之心的雙程之旅,其前半程是超越時空、與天地之道相向的飛翔,而後半程則是飛回現象世界。這個特點一直都沒有引起世人注意，要等到明代纔被發現。明謝榛《四溟詩話》用"由遠而近"一語來總結劉勰"神思"雙向兩程的特點，提出的"遠近相應之法"，謝榛認爲陸機《文賦》對"心遊"、"收視反聽，耽思旁訊，精騖八極，心遊萬仞"的描述之後，還有一個從六合之外、千古之上回到當今的過程，其間情和物變得越來越清晰，由此產生藝術形象。因此，謝榛引用了唐朝詩人劉昭禹的詩句"句向夜深得，心從天外歸"，點出陸機心遊說和劉勰神思說的精妙之處，並稱之爲"知遠近相應"之法。由於劉勰和陸機已經將參悟造化的心遊說定爲雙向兩程的框架，因此謝榛的理論便沒有太多闡發，但在總結方面十分精闢。

§ 137 ＊魏慶之(南宋人)《詩人玉屑·詩思》：超經驗之意

【作者簡介】魏慶之，字醇甫，號菊莊，南宋建寧建安(今福建建甌)人。有才而不求科第仕進，曾種菊花千叢，日與騷人逸士觴詠其間。編錄宋人詩話爲《詩人玉屑》，著重南宋諸家論詩之語，和北宋胡仔的《苕溪漁隱叢話》相輔。《詩人玉屑》二十卷，有玉林黃昇淳祐甲辰(1244)序，書大概成於此時。

　　前輩論詩思，多生於杳冥[①]寂寞之境，而志意所如，往往出乎埃㙇[②]之外。苟能如是，於詩亦庶幾矣。(SRYX, p.213)

　　① 音 yǎo míng，深遠幽冥。　　② 㙇，音 kè，水流。意指具體的塵埃水流。

§ 138 ＊郝經(1223—1275)《内遊》：與造化同遊

【作者簡介】郝經(1223—1275)，字伯常，陵川(今屬山西)人。金亡，隨父逃難往順天，家貧，晝則負薪，暮則讀書。守帥賈輔及張柔聘爲家庭教師，二家藏書萬卷，郝經博覽無不通。忽必烈即位，任命郝經爲翰林侍讀學士，以國信使身份赴南宋議和，爲賈似道扣留於眞州十六年之久，至元十二年北還，卒於大都，謚文忠。著有《續後漢書》《春秋外傳》《易外傳》《太極演》《陵川集》等。

故欲學遷之遊，而求助於外者，曷①亦内遊乎？身不離於衽席②之上，而遊於六合之外，生乎千古之下，而遊於千古之上，豈區區③於足跡之餘、觀覽之末④者所能也？持心御氣，明正精一，遊於内而不滯於内，應於外而不逐於外。常止而行，常動而靜，常誠而不妄⑤，常和而不悖⑥。如止水，衆止不能易；如明鏡，衆形不能逃；如平衡之權⑦，輕重在我；無偏無倚，無汙無滯，無撓⑧無蕩，每寓⑨於物而遊焉。於經也則河圖、洛書⑩剸劂⑪太古，掣⑫天地之幾⑬，發天地之藴⑭，盡天地之變，見鬼神之跡。太極出形，面目於世，萬化萬象，張皇⑮其中，而瀰茫洞豁，崎嶇充溢；因吾之心，見天地鬼神之心；因吾之遊，見天地鬼神之遊。
(*LCJ*, *juan* 20, p.215)

① 音 hé，爲何。 ② 臥席。"衽"，音 rèn，牀褥與竹席。 ③ 僅僅，微小。 ④ 末端、不重要的部分。 ⑤ 虛妄、不眞實。 ⑥ 相衝突。 ⑦ "權"，即秤。 ⑧ 攪動、擾亂。 ⑨ 寄託。 ⑩ 關於《周易》八卦起源及《尚書·洪範》"九疇"文字來源的傳說，見《周易·繫辭上》《尚書·周書》。 ⑪ "剸"，音 tuán，割截。比喻分析、探究。 ⑫ 音 chè，牽引、抽出。 ⑬ 隱微的道理。 ⑭ 所蓄藏的。 ⑮ 盛大顯赫。

§ 139 謝榛(1495—1575)《四溟詩話》：心遊的雙程之旅

詩貴乎遠而近。然思不可偏，偏則不能無弊。陸士衡《文賦》曰：" 其始也收視反聽，耽思傍訊，精騖八極，心遊萬仞。"此但寫冥搜①之狀爾。唐劉昭禹②詩云："句向夜深得，心從天外歸。"③此作祖於士衡，尤知遠近相應之法。凡靜室索詩，心神渺然，西游天竺國④，仍歸上黨昭覺寺⑤，此所謂"遠而近"之法也。若經天竺，又向扶桑⑥，此遠而又遠，終何歸宿？或造語艱深奇澀，殊不可解，抑樊宗師⑦之類歟？（QMSH, pp.1370–1371）

① 潛心思索。　② 五代十國時人。　③《唐詩紀事》所録劉昭禹殘句。　④ 今印度次大陸諸國。　⑤ 唐時修建，始稱建元寺。　⑥ 傳説中東方日出處，後亦代稱日本。　⑦ 唐時人，約與韓愈同時，爲詩奇澀，不襲前人，時稱"澀體"。事見韓愈《南陽樊紹述墓誌銘》及《新唐書》本傳。

謝榛這段論述很精彩。"收視反聽，耽思旁訊，精騖八極，心遊萬仞"之後，還有從六合之外、千古之上回到當今的過程。陸機、劉勰描寫完神思之後，講情和物怎樣變得越來越清晰，由此產生意象。這裏謝榛引用了唐人詩句"句向夜深得，心從天外歸"，點出陸機的心遊説和劉勰的神思説精妙之處，並稱之"知遠近相應"之法。

§140　馮復京（1573—1622）《説詩補遺》：澄心妙萬物

"澄神"者，夫心之精神，是謂聖。於以驅使意匠，吟詠性靈，實總①其環樞，妙其吐納矣。凡神欲清而冰玉映徹，非枯淡之謂也。凡神欲王②而榮衛條鬯③，非憤盈之謂也。神欲沉而生色堪扡④，非淪晦之謂也。神欲遠而淵源相接，非迂漫之謂也。無象可求，無方可執，造化不能秘，鬼神不能思。必澡雪靈臺⑤，涵濡學府，內不煩黷⑥以損和，外不縻牽⑦以縈惑。天機洞啓，真宰默酬⑧，從容於矩矱⑨之中，邂逅於旦暮之際，庶幾乎罄⑩澄心⑪妙萬物者也。夫識窺元始，則曰窮神，法合自然，則曰盡神，

亦務全此神而已矣。（QMSH, p.3842）

① 總領、管控。　② 旺盛、興盛。　③ 氣血暢通。"榮衛"、"營"，指血循環；"衛"，指氣的循環。"榮衛"，泛指身體中的氣血。"條怤"，條理暢通。　④ 指生色沉重。"堪"承受；"扡"，音 yǐ，施加。　⑤ 指心神。　⑥ 繁雜污濁、攪擾。　⑦ 音 mò qiān，馬韁繩，謂牽制。　⑧ 靜然應答。　⑨ 音 jǔ yuē，規矩法度。　⑩ 窮盡。　⑪ 清靜之心。

【5.1 單元參考書目】

幺書儀著：《元代文人心態》，北京：人民文學出版社，2013年。
查洪德著：《元代詩學通論》，北京：北京大學出版社，2014年。
王明蓀著：《郝經之史學》，國立編譯館：《宋史研究集》第24輯，1985年。
白鋼著：《郝經的政治傾向》，《中國史研究》1985年第4期。
查洪德著：《郝經的學術與文藝》，《文學遺產》1997年第6期。
［美］田浩撰，張曉宇譯：《郝經對〈五經〉、〈中庸〉和道統的反思》，《中國文哲研究通訊》2014年第1期。

5.2　王夫之等人參悟山水的直悟說

在最高的哲學層次上，佛教與儒道思想最大區別在於對宇宙終極現實的不同認識。儒道所信奉的道是永恆不歇的陰陽變化過程，而其原始形態是物質性，儘管它在歷史發展過程中不斷納入了各種各樣的精神成分，如儒家道德倫理等。相反，佛道本質是一種靜寂的精神實體，如大乘所信奉的佛陀三身、佛性、真如等等，名稱變化不斷，但總不離其精神本質。對宇宙終極現實的不同認識，體悟此現實的路徑自然不同。儒、道、佛三家雖然都在虛靜的狀態中體悟各自的道,對所悟之道的描寫是不一樣的,儒道典籍中所見的通常是充滿動態的陰陽對立統一的變化,而內典中所見則多是靜態的境照,用的比喻多是鏡和燈光,只有在帶有三教合一傾向的典籍中,這種物質與精神、動與靜的對比纔漸變弱,乃至消失。

歷代創作論對超驗心理活動的描述,很自然的反映出儒道和佛教對終極現實不同的理解和描述。陸機和劉勰參照《莊子》至人遊心於道之說,對"心遊"和"神思"進行了富有動態感的描寫;宗炳以其所信奉的小乘淨土宗悟神說爲範本,詳細描述了畫家如何"澄懷味象",感通棲寓於山水之中的不滅之神(即佛),畫出超絕的畫作。王昌齡"作意境生"之說,則帶有風靡盛唐的唯識宗影響的痕跡,尤其是其第七識"意"變現"一切境"之說,以及唯識三境論。王昌齡的"意"所描述的是一種靜態的、呈現萬物實相的超經驗心境,由觀照具體物象而得。因此,王昌齡對山水景物選擇、觀照景物的最佳的時間和空間角度,都一一作了詳細的論述和推薦,這種描述景物觀照具有強烈自我意識的行爲,是有意的"參"。但他從未提及"悟",對完成"心擊"景物的時間長短也沒作交代[1]。

元虞集和清王夫之等人遵循王昌齡靜觀山水的思路,發展出自己參悟山水的直觀說。這裏說的"參"是指有意識澄神靜觀山水的過程,而"悟"是瞬間直覺到萬物之實相。因此,如"一視而萬境歸元"之類的觀點與王昌齡"處身於境,視境於心,瑩

---

[1] 詳見拙文《唯識三類境與王昌齡詩學三境說》,《文學遺產》2018年第1期,第49—59頁。

然掌中"相近。而他們的論説與王昌齡不同之處,主要見於對"參"和"悟"不同的關注程度。王昌齡雖然没有使用"參"字,但他描述景物觀照是具有强烈自我意識的行爲,因爲他對山水景物選擇、觀照景物的最佳的時間和空間角度,都一一作了詳細的論述和推薦。相反,他從未提及"悟"。元明清詩論家的作法則恰恰相反。他們從不談論有意識地選擇觀照的對象或方法,但却反復强調山水中觸景悟生的不自覺性以及直悟實相的瞬間性。虞集《詩家一指》前序對於"詩觀"的描述就是一個典型的例子:"詩有禪宗具摩醯眼,一視而萬境歸元,一舉而群魔蕩跡,超言象之表,得造化之先。夫如是,始有觀詩分。"[1] "禪宗具摩醯眼"一語告訴我們,虞集和明清論詩家談論觀照山水,顯示了輕"參"重"悟"的傾向,無疑是受到嚴羽以"妙悟"論詩的影響。他們認爲正如佛教教義中"一舉而群魔蕩跡",一切的具體物象均是虛幻,唯有先進入"超言象之表,得造化之先"直觀的般若境界,纔可以看到"神情變化,意境周流",天地無窮,古往今來,纔可以開始具體創作。

王夫之《薑齋詩話》用了佛教的"現量"評詩又是另一個明顯的例子。"現量"是唯識宗因明學的術語,"現量"與"比量"兩個術語相對,與"比量"涉及思維言路,强調通過邏輯推斷、比喻不同,"現量"强調超驗思維言路的直觀,是一種不用比喻直接用感官和外界的互動。王夫之認爲作詩"初無定景","初非

---

[1] 舊題[明]懷悦:《詩家一指》,載周維德編:《全明詩話》,濟南:齊魯書社,2005年,第1册,第111頁。現據張健的考證將虞集列爲此文的作者。參張健著:《〈詩家一指〉的産生時代與作者——兼論〈二十四詩品〉作者問題》,《北京大學學報》1995年第5期,頁34—44。

想得"，一切都是自然而然生發的，批判了皎然《詩式》中作詩需要苦思的觀點，王夫之認爲這有損詩歌的直觀美。另外，宋犖《漫堂說詩》云："而吾之真詩觸境流出，釋氏所謂信手拈來。"袁枚《續詩品》云："鳥啼花落，皆與神通。人不能悟，付之飄風。"同樣是陳述山水中隨意觸景悟生觀點。

§141　＊虞集(1272—1348)《詩家一指》：澄神觀照

乾坤之清氣，性情之流至也。有氣則有物有事，斯有理。必先養其浩然，存其真宰[①]，彌綸六合，圓攝太虛，觸處成真，而道生於詩矣。詩有禪宗具摩醯眼[②]，一視而萬境歸元[③]，一舉而群魔蕩跡，超言象之表，得造化之先。夫如是始有觀。詩分觀詩，要知身命落處，與夫神情變化，意境周流，亙天地以無窮，妙古今而獨往者，則未有不得其所以然。由是可以明"十科"，達"四則"，該"二十四品"[④]。觀之不已而至於道。夫求於古者必法於今，求於今者必失於古。蓋古之時古之人，而其詩如之。故學者欲疏鑿[⑤]情塵，陶汰氣質，遣其迷妄，而反其清真，未有不如是而得其所以爲詩者。初學下手處，先須明徹古人意格、聲律，其於神境事物，邂逅鬱折，得其全理於胸中，隨寓唱出，自然超絕。若夫刻意創造，終虧天成，苟且經營，必墮凡陋。妙在著述之多而涵養之深耳。然當求正於宗匠[⑥]名家之道，庶幾可以橫絕旁流者也。（QMSH, p.111）

[①] 自然真性。　[②] 佛教術語，摩醯首羅天具有三眼，其頂門豎立一眼，稱頂門眼，具有徹照一切事理的超絕眼力。　[③] 歸於一。　[④]《詩家一指》本書論詩的綱目，用以概述作詩的法則與詩歌風格，見下文詳解。

⑤ 開鑿、疏通。 ⑥ 造詣高深、爲人所宗仰的巨匠。

這段就將直觀的心理狀況描寫得栩栩如生。"一視而萬境歸元"與王昌齡"處身於境,視境於心,瑩然掌中"(§071)觀點差不多,"一舉而群魔蕩跡"指的是佛教教義中一切的具體物象均是虛幻,"超言象之表,得造化之先"表現出佛教中的般若境界。"如是始有觀"之後的段落說的是,須先進入直觀的般若境界,纔可以看到"神情變化,意境周流",天地無窮,古往今來,纔可以開始具體創作。

§142 王夫之(1619—1692)《薑齋詩話》：以"現量"比喻直觀景物

"僧敲月下門"①,祇是妄想揣摩,如說他人夢,縱令形容酷似,何嘗毫髮關心？知然者,以其沈吟"推敲"二字,就他作想也。若即景會心,則或"推"或"敲",必居其一,因景因情,自然靈妙,何勞擬議哉？"長河落日圓",初無定景；"隔水問樵夫",初非想得。則禪家所謂"現量"②也。(QSH, p.9)

① 語出賈島《題李凝幽居》。《唐詩紀事》中載賈島騎驢賦詩,得"僧推月下門"句,但在"推"與"敲"之間猶豫不決,碰到韓愈,愈以"敲"爲佳,兩人繼而論詩良久。 ② 由感官直接接受,未經意識思考分別的當下所得。

§143 王夫之《相宗絡索》：釋現量

"現量"現者,有現在義,有現成義,有顯現真實義。現在,不緣過去作影。現成,一觸即覺,不假思量計較。顯現真實,乃彼之體性本自如此,顯現無疑,不參虛妄。(CSQS, vol.13, p.536)

§ 144　宋犖(1634—1714)《漫堂説詩》：真詩觸境而出

【作者簡介】宋犖(1634—1714)，字牧仲，號漫堂，又號西陂，別署綿津山人。河南商丘人。清代詩人。順治四年應詔以大臣子列侍衛。康熙三年，歷官黃州通判、理藩院院判、刑部員外郎、郎中、直隸通永道、山東按察使、江蘇布政使、江西巡撫、江蘇巡撫、吏部尚書。著作有《漫堂説詩》《西陂類稿》，編有《江左十五子詩選》。邵長蘅曾選王士禛與宋犖詩，合爲《王宋二家集》。

久之，源流洞然，自有得於性之所近，不必橅①唐，不必橅古，亦不必橅宋、元、明，而吾之真詩觸境流出，釋氏所謂信手拈來，莊子所謂螻蟻、稊稗②、瓦甓無所不在③，此之謂悟後境。悟則隨吾興會所之，漢魏亦可，唐亦可，宋亦可，不漢魏、不唐、不宋亦可，無暇模古人，並無暇避古人，而詩候④熟矣。不則胸無定見，隨波而靡⑤；譬一盲導之於前，群盲隨之於後，曰左曰右，莫敢自必。烏虖⑥！可哀也已。(QSH, p.416)

① 同"橅"，模式、模仿。　② 音 tí bài，有秄無實的植物。　③ 典出《莊子·知北遊》，莊子答東郭子問，以道在螻蟻等處，説明道無所不在。　④ 作詩的火候，將之比喻成煮食。　⑤ 倒下、散亂。　⑥ 同"嗚呼"。

這裏强調禪悟在創作中的重要性，若有"悟"，自然而有"境"，即"悟後境"，如此一來，模仿或是不模仿任何時代前人經典均可，佳作都會"信手拈來"。

§ 145　袁枚(1716—1797)《續詩品三十二首》：悟與寫景

【作者簡介】袁枚(1716—1797)，字子才，號簡齋，又號隨園主人。浙江錢塘(今浙江杭州)人。清朝詩人、散文家、文學批評家。乾隆四年進士，授翰林院庶吉士，先後任溧水、江浦、沭陽、江寧縣令。後辭官，隱居於江寧小倉山隨園，廣收女弟子。袁枚主"性靈説"，與趙翼、蔣士銓合稱三家，又與紀昀齊名，時稱"南袁北紀"。著作有《小倉山房文集》《隨園詩話》《隨園詩話補遺》《子不語》《續子不語》等。

神悟

鳥啼花落,皆與神通。人不能悟,付之飄風。惟我詩人,眾妙扶智。但見性情,不着文字。宣尼①偶過,童歌滄浪。聞之欣然,示我周行。

① 漢平帝追諡孔子爲褒成宣尼公,後因稱孔子爲宣尼。

袁枚受到道家隱士歸隱山水生活方式影響,對物的描述很自然,而非專門觀光山水,以感官視覺經驗來體悟宇宙實相。可知袁枚認爲的"悟"是"與神通",詩人悟後之作"但見性情,不著文字",並提倡"即景成趣"這種不假思索雕琢的寫作方法。

即景

混元運物,流而不住。迎之未來,攬之已去。詩如化工,即景成趣。逝者如斯,有新無故。因物賦形,隨影換步。彼膠柱②者,將朝認暮。（XCSFSWJ, juan 20, p.490）

② 膠柱鼓瑟,鼓瑟時膠住瑟上的弦柱,不能調節音高,比喻固執拘泥,不知變通。典出《史記·廉頗藺相如列傳》。

袁枚認爲"悟"即是"與神通",而詩人悟後之作中"但見性情,不著文字"。"即景"條則提倡"即景成趣",不假思索雕琢的寫作方法。

【5.2 單元參考書目】

朱良志著:《論〈詩家一指〉的"實境"説》,《北京大學學報(哲學社會科學版)》2016年第53卷,第4期,第43—53頁。

陳尚君、汪湧豪著:《司空圖〈二十四詩品〉辨僞(節要)》,《唐代文學研究》第6輯,1996年,第581—588頁。

祖保泉著:《再論〈二十四詩品〉作者問題》,《江淮論壇》1997年第1期,第86—94頁。

祖保泉著:《〈二十四詩品〉是明人懷悦所作嗎?》,《安徽師大學報(哲學社會科學版)》1997年第1期,第76—78頁。

張健著:《〈詩家一指〉的産生時代與作者——兼論〈二十四詩品〉作者問題》,《北京大學學報》1995年第5期,第34—44頁。

陳尚君著:《〈二十四詩品〉偽書説再證——兼答祖保泉、張少康、王步高三教授之質疑》,《上海大學學報》2011年第6期,第84—98頁。

Wong, Siu-kit. "Ch'ing and Ching in the Critical Writings of Wang Fu-chih." In *Chinese Approaches to Literature from Confucius to Liang Ch'i-ch'ao*, edited by Adele Austin Rickett, pp.121 – 150. Princeton: Princeton University Press, 1978.

5.3　鍾惺、譚元春等人參悟文字的攝魂説

參悟文字的創作論至少可以追溯到韓愈、朱熹等儒家思想家關於閲讀和寫作關係的論述。韓愈《答李翊書》先是用"無誘於勢利,養其根而竢其實"一段講道義的培養,隨後就闡述讀書如何使人進入一種言語難以描述的創作心理狀態:"始者非三代兩漢之書不敢觀,非聖人之志不敢存,處若忘,行若遺,儼乎其若思,茫乎其若迷。當其取於心而注於手也,惟陳言之務去,戛戛乎其難哉!""當其取於心而注於手也,汨汨然來矣。""如是者亦有年,然後浩乎其沛然矣。"這是一種思路朦朧但對創作很有益的静態,每一段過程對心理創作産生的力量不同,從"汨汨然來矣"到"浩乎其沛然矣"。韓愈點出閲讀和創作的關係,用理性閲讀分析得出創作動力和心理活動。他提出讀書要進行

"識古書之正僞"這種理性閱讀分析,這種理性閱讀分析在長期積累後會帶來一種自然而然創作動力和創作心理活動。這種從閱讀轉變到創作的過程,是西方模仿論所没有的。

除了韓愈,對於閱讀,還有像朱熹這樣有系統的闡述。朱熹舉蘇洵的"初學爲文"爲例,論證常讀聖賢經典,豁然開朗,寫詩時便能得心應手。但嚴格地説,參悟文字創作論的始創者非嚴羽莫屬。"參"和"悟"無疑是其《滄浪詩話》中兩個最重要的關鍵詞。嚴氏首先提出"熟參"的説法,意指用沉浸的方式熟習前人的優秀詩作。他以此講解學詩者如何學習不同時代的詩篇:應"試取漢、魏之詩而熟參之,次取晉、宋之詩而熟參之,次取南北朝之詩而熟參之,次取沈、宋、王、楊、盧、駱、陳拾遺之詩而熟參之,次取開元、天寶諸家之詩而熟參之,次獨取李、杜二公之詩而熟參之,又取大曆十才子之詩而熟參之,又取元和之詩而熟參之,又盡取晚唐諸家之詩而熟參之,又取本朝蘇、黄以下諸家之詩而熟參之,其真是非自有不能隱者"。在短短的這段話裏,"熟參"竟連續出現了十次,可見其在嚴羽詩學中是何等重要。同時,嚴羽又大談"悟"的絶對重要性,在短短的一段中連續講了十次"悟":"大抵禪道惟在妙悟,詩道亦在妙悟,且孟襄陽學力下韓退之遠甚,而其詩獨出退之之上者,一味妙悟而已。惟悟乃爲當行,乃爲本色。然悟有淺深、有分限、有透徹之悟,有但得一知半解之悟。漢、魏尚矣,不假悟也。謝靈運至盛唐諸公,透徹之悟也。他雖有悟者,皆非第一義也。"(§100)

但在文學創作的語境中,"參"和"悟"是名副其實的矛盾兩方,"參"是有意識地學習前人詩法詩藝的持續行爲,而"悟"是一種出於自我性靈、無意識的創作衝動,瞬間即成功完成。也許正是有此明顯的內在矛盾,"參"和"悟"纔各自得以成爲明代文壇復古和反復古兩大對立陣營的圭臬。然而,"參"和"悟"兩者並非絕對不可折中調和,相互吸收的,甚至可以説通過"熟參"能得到"悟"。嚴羽所提悟要通過學習的觀點,後來便被明代學者用來探究如何學習古人,從古人的文章中得到"悟"。在復古和反復古兩大陣營主要成員之中,不堅守門户之見,或明或暗地接納改造了對方觀點的,確是大有人在。例如,高棅提出學詩要參悟詩人風格,若是拿來一首詩,隱去詩人姓名,僅僅是從内容本身流露出的不同風格便能分辨得出該詩爲何人所作,纔是真正把藝術特點内化,達到一種"玲瓏透徹之悟",便"臻其壺奧"掌握了寫詩的訣竅。

同樣,前七子王廷相、後七子徐禎卿等人在討論詩法時,經常對"運意"作出"形而上"的描述。王廷相的論述也沿著唐宋古文家韓愈、柳宗元發展過來。他提出學習古人是一種從參到悟的過程,"參"是閲讀、學習古人,但不能拘泥於模仿,要從學思到達一種精神的狀態。寫文章不是"神助",而是把古人文章當作特殊的精神超驗狀態來體驗,達到一種"神情昭於肺腑,靈境徹於視聽"的境界,方能超越模仿寫出"春育天成"的作品。又如,謝榛總結出提魂攝魄之法,主張不拘泥於學習古人詩法,而是將李杜文章中的精華爲己所用,從模仿最終到超越模仿。

另外,王驥德講閲讀群詩,不再局限於宋人的"閲讀聖人經典",把作者閲讀文本之範圍,從《詩》《騷》、漢魏、六朝、三唐擴展至名家宋詞、元曲、類書等。王氏强調學習重點應放在"神情標韻",並列舉王實甫、高明等劇作家,作爲成功地將前人作品的精粹融入自己作品的典範。晚明之際,竟陵派鍾惺和譚元春繼承反復古陣營強調自我性靈的立場,但同時又試圖將學習古人與性靈之悟聯繫起來,從而發展出一種獨特的參悟文字的創作論。

在鍾、譚的創作論中,"參"的對象不是山水物象,而是文字,即古人的優秀作品。"悟"的本質也有相應的變化,不再是呈現藏在山水物象之中的萬物實相,而是感通存於文字後面的古人精神。通過閱讀作品,觀察古人的精神,分享"獨往冥游於寥廓之外",即虛懷的定力。這種通過文字與古人進行精神交流的做法,劉勰、韓愈、朱熹等人早已論及,而且還有像朱熹涵詠說這樣頗有系統的闡述,但從創作的角度來深究這種精神交流,則是鍾、譚的創新。

由於這種交流的目的不是體驗古人的情感,或感悟古聖的道德和審美情懷,而是進行表達自我的文學創作,因而精神交流必定是以我爲主,以古人爲客。將自己與古人的精神交融,將古人精神佔爲己有,纔可創造出可與古人媲美的佳作。先通過"參"模仿,將古人詩篇中最精彩的部分變成自己的,進而跟古詩中的精神交融,最終超越。金聖歎言:"與當日古人捉筆一刹那頃精神,融成水乳,方能有得。"(§162)可謂點出了鍾、譚參悟文字創作論的精髓,將古人寫文章時藝術靈感最精彩的一瞬間融入自身,纔能寫出絕世文章。

其實,謝榛似乎早就注意到這點,故用"提魂攝魄"一語來描述熟讀李白、杜甫詩的最佳效果,只是沒有像鍾、譚那樣明確提出,將古人精神佔爲己有,纔可創造出可與古人媲美的佳作。

§ 146　＊王昌齡(698—757)《詩格・論文意》：以文起興

凡作詩之人，皆自抄古今詩語精妙之處，名爲隨身卷子，以防苦思。作文興若不來，即須看隨身卷子，以發興也。（QTWDSGHK, p.164）

§ 147　＊王昌齡《詩格・詩有三思》：以文生思

感思二。尋味前言，吟諷古制，感而生思。（QTWDSGHK, p.173）

§ 148　＊韓愈(768—824)《答李翊書》：研讀與自然的書寫

生所謂立言者是也，生所爲者與所期者，甚似而幾矣。抑不知生之志，蘄①勝於人而取於人耶？將蘄至於古之立言者耶？蘄勝於人而取於人，則固勝於人而可取於人矣；將蘄至於古之立言者，則無望其速成，無誘於勢利，養其根而俟②其實，加其膏而希其光。根之茂者其實遂，膏之沃者其光曄③，仁義之人，其言藹如④也。

① 音 qí，同"祈"，祈求。　② 同"俟"，等待。　③ 音 yè，光耀明亮。
④ 和善美好。

抑又有難者，愈之所爲，不自知其至猶未也。雖然，學之二十餘年矣。始者，非三代兩漢之書不敢觀，非聖人之志不敢存，處若忘⑤，行若遺，儼乎⑥其若思，茫乎其若迷。當其取於心而注於手也，惟陳言之務去，戛戛⑦乎其難哉！其觀於人，不知其非笑之爲非笑也。如是者亦有年，猶不改，然後識古書之正僞，與雖正而不至焉者，昭昭然白黑分矣，而務去之，乃徐有得也。當其取於心而注於手也,汩汩⑧然來矣。其觀於人也,笑之則以爲喜,譽之則以爲憂,以其猶有人之説者存也。如是者亦有年,然後浩乎其沛然⑨矣。吾又懼其雜也,迎而距⑩之,平心而察之,其皆醇也,然後肆⑪焉。雖然,不可以不養也。行之乎仁義之途,游之乎《詩》《書》之源,無迷其途,無絶其源,終吾身而已矣。(HCLWJJZ, pp.240-241)

⑤ 忘我,忘其所在。　⑥ 嚴肅的樣子。　⑦ 形容不斷推敲,費力的樣子。　⑧ 文思暢通如水流。　⑨ 充實盛大。　⑩ 正面相對。　⑪ 隨心所欲,感覺不到拘束。

§149　＊朱熹(1130—1200)《滄州精舍諭學者》：讀聖賢書與寫作

【作者簡介】朱熹(1130—1200),字元晦,一字仲晦,號晦庵、晦翁、考亭,南宋徽州婺源縣(今江西婺源)人,生於南劍州尤溪(今福建尤溪)。南宋理學家,宋代理學之集大成者,尊稱朱子。紹興十八年中進士,仕於高宗、孝宗、光宗、寧宗四朝,謚文。朱熹學説以"理"爲要,主張"格物致知",朱熹著作甚多,有《四書章句集注》《詩集傳》《資治通鑑綱目》等。後人集有《朱文公文集》《朱子語類》。

老蘇自言其初學爲文時,取《論語》《孟子》《韓子》及其他聖賢之文,而兀然端坐,終日以讀之者七八年。方其始也,入其中而惶然①以博②,觀於其外而駭然以驚。及其久也,讀之益精,而其胸中豁然以明,若人之言固當然者,然猶未敢自出其言也。歷時既久,胸中之言日益多,不能自制,試出而書之。已而再三讀之,渾渾乎覺其來之易矣。(ZZQS, vol.24, p.3593)

① 不安貌。　② 博弈、衝突。

朱熹向學子介紹了蘇洵取法前人作品的經驗與感受。向古人學習的過程十分漫長,須要經歷驚歎前人作品宏博,經過長時間的精讀而達到豁然開朗的境界,繼而又用心學習前人的言語,豐富自己的涵養,最終做到不假思索經營,得心應手地寫文。

§ 150　＊嚴羽(南宋人)《滄浪詩話‧詩辨》：學與悟

夫學詩者以識爲主：入門須正,立志須高;以漢、魏、晉、盛唐爲師,不作開元、天寶以下人物。若自退屈①,即有下劣詩魔②入其肺腑之間;由立志之不高也。行有未至,可加工力③;路頭一差,愈鶩愈遠;由入門之不正也。故曰：學其上,僅得其中;學其中,斯爲下矣。又曰：見過④於師,僅堪傳授;見與師齊,減師半德也。工夫須從上做下,不可從下做上。先須熟讀《楚詞》,朝夕諷詠以爲之本;及讀《古詩十九首》,樂府四篇,李陵、蘇武、漢魏五言,皆須熟讀,即以李、杜二集枕藉⑤觀之,如今人之治經,然後博取盛唐名家,醞釀胸中,久之自然悟入。雖學之不至,亦不失正路。此乃是從頂顓⑥上做來,謂之向上一路,謂之直截根源,謂之頓門,謂之單刀直入也。(CLSHJS, p.1)

① 退縮屈從。　② 流入邪途的詩歌作法、風格。　③ 工夫和學力。
④ 見識超過。　⑤ 音 zhěn jiè,縱橫雜列。　⑥ 音 nǐng,頭頂。

惟悟乃爲當行,乃爲本色。然悟有淺深,有分限,有透徹之悟,有但得一知半解之悟。漢魏尚矣,不假悟也。謝靈運至盛唐諸公,透徹之悟也。(CLSHJS, p.12)

§ 151　高棅(1350—1423)《唐詩品彙序》：精讀與妙悟

【作者簡介】高棅(1350—1423),字彥恢,更名廷禮,號漫士,福建長樂人。高棅與林鴻、陳亮、王恭、鄭定等人合稱"閩中十才子"。永樂初,高棟以布衣薦入爲翰林待詔，後升爲典籍。高棅論詩主唐音，選編《唐詩品彙》，將唐詩分爲初、盛、中、晚四期，引申嚴羽之説，崇尚盛唐，影響了前後七子"詩必盛唐"的主張。

觀者苟非窮精闡微①，超神入化，玲瓏透徹之悟，則莫能得其門，而臻其壼奧②矣。今試以數十百篇之詩，隱其姓名，以示學者③，須要識得何者爲初唐，何者爲盛唐，何者爲中唐、爲晚唐，又何者爲王、楊、盧、駱，又何者爲沈、宋，又何者爲陳拾遺，又何爲李、杜，又何爲孟④，爲儲⑤，爲二王⑥，爲高⑦、岑⑧，爲常⑨、劉⑩、韋⑪、柳⑫，爲韓⑬、李⑭、張⑮、王⑯、元⑰、白⑱、郊⑲、島⑳之製。辨盡諸家，剖析毫芒，方是作者。（*TSPH*, p.9）

① 窮盡精細及闡發幽微。　② 音 kǔn ào，宮巷内室，比喻事物的奥秘精微處。　③ 學詩的人。　④ 孟浩然。　⑤ 儲光義。　⑥ 王昌齡、王之渙。　⑦ 高適。　⑧ 岑參。　⑨ 常建。　⑩ 劉長卿。　⑪ 韋應物。　⑫ 柳宗元。　⑬ 韓愈。　⑭ 李翱。　⑮ 張籍。　⑯ 王建。　⑰ 元稹。　⑱ 白居易。　⑲ 孟郊。　⑳ 賈島。

§ 152　王廷相(1474—1544)《藝藪談宗·與郭價夫論詩》：從"參"到"悟"的過程

欲擅文囿之撰，須參極古之遺。調其步武，約其尺度，以爲我則所不能已也。久焉純熟，自爾悟入。神情昭於肺腑，靈境徹于視聽。開闔起伏，出入變化，古師妙擬，悉歸我闥。由是搦翰①以抽思，則遠古即今，高天下地，凡具形象之屬，生動之物，靡不綜攝，爲我材品②。敷辭③以命意，則凡九代之英，《三百》之章，及夫仙聖之靈，山川之精，靡不會協，爲我神助。此非取自外者也，習而化於我者也。故能擺脱形模，凌虛構結，春育天

成,不犯舊迹矣。(QMSH, pp.2993－2994)

① 持筆。　② 材料品物。　③ 布列文辭。

王氏認爲,參古人的作品,"久焉純熟,自爾悟入"。在"悟"的超驗狀態中,"古師妙擬"將盡歸己有,寫出"凌虛構結,春育天成"的作品。

§ 153　王廷相《藝藪談宗·詩說》：熟讀、歌詠、玩味三法

初唐、盛唐十二家詩集,併李、杜二家,當選其諸集中之最佳者,錄成一帙,熟讀之以奪神氣,歌咏之以求聲調,玩味之以裒①精華。得此三要,則造乎渾淪,不必塑謫仙而畫少陵也。何者?萬物一我也,千古一心也。(QMSH, p.3120)

① 音 póu,聚集。

§ 154　謝榛(1495—1575)《四溟詩話》：提魂攝魄之法

詩無神氣,猶繪日月而無光彩。學李、杜者,勿執於句字之間,當率意熟讀,久而得之。此提魂攝魄之法也。(QMSH, p.1327)

§ 155　王驥德(1540—1623)《曲律·論須讀書第十三》：博覽群書與創作

【作者簡介】王驥德(1540—1623),字伯良,號方諸生,會稽(今浙江紹興)人,明代戲曲理論家。早年師從徐渭,與沈璟精研詞曲,與呂天成等有往來。晚年離京南返後,閉門十餘年,撰寫《曲律》。王驥德作有雜劇五種,今存《男王后》,傳奇六種,今存《題紅記》。曾有《方諸館集》行世,已佚。

詞曲雖小道哉,然非多讀書以博其見聞,發其旨趣,終非大雅。須自《國風》《離騷》、古樂府及漢、魏、六朝、三唐諸詩,下迨《花間》①《草堂》②諸詞,金、元雜劇諸曲,又至古今諸部類書,俱

博蒐③精採,蓄之胸中。於抽毫時掇取其神情標韻,寫之律呂④,令聲樂自肥腸滿腦中流出,自然縱橫該洽,與剿襲⑤口耳者不同。勝國⑥諸賢及實甫⑦、則誠⑧輩,皆讀書人,其下筆有許多典故、許多好語襯副,所以其製作千古不磨。至賣弄學問,堆垛陳腐,以嚇三家村人,又是種種惡道。古云:"作詩原是讀書人,不用書中一個字。"吾於詞曲亦云。(*QLZS*, p.152)

①《花間集》,五代十國時期所編的詞選集,收錄了晚唐至五代時期十八位詞人的作品。　②《草堂詩餘》,南宋何士信所編的詞選,以宋詞爲主。　③音 sōu,聚集。　④古代定樂律的竹管,以管的長短來確定樂音的高低,後用以指樂律。　⑤抄襲。"勦",音 chāo,抄取。　⑥前朝。　⑦王實甫,元代戲曲作家,雜劇《西廂記》作者。　⑧高明,元代戲曲家,字則誠,著作有南戲《琵琶記》。

王氏把作者閱讀文本之範圍,從《詩》《騷》、漢魏、六朝、三唐擴展至名家宋詞、元曲、類書等。王氏強調學習重點應放在"神情標韻",並列舉王實甫、高明等劇作家,作爲成功地將前人作品的精粹融入自己作品的典範。

§156　鍾惺(1574—1624)《詩歸序》:作者與古人精神的交流

【作者簡介】鍾惺(1574—1624),字伯敬,號退谷、退庵,又號晚知居士,湖廣竟陵(今湖北天門)人,祖籍江西永豐。明末文學家。萬曆三十八年進士,授行人,遷工部主事,不久改任南京禮部祭祠司主事,進郎中。升任福建提學僉事。天啓三年因丁父憂而辭官,歸鄉不久去世。鍾惺能詩文,尚深幽孤峭,公推爲竟陵派領袖。鍾惺與譚元春選《古唐詩歸》。著有《隱秀軒集》《史懷》等。

選古人詩而命曰《詩歸》,非謂古人之詩以吾所選爲歸,庶幾見吾所選者,以古人爲歸①也。引古人之精神以接後人之心目,使其心目有所止焉,如是而已矣。……惺與同邑譚子元春②

憂之。内省諸心,不敢先有所謂學古不學古者,而第求古人真詩所在。真詩者,精神所爲也。察其幽情單緒,孤行靜寄於喧雜之中;而乃以其虛懷定力,獨往冥游於寥廓之外。如訪者之幾③於一逢,求者之幸於一獲,入者之欣於一至。不敢謂吾之説非即向者千變萬化不出古人之説,而特不敢以膚④者、狹⑤者、熟⑥者塞之也。

① 旨歸,歸屬。　② 譚元春(1568—1637),與鍾惺同屬"竟陵派",重性靈。　③ 音 jī,期待。　④ 膚淺。　⑤ 狹隘。　⑥ 老套熟見。

書成,自古逸至隋,凡十五卷,曰《古詩歸》;初唐五卷,盛唐十九卷,中唐八卷,晚唐四卷,凡三十六卷,曰《唐詩歸》。取而覆⑦之,見古人詩久傳者,反若今人新作詩。見己所評古人語,如看他人語。倉卒中,古今人我,心目爲之一易,而茫無所止者,其故何也? 正吾與古人之精神,遠近前後於此中,而若使人不得不有所止者也。(YXXJ, juan 16, pp.289‑290)

⑦ 審察,核覆。

§ 157　譚元春(1586—1637)《詩歸序》: 與古人精神交流

【作者簡介】譚元春(1586—1637),字友夏,湖廣竟陵(今湖北天門)人,明末文學家。萬曆三十三年結識鍾惺,共選《古詩歸》《唐詩歸》,一時名聲甚著。兩人反對公安派的文風,故改以"幽深孤峭"爲宗,時稱"竟陵派"。譚元春屢試不中,鍾惺去世後,鄉試拔置第一。崇禎十年赴京會試,時已"顛毛蕩然,車牙豁去",行至長店,病死在旅店。著作有《嶽歸堂合集》《嶽歸堂新詩》。

夫真有性靈之言,常浮出紙上,決不與衆言伍①,而自出眼光之人,專其力,壹②其思,以達於古人,覺古人亦有炯炯雙眸,

從紙上還矚③人,想亦非苟然而已。(*TYCJ*, *juan* 22,p.828)

① 爲伍,成爲其同伴。　② 專一。　③ 注視。

§ 158　鍾惺(1574—1624)《與蔡敬夫》:精神交流與表達自我

至手鈔時,燈燭筆墨之下,雖古人未免聽命,鬼泣于幽,譚郎或不能以其私爲古人請命也。此雖選古人詩,實自著一書。言及此,詩文真不得作第二義,惺真不當妄作詩矣。其不能立和公作,安知非惺詩進乎!(*YXXJ*, *juan* 28,p.546)

§ 159　譚元春《古文瀾編序》:精神交流與表達自我

夫奄有古人之文而自成一書,其事豈細也哉!徐偉長云:"六籍者,群聖相因之書也。今之學者,勤心以取之,亦足以到昭明而成博達。"斯言誠是矣。吾輩勤心,如修漏舟壞屋,必有其處,舍評選無可置力,亦無可與古人遊者。且非獨吾輩也,尼父《詩》《書》二經皆從刪。刪者,選之始也。梁宋而下,有專功焉,然困於其識,局於其代,使後人望而知爲梁宋以下之書,如見其所自著之書焉,故知選書者非後人選古人書,而後人自著一書之道也。(*TYCJ*, *juan* 22,p.837)

§ 160　鍾惺《與高孩之觀察書》:性靈爲本,兼重積學

詩至於厚而無餘事矣。然從古未有無靈心而能爲詩者,厚出於靈,而靈者不即能厚。弟嘗謂古人詩有兩派難入手處:有如元氣大化,聲臭已絕,此以平而厚者也,《古詩十九首》、蘇、李

是也。有如高巖峻壑,岸壁無階,此以險而厚者也,漢《郊祀鐃歌》、魏武帝《樂府》是也。非不靈也,厚之極,靈不足以言之也。然必保此靈心,方可讀書養氣,以求其厚。若夫以頑冥不靈爲厚,又豈吾孩之所謂厚哉!(YXXJ, juan 28, p.551)

§ 161　金聖歎(1608—1661)《杜詩解·早起》：參文字之悟的瞬間

【作者簡介】金聖歎(1608—1661),本名金人瑞,又名金采,字聖歎,蘇州吳縣人,明末清初文學批評家。明諸生,入清後絕意仕宦。金聖歎稱《莊子》、《離騷》、《史記》、杜甫詩集、《水滸傳》、《西廂記》爲"六才子書",埋首評點小說《水滸傳》、王實甫《西廂記》,且腰斬《水滸傳》。順治十八年,世祖哀詔至吳,金聖歎因哭廟案,以罪判處斬首。著作輯入《唱經堂才子書彙稿》。

讀書尚論古人,須將自己眼光直射千百年上,與當日古人捉筆一刹那頃精神,融成水乳,方能有得,不然,真如嚼蠟矣!(JSTPDCZQJ, vol.1, p.694)

§ 162　黃生(1622—1696?)《詩麈》：對後代讀者的意識與詩歌創作

【作者簡介】黃生(1622—1696?),原名琯,又名起溟,字扶孟,號白山,安徽歙縣人。明末諸生,入清後隱居不出。著述頗豐,如《字詁》《杜詩說》《一木堂》等,其《詩麈》收入《皖人詩話八種》。

詩家下筆,當有千秋自命之意。凡讀古人詩,覺其性情風概如現在目前者,皆古人出其筆墨以質[1]諸異代者也。是故每敘一事,務使後人如諗其故;每述一意,務使後人如見其情;每寫一景,務使後人如值其時、歷其地。詩至此方可稱工,方可信其必傳於後。而今人每苦下筆不能了快,於敘事一種尤甚。蓋有甲知之而乙不能知者,同游知之而外人不能知者,又安望異代之人讀其詩而相悅以解耶？此無故,下筆時不爲他人作計故,蓋以己辭達己意,詩成自讀,己意未嘗不了了,而他人讀之殊不然,此最學詩之大病。惟有一法,讀己詩只如讀他人詩,更只如讀前人詩,若未出於己口,過於己目,細細推勘,不輕放過,久之即工拙利鈍,默然自解。繼此下筆,自無不亮之景,不透之情事矣。(*WRSHBZ*, pp.87－88)

① 驗證。

§ 163　方貞觀(1679—1744)《方南堂先生輟耕錄》：熟讀與悟性並重

【作者簡介】方貞觀(1679—1747),名南堂,字貞觀,安徽桐城人,於方苞、方登峰爲從兄弟。因《南山集》案之累,隸入旗籍,雍正元年放歸。乾隆元年薦博學鴻詞不就。工書,賣字爲生。著有《南堂詩鈔》。

未有熟讀唐人詩數千百首而不能吟詩者,未有不讀唐人詩數千百首而能吟詩者。讀之既久,章法、句法、用意、用筆,音韻、神致,脫口便是,是謂大藥。藥之不效,是無詩種,無詩種者不必學詩。藥之必效,是謂佛性,凡有覺者皆具佛性,具佛性者即可學詩。(*QSHXB*, p.1937)

要之作詩至今日,萬不能出古人範圍,別尋天地。唯有多讀書,鎔煉淘汰於有唐諸家,或情事關會,或景物流連,有所欲言,取精多而用物宏,脫口而出,自成局段,入理入情,可泣可歌也。若舍此而欲入風雅之門,則非吾之所得知矣。(*QSHXB*, p.1944)

§ 164　張裕釗(1823—1894)《答吴至甫書》：因聲求氣，由氣通意

【作者簡介】張裕釗(1823—1894)，字廉卿，號濂亭，湖北武昌(今湖北武漢)人。清末詩文家、書法家。道光二十六年舉人，授内閣中書。後跟隨曾國藩，與黎庶昌、薛福成、吴汝綸合稱爲"曾門四弟子"。張裕釗歷主江寧鳳池、保定蓮池、武昌江漢、襄陽鹿門等書院。張裕釗論文，宗主桐城義法，著有《濂亭文集》《濂亭遺文》《濂亭遺詩》等。

故必諷誦之深且久，使吾之與古人訢合於無間，然後能深契自然之妙，而究極其能事。若夫專以沉思力索爲事者，固時亦可以得其意，然與夫心凝形釋，冥合於言議之表者，則或有間矣。故姚氏暨諸家因聲求氣之説，爲不可易也。吾所求于古人者，由氣而通其意，以及其辭與法，而喻乎其深。(ZYZSWJ, juan 4, p.84)

【第5.3部分參考書目】

鄭利華著：《前後七子研究》，第1版，上海：上海古籍出版社，2015年，第九章《後七子的文學思想，有關後七子學習前人文字的方法和思想》，見第523—551頁。

陳廣宏著：《竟陵派研究》，第2版，上海：復旦大學出版社，2006年。有關鍾惺、譚元春二人效仿古人之法，見第335—345頁。

蔣寅著：《清詩話考》，北京：中華書局，2005年。有關冒春榮(1702—1760)《葚原詩説》抄襲黄生《詩麈》、黄子肅《詩法》的論述，見第356—360頁。

5.4　況周頤參悟情感的直覺説

在中國的哲學典籍中，儒道釋三家對各自"道"的體悟幾乎

總是在虛靜的狀態中實現的,而情感就必須被蕩滌乾淨,否則心靈難以進入體悟道的超驗狀態。然而,在文學作品中,尤其是戲劇中,以情作爲參悟對象的説法,或莊或諧,時常可以看到。但在更爲嚴肅高雅的詩論中,我們就很少見到談論參悟情感的言語,王昌齡對其三境其二"情境"的描述大概屬於一個例外。王氏云:"情境二。娛樂愁怨,皆張於意而處於身,然後馳思,深得其情。"正如筆者先前指出的,此處"張於意"的意應有超驗的涵義,指萬物實相的呈現。但至於如何從"情"到"張意",從而獲得"情境",王氏沒做任何交代。我們要一直等到清末,況周頤《蕙風詞話》纔對參悟情感的整個過程作了詳盡而極爲原創的描述。在以下幾個選段中,況周頤對參悟情感的整個過程作了詳盡而極爲原創的描述。

"述所歷詞境"一段以景物描述開始,夜闌人靜,昏燈一盞,再隨著詞人觀窗外秋色,聆聽秋聲。雖然詞人沒有明説自己的情感,但他秋思之愁溢於言表。其間心中種種意念不斷生起,而詞人力圖用豁達的"理想排遣之",直至忽然產生超驗的直覺,完全忘却時空,仿佛有"無端哀怨根觸於萬不得已",但瞬間又"一切境象全失"。這種情感久參而得的直覺,況氏稱之爲"詞境"。況氏對超驗心理活動,與從前所見超驗之悟的描述是截然不同的。宗炳言:"聖人含道暎物,賢者澄懷味像。"(§062)王昌齡言:"夫置意作詩,即須凝心,目擊其物,便以心擊之,深穿其境。"(§070)虞集言:"詩有禪宗具摩醯眼,一視而萬境歸元,一舉而群魔蕩跡,超言象之表,得造化之先。"(§141)他們所説的"澄懷""凝心""摩醯眼"無疑就是要蕩滌一切情感,進入一塵不染的心境。相反,況氏所描述的"詞境"之悟,則是在充滿世俗意味的悲秋之情中久久醞釀而生,甚至此悟產生後仍不能"出污泥而不染",因爲"無端哀怨"仍在心中油然而生。

"以吾言寫我心"一段,則是況氏對上段所描述"所歷詞境"的理論總結,點出了況氏詞境説的兩個最重要的特點,一是情感的"漸參"(即醞釀)與"頓悟"("萬不得已者")的對立統一;二是參情之悟是超越物我之分的,因爲"萬不得已者"同存於"風雲江山"和詞人心中,而兩者的相互交融,便是況氏所説的"詞心"。另外,這段話中"江山"一詞還透露了況氏所講的情感是與儒家道德理想、家國情懷息息相關的。

"詞貴有寄託"一段主要談寄託與性情的關係,楬櫫了況氏建立獨一無二的參情直覺説的歷史原因。首先,況氏對"寄託"關注,明確地表明了他繼承了常州派提倡寄託風教的儒家詩學。爲了超越先儒比興託喻概念化的傾向,周濟提出有寄託入無寄託出之説,屢屢使用幽眇的言語來描述借物寄託的心理過程,但況氏顯然對此不滿意,認爲仍有一概念"橫亘心中",故乾脆拈出"性靈"一字來重新定義"寄託",以求再進一步對儒家詩學進行審美化的改造。

在參悟情感的直覺説中,況周頤試圖以自己創作經驗證明,情感是產生直覺的途徑而非障礙,這種觀點在中外詩學極爲罕見,無疑在超驗心理活動的描述上實現了重大的突破。在某種意義上,況氏參情直覺説的建立,可以被視爲清人,尤其是常州派對儒家詩學虛化、審美化改造工程的巔峰。明清各種性靈説一直是清代儒家詩學攻擊的對象，而況氏却毫無顧忌地用"性靈"來定義"寄託"這個核心儒家詩學原則，充分顯示他超越門户之見，敢於創新的勇氣和魄力。此個例也告訴了我們，探研明清創作論的發展，不只注意復古和反復古派、唯美和詩教傳統的對立，而忽視了兩個傳統之間的相互影響、相互吸收的一面。

§ 165　況周頤(1859—1926)《蕙風詞話》：直覺而生的詞境
述所歷詞境

況周頤(1859—1926)，廣西臨桂(今廣西桂林)人，原籍湖南寶慶。原名況周儀，字夔笙，一字揆孫，號玉梅詞人、玉梅詞隱，晚號蕙風詞隱。光緒五年(1879)，以優貢生中鄉試舉人。光緒十五年(1889)，任內閣中書。光緒二十一年(1895)，入張之洞江督幕府。晚清詞學四大家之一，論詞主寄託。著有《蕙風詞》《蕙風詞話》。

人靜簾垂，燈昏香直。窗外芙蓉殘葉颭颭作秋聲，與砌蟲①相和答。據梧瞑坐，湛懷息機②。每一念起，輒設理想排遣之。乃至萬緣俱寂，吾心忽瑩然開朗如滿月，肌骨清涼，不知斯世何世也。斯時若有無端哀怨，棖觸③於萬不得已；即而察之，一切境象全失，唯有小窗虛幌，筆牀硯匣，一一在吾目前。此詞境也。三十年前，或月一至焉，今不可復得矣。(HFCHJZ, juan 1, p.22)

① 臺階縫隙間的蟲子。　② 停息機心。　③ 音 chéng chù，感觸、觸動。

以吾言寫吾心

吾聽風雨，吾覽江山，常覺風雨江山外有萬不得已者在。

此萬不得已者,即詞心也。而能以吾言寫吾心,即吾詞也。此萬不得已者,由吾心醞釀而出,即吾詞之真也,非可彊爲,亦無庸彊求,視吾心之醞釀何如耳。吾心爲主,而書卷其輔也。書卷多,吾言尤易出耳。(*HFCHJZ*, *juan* 1, p.23)

詞有不盡之妙

吾蒼茫獨立於寂寞無人之區,忽有匪夷所思之一念,自沈冥杳靄④中來,吾於是乎有詞。洎吾詞成,則於頃者之一念若相屬若不相屬也。而此一念,方綿邈引演於吾詞之外,而吾詞不能殫陳,斯爲不盡之妙,非有意爲是不盡,如書家所云,無垂不縮,無往不復也。(*HFCHJZ*, *juan* 1, p.24)

④ 幽深渺茫。

"詞境"之"悟",近乎佛教的"悟",但況周頤對這種心境的直覺即沒有一切具體的物象,但所呈現的狀態是萬物的實相,這就是詞心,寫出來即爲真詩。

§ 166　況周頤《蕙風詞話》:以性靈定義寄託

詞貴有寄託。所貴者流露於不自知,觸發於弗克自已。身世之感,通于性靈,即性靈,即寄託,非二物相比附也。横亘①一寄託于搦管②之先,此物此志,千首一律,則是門面語耳,略無變化之陳言耳。於無變化中求變化,而其所謂寄託,乃益③非真。昔賢論靈均④書辭,或流於跌宕怪神,怨懟激發,而不可以爲訓,必非求變化者之變化矣。夫詞如唐之《金荃》⑤,宋之《珠玉》⑥,何嘗有寄託,何嘗不卓絕千古,何庸爲是非真之寄託耶!(*HFCHJZ*, *juan* 5, p.246)

① 橫列、橫跨,指提前設置。　② 執筆。"搦",音 nuò,手持。
③ 更加。　④ 屈原,字靈均。　⑤ 溫庭筠所著《金荃集》。　⑥ 北宋晏殊詞集《珠玉詞》。

【第 5.4 部分參考書目】

張進著:《況周頤的"詞心"說與古代文論中的"不得已"之論》,《文學遺產》2010 年第 2 期,第 123—130 頁。

6 明清以情爲主的創作論

　　中國詩歌傳統對情的重視源流久遠,古人常以"詩言志"與"詩緣情"總括之。《尚書》"詩言志"在提出之初,直指作詩者情感,此後在春秋戰國賦《詩》類比國家政治的影響下,"志"逐漸演變爲深含社會政治和道德意味的情感範疇。《禮記·樂記》中人心感物,"情動於中"而"形於音"[1]的音樂美學觀點,延伸至詩學領域,演成毛詩《古序》的"詩者,志之所之也,在心爲志,發言爲詩"[2]。然而,在西晉陸機"詩緣情而綺靡"一語中,情轉爲對詩這個文體審美性的評價,所涉的主要是沒有明顯政治道德內涵的個人情感。其後劉勰繼承了陸"緣情"的觀點,並選用"情文"之說定義文學本質。在談論文學創作時,陸、劉只是將"情"視爲創作的誘因和構成作品意象的原料之一,始終未把它當作其創作論的核心。雖然不少學者認爲抒情傳統代表中國古典文學的主流,但就創作理論而言,直到明清時期,情纔開始被視爲創作過程中最重要的因素。明清詩歌創作論中,存

---

[1] (清)阮元校刻:《十三經注疏·禮記正義》,北京:中華書局,2009年,卷三七,第3310頁。
[2] (清)阮元校刻:《十三經注疏·毛詩正義》,北京:中華書局,2009年,卷一,第563頁。

在諸多有關情感的論述,而且闡釋維度豐富。各期各派的思想與解讀,既相互區別,又在嬗變之中彼此勾聯,已無法用傳統的言志、緣情二分法來歸納、分析。對此,該用何種闡釋的框架來容納和梳理明清多種多樣的情感創作論呢?筆者認爲,西方英美文學中華兹華斯(William Wordsworth)和艾略特(T. S. Eliot)的情感説之爭,或許可提供新的觀照視閾,幫助我們重新解讀各種情感爲主的創作論,把握住它們各自獨特之處以及它們之間複雜的内在聯繫。

18世紀末,西方浪漫主義代表詩人華兹華斯在《抒情歌謡集》序言中稱:"好詩都是强烈情感的自然流露(Poetry is the spontaneous overflow of powerful feelings)。"[1] 世間民歌的情感和語言都與自然大地關係密切,因而是最真摯的,而非造作人爲所能達到。一個多世紀後,艾略特在《傳統與個人才能》(*Tradition and the Individual Talent*)中作出反駁,認爲詩歌與詩人的個人情感或個性没有關係,詩人只是詩歌的工具,用以結合各種印象、經驗的特殊媒介,由此表露不同的詩歌情感觀[2]。華兹華斯主張的詩歌情感,是生活經驗的直接反映,艾略特則認爲藝術的情感與作者本身的情感無關,而是與整體的藝術傳統緊密相聯。個人生活的情感經驗必須經過一種藝術手段,纔能轉變成爲詩歌。所以,艾略特所主張的是一種唯美的情感論,

---

[1] 華兹華斯(William Wordsworth)著,曹葆華譯:《抒情歌謡集》序言及附録,中國社會科學院文學研究所編:《古典文藝理論譯叢》,北京:知識産權出版社,2010年,第1册,第6頁。
[2] 托·斯·艾略特(T. S. Eliot)著,李賦寧譯注:《艾略特文學論文集》,南昌:百花洲文藝出版社,1994年,第5—9頁。

而華茲華斯的情感論則相對生活化、原生化。

具體而言,華茲華斯和艾略特的情感論在詩的情感來源,詩歌的物象、語言等層面皆可形成系列對舉(見下表)。

詩的情感來源			
	與詩人的關係	與個人生活世界	與個人生活經驗
華茲華斯	詩人探索自然所表達的熱忱與溫情	直接出於微賤的日常田園生活	詩歌情感價值與個人生活經驗直接關聯
艾略特	與個人情感、個性無關	源自日常生活的情感需要藝術轉化	詩的情感經驗是非個人的
情感表達的最佳心理狀態與過程			
華茲華斯	亢奮爲前提	自然	即時情感反應的回憶
艾略特	平靜	有意	緩慢
情的藝術改造			
	物象的來源與選擇	與物象的互動	物象的組織
華茲華斯	日常生活	發現、感受自然	抓住自然本來面目
艾略特	情感的客觀對應物	尋找客觀對應物	形成暗示、象喻
情到言的轉化與詩歌傳統的互文關係			
華茲華斯	平常的題材、真正的自然的語言		
艾略特	摒棄個性,通過互文融入傳統		

在詩歌情感與個人的關係、個人與傳統的關係、詩歌與物象、語言的關係等方面,明清以情爲主的創作論與華茲華斯和

艾略特的情感論存在諸多相近的取向。例如，明代復古派所主張的詩歌情感與艾略特所主張的唯美的、從屬於傳統、非個人化的情感論相呼應。另外，中國古典詩歌的比興寄託、用典用事與艾略特對詩歌"客觀對應物"的強調，實有相近理路。反復古派所推崇的情，則是生活情狀的直接反映，是瞬間、迸發性的情感宣洩。這令我們不禁聯想到華茲華斯對詩歌情感的天然、即時、強烈給予的關注。相較於復古派追求詩歌情感的藝術化加工，徐渭和李贄所屬的反復古派將不經思索、瞬間迸發的強烈情感視爲至情，付諸語言即爲至文，無需藝術加工，於是有關論詩法之論自然一掃而空。華茲華斯雖未如明代反復古派那樣言辭激烈，但其批評當時詩歌語言加工精製、手法巧妙古怪，違反健全的理智和天性，在相當程度上和明代徐渭、李贄等人的反復古、反矯飾異曲同工。這些詩學闡釋的共同關懷，剛好可供我們借以重審明清關於情感的創作論，從而將其脈絡化、條理化。

在對情的理解和闡述上，明清詩論存在復古和反復古的兩大觀念分野，雙方有同有別，且不斷在道德、私人、經世等向度間分化、嬗變。而且，伴隨世易時移，各詩學派系也在對情的理解與表達上產生觀點的交疊、糾偏、繼承或是批判，足以照見以情爲主的創作論在明清的多維面向。

在文論史發展的大語境來看，以情爲主創作論在明代的興起，不少方面構成了對以意爲主的創作論的挑戰。如果説主意者集中探究"意"在成文不同階段的關鍵作用，那麽主情者相對較少探究成文階段的技術細節，對"意"要麽撇開不談，要麽持明顯的批判態度,而此傾向在明代反復古派詩論中尤爲明顯。對反復古派而言,"意"等同於"有意",因此講"意"即是背棄自然而追求人工雕飾之舉,故他們鞭撻"意"的言語屢見不鮮。

然而,在對情的理解和闡述的方面,復古和反復古派雖然多存差異,但他們之間並沒有就"情"展開論爭,所有後人讀來更似互爲補充。例如,明清以情爲主創作論可以説是以後七子之徐禎卿和謝榛論情景結合爲肇始的。徐禎卿《談藝録》認爲情是"心之精",用一系列的因果推演,論證情是統領創作過程的主綫,稱:"情以發氣,因氣以成聲,因聲而繪詞,因詞而定韻,此詩之原也……此乃因情立格,持守圜環之大略也。"(§168)"因情立格"一語,顯然是對王昌齡以來盛行以意立格之命題的修正,這表明徐氏試圖另闢蹊徑,立情爲詩歌創作的最高原則,但他對情的描寫都在虚處下筆,稱"情實眇渺,必因思以窮其奥;氣有粗弱,必因力以奪其偏",而無法將情最後落實到遣詞造句功夫上。謝榛未像徐氏那樣試圖論述情與整個創作過程的關係,而是集中闡發情景互動爲詩的觀點。他用與陸機和劉勰相似的語言描述了創作始端的神思,云"則神交古人,窮乎遐邇,擊乎憂樂,此相因偶然,著形於絶迹,振響於無聲也"。但他認爲,神思即可使情和景"内外如一,出入此心而無間也",即可得"數言而統萬形"的佳作。

反復古派論情,與復古派有兩大不同。一是兩派所讚揚的情有著本質的不同。復古派所談論的情是已經從具體生活經驗中剝離出來,經過沉澱升華的藝術情感。反復古派所推崇的情則恰恰相反,必定與個人生活經歷息息相關,例如,徐渭《選古今南北劇序》言"人生墜地,便爲情使用",而"迨終身涉境觸事,夷拂悲愉,發爲詩文騷賦,璀璨偉麗"。李贄的童心説講的也是這種直接的、未經儒家倫理強矯的赤子真情。另一重大區別是,徐渭和李贄將不經思索、瞬間迸發的強烈情感視爲至情,而付諸語言即是至文,不需要藝術加工,因而論詩法的言語自然一掃而空,就連情景的論題也不屑一顧。不過,至明末清初時,公安派、竟陵派等群體雖也反對復古摹擬,但在對情的理解上則與復古諸子有相近取向。他們同樣主張詩中之情是提純於瑣碎日常的藝術情感,具有"性靈"之趣和超驗的精神價值。只是,公安、竟陵諸子在推舉唯美色彩的情感論時,反對粉飾蹈襲,主張"不拘格套",擺脱種種復古傳統的規範,藉以直抒胸臆,見性靈本色。

入清以降,詩論和詞論中又先後出現了新的以情爲主的創作論。在清初論詩的文章中,我們可以清楚地看到黃宗羲、沈德潛等人對明人兩派情説進行了糾正和批判,不僅重新定義了情,而且開拓了與此新的情説相匹配的創作方式。例如,黃宗羲《黃孚先詩序》將批判矛頭直接對準徐渭和李贄所鼓吹的那種直接的情感宣洩,言:"勞苦倦極,未嘗不呼天也;疾痛慘怛,未嘗不呼父母也,然而習心幻結,俄頃銷亡,其發於心、著於聲者,未可便謂之情也。"至於對復古派唯美主義的情説,黃氏還算手下留情,甚至還將唯美的情也歸入有真性情:"古之人情與物相遊而不能相舍,不但忠臣之事其君,孝子之事其親,思婦勞人,結不可解,即風雲月露、草木蟲魚,無一非真意之流通。"然而,他在《黃孚先詩序》進一步論情時,他顯然把復古派的情説也當作批判的對象,言:"詩以道性情,夫人而能言之,然自古以來,詩之美者多矣,而知性者何其少也。蓋有一時之性情,有萬古之性情。夫吳歈越唱,怨女逐臣,觸景感物,言乎其所不得不言,此一時之性情也。孔子刪之,以合乎'興觀群怨''思無邪'之旨,此萬古之性情也。"換言之,唯美的情説所涵蓋的頂多是"一時之性情",而情只有經過儒家道德的過濾纔能升華爲"萬古之性情"。情説重新回歸儒家詩教的傳統,無疑是康乾詩論發展的新潮流,其間沈德潛就超越了他老師葉燮從唯美角度論情景的做法,發展出符合儒家道德理想的格調説。

有關黄宗羲等人對情的區分解讀,明晚期的經學家、詩論家郝敬已發先聲。他在《毛詩原解》中大膽闡發不同的理論命題和概念,藉以批駁朱傳,確立毛詩《古序》的權威,將原本只用來描述政教作用的"温柔敦厚",提升爲確定《詩》體本質和讀《詩》方法的最高藝術原則。於是,朱熹"求詩意於辭内"的"切直"説詩法,實有違於"含蓄温厚"的詩歌本質。同時,郝敬將"不以辭害志"的"辭"比附爲詩中的男女之情,"志"比附爲詩人及刪定詩、序的聖人情志,從而在《詩》中建立起有區分的"二重性情説",且在風人之情中融入聖人之情。在這兩重性情下,朱熹所謂的"淫奔"之詩實寫男女之常情,而且,這些情詩不僅承載原作者的諷喻之志,還融入聖人之情。所以,朱熹責其爲"淫詩",只看見"辭"層面的男女情愛,而未領會"辭"後的性情。另外,郝敬還將興、觀、群、怨的"興"與賦、比、興的"興"等同,把二者同解爲"情",賦和比也是"興情"的表達方式,三者相互依賴,且統歸於興情。郝敬解興爲情,新創出一種"興情"説,也爲溝通風人之情和聖人之情提供階梯，從而達成含蓄蘊藉、溫柔敦厚的詩歌情志理想。

詩人如何將個人之情升華爲"萬古之性情"，進而寫出含蓄蘊藉，"溫柔敦厚"的作品？這是清初以降黃宗羲、沈德潛等人詩論，和常州派張惠言、周濟、陳廷焯等人比興寄託詞論中一個核心論題，而他們對此論題所闡發的觀點大同小異。與漢唐儒家論詩家不同，他們所追求的不是簡單直接的政治諷喻，而是道德和情感的完美融合，成爲一種心境、一種性情。他們無不認爲，詩人必須從風騷傳統找到如此升華情感的途徑，但所師的對象有所不同。沈德潛強調採用學習用比興方式融情入景，云："事難顯陳，理難言罄，每託物連類以形之；鬱情欲舒，天機隨觸，每借物引懷以抒之。"黃宗羲在論"情至之情"和作爲假情的"不及情之情"時，將"情至之情"分作"一時之性情"和"萬古之性情"，並推舉"合乎興、觀、群、怨、思無邪之旨"的萬古之情。這些論述都與郝敬論《詩》的"兩種性情"和"解興爲情"一脈相承，只不過黃宗羲將文人逐臣的怨語歸爲俗情，而未將風人諷喻與聖人的萬古之情相連。王夫之的"四情説"，也與郝敬以情論興，貫通賦比興相承。所以，郝敬的詩學理論不僅開清代以"溫柔敦厚"論詩論詞的先河，其不少具體論點也直接或間接地影響了黃宗羲、王夫之、朱彝尊、紀昀、章學誠等清代文論家。

張惠言則提倡學習《詩經》的代言體，即借里巷男女之事抒發君子之情志。周濟也像沈德潛那樣強調託物連類，並拈出"寄託"一詞作出理論的總結。不過他所描繪的"寄託"是更爲複雜的、乃至神妙化的想象過程。周氏《宋四家詞選序》稱："一物一事，引而伸之，觸類多通，驅心若遊絲之冒飛英，含毫如郼斤之斲蠅翼，以無厚入有間。"同時，沈德潛和稍後的常州派詞人都認爲，這種融情入景是一種緩慢、纏綿不斷的過程，直至自然而然地寫出蘊藉無限，即周濟所說"無寄託出"的詩篇。例如，沈德潛《說詩晬語》云："每借物引懷以抒之；比興互陳，反覆唱歎，而中藏之懽愉慘戚，隱躍欲傳，其言淺，其情深也。"又如張惠言《詞選序》云："賢人君子幽約怨悱不能自言之情，低徊要眇，以喻其致。"

在明清創作論發展之宏觀來看，沈德潛、張惠言、周濟等人對漢唐概念化政治諷喻所作的審美化改造，多多少少帶有復古派後七子徐禎卿和謝榛影響的痕跡。他們關於託物寄喻的論述很自然地讓我們想起徐、謝談論情景互動的言語，而他們對此互動過程持久性的強調，與復古派熟參漸進的理念似乎也非無關聯。同樣，反復古派李贄等人視爲直抒情感爲至文標準的觀點，無疑在王國維對元劇的評價得以迴響。另外，如果說徐渭、李贄等人提出情感迸發瞬間成文的論點，可能與嚴羽"一味妙悟"之說的影響有關，那麼清末況周頤因情得"悟"之說則極爲形象地揭示了"悟"的直覺特徵。

在明代復古派、公安派、竟陵派等唯美情感主義者手中，以情爲主的創作論發生審美藝術化的轉變，明末清初黃宗羲等人的情感論，則在藝術情感中融入道德內涵。及至晚清，詩壇的情感創作論轉而更近於徐渭、李贄等反復古派，強調對情感的自然流露、無忌直陳。而且，相較李贄等人，晚清改良派和革命派的情感說格外重視社會關懷。其中，龔自珍《病梅館記》沿著李贄"順其性"的意旨,批判當時主流的"温柔敦厚"情感傳統扭曲人的自然天性,指出這種理學觀念指導下的情感,在"止乎禮義"等框條約束中,已被修飾剪裁得泯滅真性情與活力。龔自珍立足於當時的社會形勢,繼承李贄等人的自然宣洩情感説,更是爲了打破封建枷鎖,通過詩歌的率性創作來培養健全人格,從而通經治世,乃至擔負拯救國家之大任。在這種崇尚自我,發揮情感力量的創作觀念下,康有爲等晚清改良派、革命派的詩文風格、意象已迥異於此前力主"温柔敦厚"者的唯美纖細,轉而充滿奔放豪情和變革社會之氣勢。魯迅通過讚美摩羅派詩歌的反抗精神,倡導詩人發揮英雄偉力,引領主體精神的自我解放,推進社會革命的進程。王國維則將元曲標舉爲摹寫自我情感和時代情狀的極品,藉此彰顯崇尚自我、抒寫自我的情感力量。

6.1　明代復古派的唯美情感説

明代復古派在處理情感時,著眼於將情的元素提煉升華,使其具有藝術美感,而不是簡單反映個人的具體生活經驗、或外在現實的情感體驗。就如徐禎卿在論情感統領創作過程時,專從情在發氣、成聲、繪詞、定韻等程序的作用入手,描摹種種情態和詩情表現機制,以見"因情立格"的創作原則。"情"作爲詩歌創作的動力,在創作過程中被加工改造,最終承載於聲韻、詩語的藝術性組合,這一改造過程便是對日常的情感經驗進行提純。又如謝榛强調"詩本乎情景",詩歌的創作實爲情、景互動結合的過程,而非對具體現實情感的直陳,亦非單一地描摹外景。情、景合而爲詩,講求體悟與深造的功夫,便也包含對情感元素的藝術化加工。於是,復古派這種創作機制所抒發的情感便具有唯美色彩。

§ 167　徐禎卿(1479—1511)《談藝錄》：情統領創作過程

【作者簡介】徐禎卿(1479—1511),字昌穀,又字昌國。吳縣(今江蘇蘇州)人。明代文學家。少時,與祝允明、唐寅、文徵明齊名,並稱"吳中四才子"。弘治十八年進士,授大理寺左寺副。因犯人逃亡,降國子監博士。徐禎卿爲"前七子"之一。著有《迪功集》及《談藝録》,另有《翦勝野聞》《異林》等。

　　情者,心之精也。情無定位,觸感而興,既動於中,必形於聲。故喜則爲笑啞,憂則爲吁歔,怒則爲叱咤。然引而成音,氣實爲佐;引音成詞,文實與功。蓋因情以發氣,因氣以成聲,因聲而繪詞,因詞而定韻,此詩之原也。然情實眇[①]渺,必因思以窮其奧;氣有粗弱,必因力以奪[②]其偏;詞難妥帖,必因才以致其極;才易飄揚,必因質以禦[③]其侈。此詩之流也。繇[④]是而觀,則知詩者乃精神之浮英,造化之秘思也。若夫妙聘心機,隨方合節,或約旨以植義,或宏文以叙心,或緩發如朱弦,或急張如躍栝[⑤],或始迅以中留,或既優[⑥]而後從[⑦],或慷慨以任壯,或悲悽以引泣,或因拙以得工,或發奇而似易。此輪匠[⑧]之超悟,不可得而詳也。《易》曰:"書不盡言,言不盡意。"若乃因言求意,其亦庶乎有得與!(QMSH, vol.4, p.2988)

　　① 幽深渺茫。"眇",音 yǎo,幽深。　② 奪取、糾正。　③ 阻止、抵擋。　④ 音 yóu,同"由",緣由。　⑤ 音 yuè kǔ,指飛速射出的箭。

"楛",荆條一類的植物,可製作箭杆。　⑥ 寬和、協調。　⑦ 放縱。⑧ 造車的工匠。輪扁斲輪,得於心應於手,而不可以言語傳達。典出《莊子·天道》。

徐禎卿的這段話較有特色,他把情上升到創作的動力,貫穿整個創作過程。《毛詩大序》説"發言爲詩,情動於中而形於言",徐禎卿在此基礎上細化描繪了從"情"到"氣"、由"氣"而"詞","詞"再加上韻而成爲詩的過程,其中包含了一連串的因果關係。徐氏將"情"定爲"心之精",又言"因情以發氣,因氣以成聲,因聲而繪詞,因詞而定韻",從而勾勒了文學創作的過程。接下來討論情和思、氣、力、才的關係。他認爲情必須"因思以窮其奥";情可以產生氣,而氣必須"因力以奪其偏",氣又生聲、生詞,必須"因才以致其極",同時又需要"因質以馭其侈"。思、力、才、質幾個因素在從情到詩的轉變過程中甚爲關鍵,因爲"情"是"心之精",則詩是"精神之浮英,造化之秘思"。正因如此,情心不同,而文體風格亦隨之變化:"或約旨以植義,或宏文以敘心,或緩發如朱弦,或急張如躍楛,或始迅以中留,或既優而後從,或慷慨以任壯,或悲悽以引泣,或因拙以得工,或發奇而似易。"

夫情既異其形,故辭當因其勢。譬如寫物繪色,倩盼⑨各以其狀;隨規逐矩,圓方巧獲其則。此乃因情立格,持守圜環之大略也。若夫神工哲匠⑩,顛倒經樞,思若連絲,應之杼軸⑪,文如鑄冶,逐手而遷,從橫參互,恒度自若。此心之伏機,不可彊能也。(QMSH, vol.4, p.2989)

⑨ 形容神態俏麗。　⑩ 技術高明的工匠。　⑪ 音 zhù zhóu,織布機上持理經緯綫的工具,比喻詩文的組織、構思。

此段討論表現情之狀況的"勢",不同"情"帶來不同"勢",不同"勢"的出現必然要用不同的語言來表達。

朦朧萌坼⑫,情之來也;汪洋漫衍,情之沛也;連翩絡屬⑬,情之一也;馳軼⑭步驟,氣之達也;簡練揣摩,思之約也;頡頏縈貫,韻之齊也;混純貞粹,質之檢⑮也;明雋清圓,詞之藻也。高才閑擬,濡筆⑯求工,發旨立意,雖旁出多門,未有不由斯户者也。(QMSH, vol.4, p.2989)

⑫ 萌芽、裂開,"坼",音chè,破土而出狀。 ⑬ 脈絡相接。 ⑭ 奔馳。 ⑮ 法度、規則。 ⑯ 潤濕筆,指開始動筆寫作。

此段説了"情來"之時的不同狀態,説了如何對"情"加工從而轉變爲詩。情之初始是"朦朧萌坼";之後"汪洋漫衍,情之沛也";經過條理則"連篇絡屬";形於文跌宕起伏,則是"氣";有"簡練揣摩",則體現出"思";然後是"韻"和"詞"。

徐禎卿的創作論都是著眼於情的發展和表達以及相關的文字處理,而不討論"意"或"象"以及超驗的"玄思"。他把"情"作爲創作的主綫,一切創作的所有過程都是對情的改造轉變,將情的轉變等同於整個藝術創作的過程,將從情到語言的轉變做了一嶄新的系統闡述。這種系統闡述是前所未見的。

§ 168　謝榛(1495—1575)《四溟詩話》:情和景合而爲詩

作詩本乎情景,孤不自成,兩不相背。凡登高致思,則神交古人,窮①乎遐邇,擊②乎憂樂,此相因偶然,著形③於絶迹,振響於無聲也。夫情景有異同,模寫有難易,詩有二要,莫切於斯者。觀則同於外,感則異於内,嘗自用其力,使内外如一,出入此心而無間也。景乃詩之媒④,情乃詩之胚;合而爲詩,以數言而統萬形,元氣渾成,其浩無涯矣。同而不流於俗,異而不失其正,豈徒麗藻炫人而已。然才亦有異同,同者得其貌,異者得其骨。人但能同其同,而莫能異其異。吾見異其同者,代不數人爾。(QMSH, vol.2, p.1340)

① 窮覽。　② 觸及、碰撞,意謂被打動。　③ 賦予形態。　④ 媒

介、材料。

謝榛對情景關係的討論非常多,這段是從創作過程談情景。他認爲創作過程是情和景互動融合的過程:"景乃詩之媒,情乃詩之胚,合而爲詩。"雖然《文心雕龍》中也談到心與物的互動,但是沒有認爲兩者互動融合就構成一篇作品。謝榛把情景互動融合的過程視作創作的關鍵,洽彌補了這一局限。

6.2 明代反復古派非唯美情感説

與復古派諸子不同,徐渭、李贄等反復古派者的情感論,強調對日常情感的直接宣洩,抛開封建禮教、詩法格式等規範束縛。徐渭指出"人生墮地,便爲情使","涉境觸事"各有所感,發而爲詩文騷賦,無需藝術化的處理。因爲"摹情彌真則動人彌易",而"真情"通過直接自然的情緒流露來體現,若施以遣詞造語等處理,便不再自然,也便因此而失真。李贄則通過強調"自然之道"來反對作詩抒情時的粉飾雕琢。因爲情性發乎自然,情性自然流露的詩語聲色也會各具特色,令作品風格與内在情感表裏如一,如若對言語聲韻做藝術加工,便是有意而爲之,勉強附會。在強調情性自然的基礎上,李贄認爲真能文者絕非有意而爲,而是在見景生情、觸目興歎下,難以遏制胸中不平,最終直吐無忌。這種任由情感迸發而成的詩文,最富有自然純粹的情感力量,也因此被李贄推爲"至文"。在李贄眼中,天下至文皆出於真摯純粹,未受倫理强矯的"童心"。

李贄將作文視爲"蓄積已久、勢不可遏"的情感噴發,對此後清龔自珍"完"的文學理念也有影響。龔氏認爲童年之情不可撲滅,顯然也受到李贄"童心説"的影響。他的《病梅館記》譴責禮義約束,讀起來像是將李贄"順其性"的口號用比喻的方式進行的精心改寫,後文會具體論及。徐渭、李贄對"至文"的定義,無拘於格套章法或倫理規範,皆爲體現胸中"至情",而反復古派所主張的"至情",如湯顯祖所言,是可以超脱禮法、生死等一切約束的,因而也不再講求藝術審美的加工。而且,這種對男女世俗之情的讚頌,與同時期郝敬爲《詩經》中的情詩正名相映照。

§169　徐渭(1521—1593)《選古今南北劇序》:真情自然流露爲至文

【作者簡介】徐渭(1521—1593),字文清,後改字文長,號青藤、天池,紹興山陰(今浙江紹興)人。明代中期文學家、書畫家、戲曲家。徐渭曾任閩浙總督胡宗憲幕僚。胡宗憲下獄,徐渭自殺不死,後因擊殺繼妻下獄,被囚七年,得張元忭救免。於是南游金陵,北上邊塞,寄情詩文書畫。晚年貧病潦倒。徐渭多才多藝,書、詩、文、畫俱工,著有《徐文長集》《南詞敘録》傳世。

人生墮地,便爲情使。聚沙作戲,拈葉止啼①,情昉②此已。迨終身涉境觸事,夷拂③悲愉,發爲詩文騷賦,璀璨偉麗,令人讀之喜而頤解,憤而眥④裂,哀而鼻酸,怳若與其人即席揮麈,嬉笑悼唁於數千百載之上者,無他,摹情彌真則動人彌易,傳世亦彌遠,而南北劇爲甚。(XWJ, p.1296)

① 皆爲佛教典故。聚沙,典出《法華經·方便品》,童子遊戲,積沙成塔;"拈葉止啼",出《涅槃經·嬰兒品》,童子啼哭,父母與其黄葉,謂之與汝黄金,童子真以其爲黄金,停止啼哭。　② 音 fǎng,初明、開始。　③ 平順與違背,指順境與逆境。　④ 音 zì,眼眶。

與復古派對立的批評家們也講"情",但是他們没有把創作過程看成對情的藝術加工,而是認爲直接抒發胸中之情就是藝術作品。這裏徐渭認爲將真情自然流露出來就是真正的藝術作品。

§170 李贄(1527—1602)《讀律膚説》:"自然"的重新定義

【作者簡介】李贄(1527—1602),原姓林,名載贄,後改姓李,名贄,號卓吾,别號温陵居士、百泉居士等,福建晉江人。明代思想家、文學家。嘉靖三十一年舉人,累官國子監博士、雲南姚安知府。後棄官,寄寓黄安、麻城,著書講學。最後被誣下獄,自刎死於獄中。李贄主童心説,重要著作有《藏書》《續藏書》《焚書》《續焚書》。李贄曾點過《水滸傳》《西廂記》《浣紗記》《拜月亭》《琵琶記》等等。

蓋聲色之來,發於情性,由乎自然,是可以牽合矯强①而致乎?故自然發於情性,則自然止②乎禮義,非情性之外復有禮義可止也。惟矯强乃失之,故以自然之爲美耳,又非於情性之外復有所謂自然而然也。故性格清徹者音調自然宣暢③,性格舒徐者音調自然疏緩,曠達者自然浩蕩,雄邁者自然壯烈,沉鬱者自然悲酸,古怪者自然奇絶。有是格,便有是調,皆情性自然之謂也。莫不有情,莫不有性,而可以一律求之哉?然則所謂自然者,非有意爲自然而遂以爲自然也。若有意爲自然,則與矯强何異?故自然之道,未易言也。(*FSXFS*, pp.132‐133)

① 牽强凑合,勉强附會。　② 停留,居止。　③ 明朗暢通。

§171 李贄《雜説》:情感迸發而成至文

且夫世之真能文者,比其初皆非有意於爲文也。其胸中有如許無狀可怪之事,其喉間有如許欲吐而不敢吐之物,其口頭又時時有許多欲語而莫可所以告語之處,蓄極積久,勢不能遏。一旦見景生情,觸目興嘆;奪他人之酒杯,澆自己之壘塊;訴心中之不平,感數奇①於千載。既已噴玉唾珠,昭回雲漢②,爲章於天矣,遂亦自負,發狂大叫,流涕慟哭,不能自止。寧使見者聞者切齒咬牙,欲殺欲割,而終不忍藏於名山,投之水火。(FSXFS, p.97)

① 指哀嘆時運不濟,遇事不利。　② 回轉星辰之光。

這裏李贄將文視作"蓄積已久,勢不可遏"的情感噴發,對龔自珍"完"的文學理念是有影響的。龔氏認爲童年之情不可撲滅,顯然也受到李贄"童心説"的影響。他的《病梅館記》譴責"止乎禮義",讀起來像是將李贄"順其性"的口號用比喻的方式進行的精心改寫。

§172　李贄《童心説》: 至文源自童心

夫既以聞見道理爲心矣,則所言者皆聞見道理之言,非童心自出之言也。言雖工,於我何與,豈非以假人言假言,而事假事文假文乎? 蓋其人既假,則無所不假矣。……然則雖有天下之至文,其湮滅於假人而不盡見於後世者,又豈少哉! 何也? 天下之至文,未有不出於童心焉者也。苟童心常存,則道理不行,聞見不立,無時不文,無人不文,無一樣創制體格文字而非文者。詩何必古選,文何必先秦。降而爲六朝,變而爲近體;又變而爲傳奇,變而爲院本,爲雜劇,爲《西廂曲》,爲《水滸傳》,爲今之舉子業,皆古今至文,不可得而時勢先後論也。故吾因是而有感於童心者之自文也,更説甚麽六經,更説甚麽《語》《孟》乎? (FSXFS, p.99)

類似於徐渭《選古今南北劇序》所闡述的情,李贄所説的"童心",也是一種未曾經受儒家倫理強矯的赤子之情。唯有最真摯純粹的心纔能寫出"天下之至文",對待文章,也不必以復古態度審視和創作,詩文衆體皆無所謂古今。這種未曾經受儒家倫理強矯的赤子之情,也類似於徐渭《選古今南北劇序》所闡述的情。《童心説》全文及注釋見《文學論評選》,§111。

§173 湯顯祖(1550—1616)《牡丹亭記題詞》:至情與戲劇創作

【作者簡介】湯顯祖(1550—1616),字義仍,號海若、若士、清遠道人,江西臨川(今屬江西撫州)人,明代戲曲大家。早有才名,萬曆十一年中進士,任南京太常寺博士、禮部主事。萬曆十九年上疏,被貶爲廣東徐聞典史,後調任浙江遂昌知縣,後棄官歸里。湯顯祖以戲曲創作爲最大成就,其戲劇作品《還魂記》《紫釵記》《南柯記》和《邯鄲記》合稱"玉茗堂四夢"或"臨川四夢",其中《還魂記》(即《牡丹亭》)爲代表作。詩文集有《玉茗堂集》《紅泉逸草》《問棘郵草》。

天下女子有情寧①有如杜麗娘者乎。夢其人即病,病即彌連②,至手畫形容③傳於世而後死。死三年矣,復能溟莫④中求得其所夢者而生。如麗娘者,乃可謂之有情人耳。情不知所起。一往而深,生者可以死,死可以生。生而不可與死,死而不可復生者,皆非情之至也。夢中之情,何必非真。天下豈少夢中之人耶。必因薦枕⑤而成親,待掛冠⑥而爲密⑦者,皆形骸⑧之論也。

① 寧,難道。 ② 病重彌留。 ③ 樣貌。杜麗娘親手爲自己繪像。 ④ 廣漠,茫茫無際。 ⑤ 自薦枕席。 ⑥ 即解朝服,指辭官。 ⑦ 親近,密切。 ⑧ 無關而表面。

傳杜太守事者,彷彿晉武都守李仲文⑨、廣州守馮孝將兒女事⑩。予稍爲更而演⑪之。至於杜守收考柳生⑫,亦如漢睢陽王收考談生⑬也。嗟夫，人世之事，非人世所可盡。自非通人，恒以理相格⑭耳。第⑮云理之所必無，安知情之所必有邪。（TXZJ, p.1093）

⑨《搜神後記》有載李仲文喪女事。　⑩《搜神後記》載馮孝將兒夢北海徐玄方女事。　⑪變化發揮。　⑫湯顯祖劇作《牡丹亭》中情節。⑬睢陽王認書生談生爲女婿，事見《搜神記》。　⑭觸碰，推究。　⑮只是，僅僅。

反復古派所主張的"至情"，如湯顯祖所言："不知所起。一往而深，生者可以死，死可以生。"是可以超脱禮法、生死等一切約束的，因而也不再講求藝術審美的加工。而且，這種對男女世俗之情的讚頌，與同時期郝敬（1557—1639）爲《詩經》中的情詩正名相映照。

【第 6.1—6.2 部分參考書目】

鄭利華著：《前後七子研究》，第 1 版，上海：上海古籍出版社，2015 年。第四章《前七子的文學思想》，有關前七子"情真"的論述，見第 116—133 頁。

左東嶺著：《論李贄的文學思想》，載《明代心學與詩學》，第 1 版，北京：學苑出版社，2002 年，第 205—271 頁。

周質平著：《公安派的文字批評及其發展：兼論袁宏道的生平及其風格》，臺北：臺灣商務出版社，1986 年。第一章《晚明文學批評與公安派之理論》、第二章《公安派之修正及其末流》，第 3—47 頁。

楊鑄著：《李贄"童心"説辨析》，載張建業主編：《李贄學術國際研討會論文集》，北京：首都師範大學出版社，1994 年，第 188—197 頁。

Jonathan Chaves, "The expression of self in Kung-an School: Non-romantic individualism." In *Expressions of Self in Chinese Literature*, edited by Hegel, Robert E., and Richard C. Hessney. Columbia

University Press, 1985, pp.124–150.
Chih-ping Chou. *Yüan Hung-Tao and the Kung-an School*, 1–69. Cambridge: Cambridge University Press, 1988, Chapter 2 "The literary theories of the three Yüan brothers", pp.105–183.
Handler-Spitz, Rivi. *Symptoms of an unruly age: Li Zhi and cultures of early modernity*. University of Washington Press, 2017, pp.19–43.
Wai-yee Li, "The Paradoxes of Genuineness: Problematic Self-Revelation in Li Zhi's Autobiographical Writings." In *The Objectionable Li Zhi: Fiction Criticism, and Dissent in Late Ming China*, edited by Rivi Handler-Spitz, Pauline C. Lee, and Haun Saussy, University of Washington Press, 2020, pp.17–37.
Zong-qi Cai, "The Rethinking of Emotion: The Transformation Of Traditional Literary Criticism In The Late Qing Era." In *Monumenra Serica* 45, *Journal of Oriental Studies*, 1997, pp.63–100.

6.3 明末清初諸派的唯美情感論

明代後期的公安派、竟陵派等群體,雖然在反復古的創作態度上具有一致性,但在情感論上實與徐渭、李贄等反復古者不容調和的立場有很大區別,反而與復古派更爲接近,也主張將情感藝術化,提升爲一種超驗的精神。公安派、竟陵派對詩文抒寫"性靈"的推崇便著眼於藝術化的情趣,以矯粗淺俚俗之弊。只不過在創作時,"性靈"的表現並非作者有意爲之,而是自然而然地流露。值得補充的是,元代虞集的《詩家一指》,在貫連情、性上具有承前啓後的價值。虞集所論的"情""性"已非宋儒所指的道德倫理範疇,情是心與物色相交而生的具體情感，性則是超經驗層面的"真我"，這一闡釋正與袁宏道等人提出的超驗層次的"性靈說"相承啓。至明末清初，陸時雍、王夫之、龐塏等人繼續強調作詩抒情當從胸中自然流出，隨物感興，有意爲之更被陸時雍視爲自然真情的對立面。明末清初陸時雍、王夫之等人對"情"的闡發也是從審美藝術性的層面展開討論，不再從倫理道德等社會層面審視之。

§ 174　虞集(1272—1348)《詩家一指》：情與性的關係

　　世皆知詩之爲，而莫知其所以爲。知所以爲者情性，而莫知其所以爲情性。夫如是，而詩道遠矣。遠之不失乎心，心之於色爲情，天地、日月、星辰、江山、煙雲、人物、草木、響答①、動悟、履遇②、形接③，皆情也。拾而得之爲自然，撫而出之爲機造。自然者厚而安，機造者往而深。厚而安者，獨鶴之心，大龜之息，曠古之世，君子之仁。往而深者，清風泚泚而同流，素音于于④而載往，乘碧影而暗明月，撫青春之如行舟。由之而得乎性，性之於心爲空，空與性等。空非惟性而有，亦不離空而性，必非空非性，而性固存矣。夫今有人行綠陰風日間，飛泉之清，鳴禽之美，松竹之韻，樵牧之音，互遇遞接，知別區宇，省攝⑤備至，暢然無遺，是有聞性者焉，自是而盡。世之所謂音者，無不得之於聞。性無一物不有欲求，其所以聞之而性者，猶即⑥旅舍而覓過客往之久矣。故取之非有其方，得之非睹其竅⑦，翛然萬物之外，雲翠之深，茂林青山，掃石酌泉，蕩滌神宇，獨還冲真，猶春花初胎，假之時雨，夫復不有一日性悟之分耶？集之"一指"⑧，所以返學者迷途；"三造"⑨，所以發學者之關鑰⑩；"十科"⑪,所以别武庫⑫之名件;"四則"⑬,條達規鍵,指真踐履;"二十四品"⑭,所以攝大道。如載圖經,於詩未必盡似,亦不必有似。而或者爲詩之尤抑真人,而後知詩之真,知詩之真而後知一指之非真,而非真之真,備是一指矣。(QMSH, pp.116 - 117)

① 響應。 ② 走路所遇。 ③ 形態接觸。 ④ 悠然自得貌。 ⑤ 知覺、攝取。 ⑥ 走進、去到。 ⑦ 本義爲孔穴,此處指關鍵、要點。 ⑧ 一個宗旨,歸於一。 ⑨ "三造":一觀、二學、三作,分别描述作詩的準備及創作階段:觀境、學古、著手作詩。 ⑩ 鑰匙、關鍵。 ⑪ 意、趣、神、情、氣、理、興、境、事、物,作詩的十個範疇,也是詩歌的構成。 ⑫ 儲藏兵器的倉庫,比喻寫作的工具技巧。 ⑬ 一句、二字、三格、四律,詩歌的形制構成。 ⑭ 雄渾、平淡、纖濃、沉著、高古、典雅、洗煉、勁健、綺麗、自然、含蓄、豪放、精神、縝密、疏野、曠達、清奇、委曲、實境、悲慨、形容、超詣、飄逸、流動,詩歌的風格範疇。

這段主要談情和性的關係,可以和邵雍對於情、性關係的討論加以聯繫。澄神觀照的過程是從"情"到"性"的轉變。"心之於色爲情",即心與物色交往會産生"情",這和佛教中"一切唯心造"(《華嚴經》)的觀點有關。然而,直觀外物,與之相通,可以"得乎性"。虞集言:"性之於心爲空,空與性等。空非惟性而有,亦不離空而性,必有空非性,而性固存矣。"這段話使用了佛教中觀派的雙重否定"非空非性",從而不落兩邊,不執著於一方。虞集認爲,只有採取這種"不二"的態度,纔會"暢然無遺,是有聞性者焉,自是而盡",達到直觀的心理狀態就是"聞性"。"性無一物不有欲求"説的是外物均想實現其本性,但是通過耳聞而達到"性",就像是去旅舍尋找早已離開的過客。"性"需要"取之非有其方,得之非睹其竅",即並非通過具體方法可以得性,得到的時候也並不看到其中奧妙。也就是説,"性"無賴於聲音和物象,無方取之,無物可求。

§ 175 袁宏道(1568—1610)《敘小修詩》:性靈説

【作者簡介】袁宏道(1568—1610),字中郎,號石公。湖北公安人。

萬曆二十年進士，歷任吳縣知縣、禮部主事、吏部驗封司主事、稽勳郎中。"公安派"主將，"公安三袁"中成就最高，反對摹擬復古，提出"獨抒性靈，不拘格套"的性靈說，又重視小說戲曲民歌。著有《袁中郎全集》。

  弟小修詩，散逸者多矣，存者僅此耳。余懼其復逸也，故刻之。弟少也慧，十歲餘即著《黃山》《雪》二賦，幾五千餘言，雖不大佳，然刻畫飣餖，傅以相如、太沖之法，視今之文士矜重以垂不朽者，無以異也。然弟自厭薄之，棄去。顧獨喜讀老子、莊周、列禦寇諸家言，皆自作注疏，多言外趣，旁及西方之書、教外之語，備極研究。既長，膽量愈廓，識見愈朗，的然以豪傑自命，而欲與一世之豪傑爲友。其視妻子之相聚，如鹿豕之與群而不相屬也；其視鄉里小兒，如牛馬之尾行而不可與一日居也。泛舟西陵，走馬塞上，窮覽燕、趙、齊、魯、吳、越之地，足跡所至，幾半天下，而詩文亦因之以日進。大都獨抒性靈，不拘格套，非從自己胸臆流出，不肯下筆。有時情與境會，頃刻千言，如水東注，令人奪魂。其間有佳處，亦有疵處，佳處自不必言，即疵處亦多本色獨造語。然予則極喜其疵處；而所謂佳者，尚不能不以粉飾蹈襲爲恨，以爲未能盡脫近代文人氣習故也。（YHDJJJ, juan 4, pp.201‑202）

  "獨抒性靈"，便在於自然抒發本真的情感，不拘泥於格式律條的規範。當性靈深受情境觸動時，即使表達得宣洩如注，間帶瑕疵也無妨。尤其是其間的瑕疵言語，反而更能體現抒情者的獨造本色。

§176 譚元春（1586—1637）《汪子戊己詩序》：直抒胸臆爲文的過程

  夫作詩者一情獨往，萬象俱開，口忽然吟，手忽然書。即手口原聽我胸中之所流,手口不能測,即胸中原聽我手口之所止,胸中不可强,而因以候於造化之毫釐,而或相遇於風水之來去,詩安往哉?汪子撫予臂大呼曰:"然則子試觀予近詩何如也!"(TYCJ, juan 23, p.863)

§ 177 陸時雍(明後期人)《詩鏡總論》:意爲自然的對立面

【作者簡介】陸時雍,字仲昭,一字昭仲,浙江桐鄉人。晚明布衣。崇禎六年中舉,得貢生。與周拱辰交好,時常唱和。晚年因事牽連入獄,死於獄中。編選有《古詩鏡》《唐詩鏡》,前有《詩鏡總論》,其大旨以神韻爲宗,情境爲主。另著有《楚辭疏》等。

詩不待意,即景自成。意不待尋,興情即是。王昌齡多意而多用之,李太白寡意而寡用之。昌齡得之椎練①,太白出於自然,然而昌齡之意象深矣。劉禹錫一往深情,寄言無限,隨物感興,往往調笑而成。"南宫舊吏來相問,何處淹留白髮生②?""舊人惟有何戡在,更與殷勤唱渭城③。"更有何意索得?此所以有水到渠成之説也。(LDSHXB, p.1420)

① 意謂推敲、錘煉。 ② 語出劉禹錫《徵還京師見舊番官馮叔達》。
③ 語出劉禹錫《與歌者何戡》。

"有意爲之"更被陸時雍視爲自然真情的對立面。"意"的另一層意思是自覺藝術創作的意圖。跟直接抒發感情不同,個體有意地對自己的情感進行加工和創作,這就是"意圖"之"意"。陸時雍這裏對意圖之意有很好的闡述。"王昌齡多意而多用之,李太白寡意而寡用之",不是説王昌齡之詩有很多意思,而李白之詩只有很少的意思;而是説王昌齡在進行詩歌創作時,往往帶有明顯的創作意圖,有意爲之;而李白創作時帶有一種率然而成的特點,很少是有意、用意、作意的。所以李白"出於自然",王昌齡"意象深矣"。下文説"劉禹錫一往深情,寄言無限,隨物感興",意思也是出於自然。由於唐宋詩之爭而引發了明人對"意"和"言"關係的重新討論。陸時雍這裏的觀點和謝榛觀點相似,認爲李白有"無意之意",王昌齡則是"有意之意"。

§178 陸時雍《詩鏡總論》：意爲情的對立面

少陵五古,材力作用,本之漢魏居多。第出手稍鈍,苦雕細琢,降爲唐音。夫一往而至者,情也;苦摹而出者,意也;若有若無者,情也;必然必不然者,意也。意死而情活,意迹而情神,意近而情遠,意僞而情真。情意之分,古今所由判矣。少陵精矣刻矣,高矣卓矣,然而未齊於古人者,以意勝也。假令以《古詩十九首》與少陵作,便是首首皆意。假令以《石壕》諸什與古人作,便是首首皆情。此皆有神往神來,不知而自至之妙。太白則幾及之矣。十五國風皆設爲其然而實不必然之詞,皆情也。晦翁說詩,皆以必然之意當之,失其旨矣。(*LDSHXB*, p.1414)

§179 王夫之(1619—1692) 評王世懋《橫塘春泛》：不關情者必俗

關情是雅俗鴻溝,不關情者貌雅必俗。然關情亦大不易,鍾、譚亦未嘗不以關情自賞,乃以措大攢眉、市井附耳之情爲情,則插入酸俗中爲甚。情有非可關之情者,關焉而無當於關,又奚足貴哉!敬美云："然非讀書窮理者不能。"此之謂也。(*MSPX*, pp.1510-1511)

王夫之雖也看重詩歌關情,但對所關之情的藝術性和審美雅俗有明確要求,如若抒寫"措大攢眉、市井附耳"之風情,便難免淪入"酸俗"。

§180　王夫之《豳風六論·論東山三》：言情的條件

有識之心而推諸物者焉，有不謀之物相值而生其心者焉。知斯二者，可與言情矣。天地之際，新故之跡，榮落之觀，流止之幾，欣厭之色，形於吾身以外者化也，生於吾身以內者心也；相值而相取，一俯一仰之際，幾與爲通，而渾然興矣。（SGZ, p.68）

這段舉出"有識之心"而"推諸物"和"不謀之物相值而生其心"兩種由內及外、由外及內的交感抒情模式，強調詩人要將個體感知經驗融入詩中，並用自己的語言進行表達，並認爲"知斯二者，可與言情矣"。身心與外物俯仰間相值相通，則情韻"渾然興矣"。這些對情的分析和闡述皆從藝術審美出發，看重的是詩歌抒情的內涵與生演機制，已非倫理道德價值。

§181　王夫之《古詩評選》評曹操《秋胡行》：意伏象外

當其始唱，不謀其中；言之已中，不知所畢；已畢之餘，波瀾合一，然後知始以此始，中以此中。此古人天文斐蔚夭矯引申之妙。蓋意伏象外，隨所至而與俱流，雖令尋行墨者，不測其緒。（GSPX, p.17）

§182　龐塏（1657—1725）《詩義固説》：性情胸中流出

【作者簡介】龐塏（1657—1725），字霽公，號雪崖，晚號牧翁。直隸任丘（今河北）人。康熙十四年舉人。十八年召試博學鴻詞，授翰林院檢討，分修《明史》，歷官內閣中書、工部主事、户部郎中、建寧府知府。工詩文，有《詩義固説》《叢碧山房集》。

嚴滄浪以禪説詩，有未盡處，余舉而補之。禪者云："從門入者，不是家珍，須自己胸中流出，然後照天照地。"[①]詩用故事字眼，皆"從門入者"也。能抒寫性情，是"胸中流出"者也。

① 出《碧巖錄》。

禪者云："萬事引歸自己。"近時題咏詩,多就軸上册頭,描模着語,於己毫無關涉,此詩作他何用? 必須寫入自己,乃有情也。

禪者云："打成一片。"②詩有賓有主,有景有情,須如四肢百骸,連合具體。若泛填濫寫,牛頭馬身,參錯支離,成得甚物? 亦須"打成一片"乃得。

② 出《五燈會元》。

禪者云："佛法事事現成。"唯詩亦然。作一詩,題前題後,題內題外,原有現成情景在,只要追尋得到,情景自出耳。

禪者云："莫將父母生身鼻孔扭捏。"③作詩任真而出,自有妙境,若一作穿鑿,失自然之旨,極其成就,不過野狐④外道,風力所轉耳。

③ 出《五燈會元》。　④ 野狐禪,禪宗對修禪流入邪僻者的譏諷語。

禪者云："生路漸熟,熟路漸生。"⑤勦拉⑥字眼,塗抹煙雲,詩家熟路也。由志敷言,即言見志,生路也。學者一意爲言志之詩,不屑爲修詞之詩,初時亦覺難入,追琢既久,自覺有階可升,勦拉塗抹之途荒,而抒意言志之途熟,便可到家矣。（QSHXB, pp.739－740）

⑤ 出《紫柏尊者全集》。　⑥ 抄襲、抽取,"勦",音 chāo,抄襲。

這些援禪論詩之語,皆反對"泛填濫寫"、專注典故字眼的"修詞之詩",反復强調作詩與自己的關涉,與胸中真情的聯結,以求有景有情,任真而出,以達抒意言志的"自然之旨",正可視爲對袁宏道"獨抒性靈,不拘格套"之説的承續。

【第 6.3 部分參考書目】

朱良志著：《論〈詩家一指〉的"實境"説》,《北京大學學報》2016 年第

4 期,頁 43—53。

陳廣宏著:《竟陵派研究》,上海:復旦大學出版社,2006 年,頁 335—345。

周群著:《儒釋道與晚明文學思潮》,上海:上海書店,2000 年,頁 196—280。

6.4　明末清代郝敬等人的"兩種性情"説

　　孔子删定的《三百篇》中,爲何有那麽多頗爲露骨地描寫男女情愛的篇章? 這是歷代説詩人爭論不休的問題。爲了解釋此謎團,説詩人不僅發明各種不同的詮釋方式,而且還提出了新的"性情"論,爲其詮釋方式提供理論根據。

　　毛序處理情詩的方法是對情愛内容一概不加以評論,只點明詩篇的諷喻意義及其涉及的歷史人物。朱傳則嚴厲批評毛序視而不見露骨淫穢的情愛描寫,認爲這些詩就是"淫奔"者之直言,毛序所謂深刻的諷喻意義多半是憑空捏造出來的。孔聖把這些"淫奔"詩留存於《詩》中,只是要讓它們起一種戒示作用。

　　至明代,面對《詩經》中露骨描寫情愛的作品,郝敬不遺餘力地反駁朱熹的"淫詩"説。一方面,他認爲男女情愛絶非等於淫穢。這種對男女之情的認同已廣見於當時戲曲詩歌等創作,湯顯祖等人甚至將男女之情推到至高位置。在這一背景下,郝敬指出,《詩經》本身就包涵兩種情感,一是字面上所描寫的詩中人物之情,這類情感在《國風》中以男女之情見多。對於詩中男女之情，郝敬以"人道之始"視之，並肯定男女之音易於感人的特質。而且，郝敬指出《詩經》托興於男女，却"非盡男女之事也"，這就涉及《詩》中第二種情感，即風人借男女情愛來表達的情志，以美刺的意願爲主。郝敬在此揭示出風人"托詠男女"，以及多用女子語的緣由，是出於婦女之辭"悠柔可風"，從而因勢利導，以正性情。由於《詩》經過聖人删定，被諸弦樂，加序盡意，所以，這些情詩不僅承載原作者的諷喻之志，還融入聖人之情。郝敬這種對詩歌性情的闡述，將風人之情融入聖人之情，可視爲一種"二重性情説"。

另一方面，郝敬認爲朱熹解詩以直代曲，違背"溫柔敦厚""主文譎諫"的詩旨。他在《毛詩原解》中鞭撻宋元以來奉爲圭臬的朱熹《詩集傳》，認爲其"求詩意於辭内"，並及"切直"的解釋方法，都有違"含蓄溫厚"的詩歌本質，轉而標舉"溫柔敦厚"。郝敬肯定毛詩《古序》"以意逆志""求詩意於辭外"的價值，重建毛詩《古序》的經典權威。由此一來，朱熹對所謂"淫詩"的解讀便只看見"辭"層面的男女情愛，而意識不到"辭"後更完美高尚的風人之情。換言之，前者只是載體，而後者是所載。郝氏對兩者的關係作了以下闡述：他認爲，情詩所載不僅僅是原作者諷喻之志，更重要的是它們還融入了聖人之情。聖人不僅"録其辭，被諸管弦，協之音律以平其躁，釋其慾，宣其壅，窒其淫"，還裁定了古序。朱氏不見情詩所載的風人聖人之情，這樣連載體的意義也弄錯了，因而誤認它們爲"淫哇之曲"。載體與所載俱失，故性情之道全喪矣。

在批駁朱傳的基礎上，郝敬確立毛詩《古序》的權威，將原本只用來描述政教作用的"溫柔敦厚",標舉為儒家經典的《詩》特有的諷喻言情方式,乃至論詩的最高原則。郝敬肯定毛詩《古序》"以意逆志""求詩意於辭外"的價值,重建毛詩《古序》的經典權威。由此一來,朱熹對所謂"淫詩"的解讀便只看見"辭"層面的男女情愛,而未領會"辭"後溫柔敦厚的性情。

同時,郝敬還反對朱熹將賦比興解作修辭方式,而是將其視為作《詩》、讀《詩》時言辭與情志互動的描述。在郝敬之前,明代李東陽、王廷相等人已申明託物寓情、立意比興的抒情價值。郝敬認為:"興者,詩之情,詩盡乎興矣。故六義以風始,以興終。明乎風與興而詩幾矣。"他還將興、觀、群、怨的"興"與賦、比、興的"興"等同,把二者同解為"情",賦和比也是"興情"的表達方式,三者相互依賴,且統歸於興情。於是,人心"感動發越"下的各種諷吟表現皆歸為"興",詩的感人心、移風俗功能亦歸之於"興"。對於《詩經》的賦比興傳統,郝敬的解說有兩大獨創:一是以情論興,二是將興比於《易》象。其中,興是作詩讀詩的感動觸發之情,風、雅、頌、賦、比、興皆統歸於興,賦是興之辭,比則是一種"不欲顯託於物"的賦。所以,興是詩之靈魂,是毛詩《古序》所找尋的辭外之情,而郝敬解興為情,也新創一種"興情"說,也為溝通風人之情和聖人之情提供階梯,從而達到含蓄蘊藉、溫柔敦厚的詩歌情志理想。郝敬的詩學理論不僅開清代以"溫柔敦厚"論詩論詞的先河,其"兩種性情"和"解興為情"等論也直接或間接地影響了黃宗羲(1610—1695)、王夫之(1619—1692)、朱彝尊(1629—1709)、紀昀(1724—1805)、章學誠(1738—1801)等清代文論家。

詩人如何將個人之情升華爲"萬古之性情",進而寫出含蓄蘊藉、"温柔敦厚"的作品?這是清初以降黄宗羲、王夫之、沈德潛等人詩論,以及常州詞派張惠言、周濟等人比興寄託説的核心論題。他們對此論題的闡説大同小異,而且都與郝敬的"兩種性情説"、以情論興説相映照。入清以後,黄宗羲、沈德潛等人對明人兩派情説進行了糾正和批判,不僅重新定義了情,而且開拓了與此新的情説相匹配的創作方式。比如,黄宗羲在批判明代復古派和反復古派過程中,也區分出真意流動的"情至之情"和作爲假情的"不及情之情"。其《黄孚先詩序》將批判矛頭直接對準徐渭、李贄所鼓吹的直接的情感宣洩。他還將"情至之情"分作觸景感物的一時性情,與合乎温柔敦厚之旨的萬古性情。這些論述實與郝敬論《詩》中的風人男女之情與聖人之情一脈相承。不過,黄宗羲將文人逐臣的怨語也歸爲俗情,而未將風人諷喻與聖人之情相連,他對明代復古派、反復古派有關抒情的批評,最終並未指向"温柔敦厚"的詩歌本質,就此而言可謂破而未立。此外,王夫之的"四情説",也與郝敬以情論興、貫通賦比興的觀念相承,這些解讀都令"温柔敦厚"從儒家詩教原則轉爲系統的詩歌藝術理論。

　　在郝敬以《詩經》的比興創作論來溝通二重性情後,沈德潛進一步深化"温柔敦厚""主文譎諫"之旨,關注創作過程中,比興的内容如何轉化爲創作的情緒。他主張"託物連類""借物引懷""比興互陳,反覆唱歎",以比興之象若隱若現的藝術效果,來體現寄託在内的情感。並且,沈德潛詩論既將道德情感轉化爲審美情感,同時又追求比興之辭具有深刻性,由此在藝術化的情感中融入道德内涵。正是這種新的情感論,爲清代詞界常州派等代言體創作提供學理支撐,乃至於張惠言、周濟、陳廷焯等人將抒寫男女之情的艷詩奉爲創作楷模,以怨夫思婦之懷,寓託君子的道德性情。所以,在黄宗羲之後的沈德潛、張惠言等人所認可的情的内容都具有深刻道德意義,他們更强調如何把具有道德感的情升華成藝術境界。

郝敬的"興情"說,沈德潛乃至常州詞派的比興寄託,特舉所託物象與道德情感間的聯結,並通過比興託喻,超越第一層的男女個人情感,以君子的道德性情爲指歸。黄宗羲、沈德潛等人詩論,和常州派張惠言、周濟、陳廷焯、况周頤等人的比興寄託詞論,與漢唐儒家詩論不同,他們所追求的不是簡單直接的政治諷喻,而是道德和情感的完美融合,成爲一種心境、一種性情。他們無不認爲,詩人必須從風騷傳統找到升華情感的途徑,只是所師的對象有所不同。至清末,况周頤對詞境和"詞貴有寄託"又有更進一步的討論。一方面,他提出參情直覺超越物我之分,"風雲江山"的等外物與詞人"萬不得已"之心情都相互交融,乃至物我兩忘。另一方面,况氏對"寄託"關注,也繼承了常州派提倡寄託風教的儒家詩學。他在前人基礎上,拈出"性靈"一詞來重新定義"寄託",以求再進一步對儒家詩學進行審美化的改造。在某種意義上,况氏參情直覺説的建立,可視之爲清人,尤其是常州派對儒家詩學虛化、審美化改造工程的巔峰。明清各種性靈説一直是清代儒家詩學攻擊的對象,而况氏却毫無顧忌地用"性靈"來定義"寄託"這個核心儒家詩學原則,充分顯示他超越門户之見,敢於創新的勇氣和魄力。包括此前沈德潛等人的情感創作論,也在不同程度上對明代復古派有所繼承。這也告訴我們,探研明清創作論的發展,不應只注意復古和反復古派、唯美和詩教傳統的對立,而忽視了兩個傳統之間的相互影響、相互吸收的一面。

§ 183　＊孔穎達(574—648)《毛詩正義》:解興

興者,興起志意讚揚之辭,故云見今之美以喻勸之。……鄭司農云:"比者,比方於物。諸言如者,皆比辭也。"司農又云:"興者,託事於物則興者起也。取譬引類,起發己心,詩文諸舉草木鳥獸以見意者,皆興辭也。"(*MSZY*, p.271)

§ 184　＊劉勰(約465—約520或532)《文心雕龍》:解興

詩文弘奧,包韞六義,毛公述傳,獨標興體,豈不以風通而賦同,比顯而興隱哉!故比者,附也;興者,起也。附理者切類以指事,起情者依微以擬議。起情故興體以立,附理故比例以生。比則畜憤以斥言,興則環譬以記諷。蓋隨時之義不一,故詩人之志有二也。(*WXDLZ*, *juan* 8, p.601);

§ 185　郝敬(1558—1639)《毛詩原解》:二重情性說的源頭

《詩》多男女之詠,何也?曰:夫婦,人道之始也,故情欲莫甚於男女,廉恥莫大於中閨。禮義養於閨門者最深,而聲音發於男女者易感,故凡《詩》托興男女者,和動之音,性情之始,非盡男女之事也。(*QMSH*, p.2859)

男女生人,至情恒人,心緒牢騷,則托詠男女,而爲女子語常多。蓋男子陽剛躁擾,女子陰柔幽靜。性情之秘,鍾于女子最深,而辭切婦女,最悠柔可風。故聖人録其辭,被諸管弦,協之音律,以平其躁,釋其慾,宣其壅,窒其淫,因人情而利導之也。後之爲詩者,不達此旨,一逕爲淫哇之曲,去本遂遠。而説《詩》者,併祇聖人刪正之辭爲淫詩,亦豈知性情之道者乎? (QMSH, p.2863)

郝敬認爲朱氏簡單地把詩讀成詩中人物的自述,完全違背了詩"温柔敦厚""主文譎諫"的本質。朱氏以直代曲的讀詩法,是"以辭害志",讓讀詩人只看見"辭"層面上的男女情愛,而不意識到"辭"後有更加完美高尚的風人之情。換言之,前者只是載體,而後者是所載。

郝氏還認爲,情詩所載不僅僅是原作者諷喻之志,更重要的是它們還融入了聖人之情。聖人不僅"録其辭,被諸管弦,協之音律以平其躁,釋其慾,宣其壅,窒其淫",還裁定了古序。朱氏不見情詩所載之風人聖人之情,這樣連載體的意義也弄錯了,誤認它們爲"淫哇之曲"。載體與所載俱失,故性情之道全喪矣。

§ 186 郝敬《藝圃傖談》:論興與情

《詩》有六藝:風、雅、頌,析爲三經;而賦、比、興,非判爲三緯也。經始於風,變而爲雅,再變而爲頌。頌去風浸遠,然無風不可以爲詩,雖雅頌亦風也。緯始於賦,中於比,終於興。興者,詩之情,詩盡乎興矣。故六義以風始,以興終。明乎風與興而詩幾矣。《易》曰:"巽爲風。"詩者,巽言也。風入爲聲,風行而聲達,造化所以鼓舞群動也,故曰興於詩。聞風興起,則異世同神,故風首三經。"二南",文王所以興起百世也。賦比無興,不可以爲賦比;雅頌無風,不可以爲雅頌。今謂某詩爲賦爲比,某詩爲興,謬也。雖風豈無雅,"二南"與"豳",亦雅也。頌豈無風,《魯頌》亦風也,而三緯可推矣。(YPCT, juan 1, p.2115)

六義不越情、事、辭三者而已。感動爲情,即境爲事,敷陳爲辭。興因情發,比觸境生,賦以辭成。風主情,雅主事,頌主辭。情有悲歡,故風多感動。境爲實事,故雅多獻替。辭本聲音,故頌用登歌。經緯變合,六義互而生詩。漢魏以來,六義不明,以興爲托物,以比爲借喻,以賦爲直陳,各不相屬,六義分裂,何可言詩?

從來說詩,以托物爲興,惟鍾嶸《詩品》云:"文已盡而義有餘者,興也。"此語得之。蓋人心無影,感動發越,胦蠜而成詩。其攄情爲志,逶迤旁薄,不主一端。即事引伸,變動周遊,可諷吟而不可切循,心能會而口不能言者,皆興也。故目之所察者淺,耳之所入者深。玄黃黼黻,一覽無餘。惟聲音詠嘆,使人心曠神怡,能動天地,泣鬼神,移風易俗者,興之所謂也。(YPCT, juan 1, p.2117)

§ 187 黃宗羲(1610—1695)《馬雪航詩序》:一時之情與萬古之情

【作者簡介】黃宗羲(1610—1695)字太沖,號梨洲、南雷,浙江餘姚人,世稱"梨洲先生"。明遺民、明末清初經學家、史學家、哲學家、詩文家。父黃尊素爲魏忠賢害死於獄中,黃宗羲入京伸冤,以錐擊刺仇人,聲名四傳。及歸,師事晚明儒學家劉宗周,南明弘光年間,受阮大鋮迫害,被捕入獄。弘光朝覆滅,乃逃回浙東。清兵南下,隱居著述講學。康熙十八年,薦博學鴻詞,十九年,薦修《明史》,均拒絕。黃宗羲學問淵博,著作宏富,有《明儒學案》《宋元學案》《明夷待訪錄》等。

詩以道性情，夫人而能言之，然自古以來，詩之美者多矣，而知性者何其少也。蓋有一時之性情，有萬古之性情。夫吳歈越唱，怨女逐臣，觸景感物，言乎其所不得不言，此一時之性情也。孔子刪之，以合乎興、觀、群、怨、思無邪之旨，此萬古之性情也。（HZXQJ, vol.10, p.91）

§ 188　黃宗羲《黃孚先詩序》：不及情之情與情至之情的區別

情者，可以貫金石、動鬼神。古之人情與物相遊而不能相舍①，不但忠臣之事其君，孝子之事其親，思婦勞人，結不可解，即風雲月露、草木蟲魚，無一非真意之流通。故無溢言曼辭②以入章句，無諂笑柔色以資應酬，唯其有之，是以似之。今人亦何情之有？情隨事轉，事因世變，乾啼濕哭。總爲膚受，即其父母兄弟，亦若敗梗③飛絮，適相遭於江湖之上。勞苦倦極，未嘗不呼天也；疾痛慘怛④，未嘗不呼父母也，然而習心幻結，俄頃銷亡，其發於心、著於聲者，未可便謂之情也。由此論之，今人之詩，非不出於性情也，以無性情之可出也。

孚先⑤情意真摯，不隨世俗波委。余避地海濱，孚先憫其流離，形諸夢寐，作詩見懷：「旅月仍圓夜，秋風獨臥身。」讀之恍然見古人之性情焉。是故有孚先之性情，而後可持孚先之議論耳。不然以不及情之情，與情至之情，較其離合於長吟高嘯之間，以爲同出於情也，竊恐似之而非矣。（HZXQJ, vol.10, pp.31－32）

①　相分離。　②　美飾的言辭。　③　乾枯的植物根莖。　④　音 dá，憂傷悲苦。　⑤　即黃孚先。

到了清代,不少論詩家認爲從前的言情説較爲粗俗流鄙,所以提出了"温柔敦厚説",對明代兩派言情理論的糾正,復古派如徐禎卿、謝榛等強調對"情"的藝術改造,創作過程就是把"情"上升到藝術境界的過程。而反復古派則強調真情實意,不經過藝術人爲加工直接表達,與生活現實有直接關係的"情"。這裏黄宗羲的這段話是對從前言情説中"情"的内容的批評,黄宗羲對兩派都加以批評。首先"無一非真意之流通,故無溢言曼辭以入章句,無諂笑柔色以資應酬",似乎是對復古派專事模仿的批評,然後"習心幻結,俄頃銷亡,其發於心著於聲者,未可便謂之情也",則是對反復古派不講道德意義的情説的批評。以後的沈德潛、張惠言等人所認可的情的内容都是有深刻道德意義的情,不過和黄宗羲這裏説的不同,他們更強調如何把情創作成藝術境界。此段借用了司馬遷《屈原列傳》有關觸事生情,直抒胸臆的描述:"人窮則反本,故勞苦倦極,未嘗不呼天也;疾痛慘怛,未嘗不呼父母也。"

§189 李東陽(1447—1516)《麓堂詩話》:情與比興

詩有三義,賦止居一,而比興居其二。所謂比與興者,皆託物寓情而爲之者也。蓋正言直述,則易於窮盡,而難於感發。惟有所寓託,形容摹寫,反復諷詠,以俟人之自得,言有盡而意無窮,則神爽飛動,手舞足蹈而不自覺,此詩之所以貴情思而輕事實也。(*LDSHXB*, pp.1374 - 1375)

§190 王廷相(1474—1544)《與郭價夫大學士論詩書》:意象爲情的藝術升華

夫詩貴意象透瑩,不喜事實粘著,古謂水中之月,鏡中之影,可以目睹,難以實求是也。《三百篇》比興雜出,意在辭表;《離騷》引喻借論,不露本情。東國困於賦役,不曰天之恫也,曰

"維南有箕,不可以簸揚;維北有斗,不可以挹酒漿",則天之不恤自見。齊俗婚禮廢壞,不曰"婿不親迎"也,曰"俟我於著乎而,充耳以素乎而,尚之以璚華乎而",則婿不親迎可測。……若夫子美《北征》之篇,昌黎《南山》之作,玉川《月蝕》之詞,微之《陽城》之什,漫敷繁敘,填事委實,言多趁帖,情出附軫。此則詩人之變體,騷壇之旁軌也。淺學曲士,志乏尚友,性寡神識,心驚目駭,遂區軫不能辯矣。嗟乎！言徵實則寡餘味也,情直致而難動物也。故示以意象,使人思而咀之,感而契之,邈哉深矣,此詩之大致也。(*WTXJ*, *juan* 28, pp.502－503)

§191 馮舒(1593—1649)《家弟定遠遊仙詩序》：比興爲虛無惝怳之詞

大抵詩言志,志者,心所之也。心有在所,未可直陳,則託爲虛無惝怳之詞,以寄幽憂騷屑之意。昔人立意比興,其凡若此。自古及今,未之或改。(*DYQJ*, p.37)

§192 尤侗(1618—1704)《第七才子書》：批戲劇中之俗情

【作者簡介】尤侗(1618—1704),字展成,一字同人,號是三中子、悔庵、艮齋、西堂老人、鶴棲老人、梅花道人等,蘇州府長洲(今江蘇蘇州)人。明末清初詩人和戲曲家。受順治帝讚賞,被譽爲"真才子",康熙帝稱其爲"老名士"。著有《西堂文集》《西堂詩集》《西堂雜組》等。

然元人雜劇五百餘本,明之南詞,乃不可更僕數,大半街談巷說,荒唐乎鬼神,纏綿乎男女,使人目搖心蕩,隨波而溺,求其情文曲致,哀樂移人,風以動之,教以化之者,萬不獲一也。(*JZYHXDQCZS*, pp.4－5)

§ 193　沈德潛(1673—1769)《説詩晬語》：反復唱歎而情深

事難顯陳，理難言罄，每託物連類以形之；鬱情欲舒，天機隨觸，每借物引懷以抒之；比興互陳，反覆唱歎，而中藏之懽愉慘戚，隱躍欲傳，其言淺，其情深也。倘質直敷陳，絶無藴蓄，以無情之語而欲動人之情，難矣。(QSH, p.523)

這裏闡發的是温柔敦厚的詩教觀，即《詩大序》中"主文而譎諫，言之者無罪，聞之者足以戒"的觀點，但是這裏的温柔敦厚已經不是抽象的概念，這裏強調的是温柔敦厚的藝術境界的創作，強調了言淺情深，隱約不直言，即比興等詩教觀點。

§ 194　張惠言(1761—1802)《詞選序》：《詩經》代言體與詞的寫作

詞者，蓋出于唐之詩人，採樂府之音，以制新律，因繫①其詞，故曰"詞"。傳曰："意內而言外，謂之詞。"②其緣情造端③，興于微言，以相感動，極命④風謡⑤。里巷男女，哀樂以道⑥。賢人君子幽約怨悱不能自言之情，低徊要眇，以喻其致。蓋《詩》之比興，變風之義⑦，騷人之歌，則近之矣。然以其文小，其聲哀，放者爲之，或跌蕩靡麗，雜以昌狂俳優，然要其至者，莫不惻隱盱⑧愉，感物而發，觸類條鬯⑨，各有所歸，非苟爲雕琢曼辭而已。(CX, pp.6－7)

①連綴、依附。　②許慎《説文解字》中爲"詞"一字下定義，謂："詞，意內而言外也。"訓釋經義稱爲傳，故張惠言這裏將解釋字義的《説文解字》引作"傳"。　③因緣於、順著情感而發端。　④尤其表現於、窮盡於。　⑤民間歌曲。　⑥得以表達。　⑦《詩經》訓釋者一般將《國風》中《邶風》至《豳風》等十三國的詩作稱爲"變風"，與"正風"相對，被認爲是因王道衰而作。　⑧"盱"，音 xū，張目凝視，這裏表示憂愁。　⑨音

chàng,通暢,暢達。

這裏將《詩經》的比興代言之說引申至詞論。張惠言將詞體所寫的男女哀樂、賢人君子的幽約怨悱與《詩》之比興、變風之義等觀,提倡學習《詩經》的代言體,借里巷男女之事抒發君子之情志。他還指出詞體短小,特具"惻隱盱愉,感物而發"之質,以求消除"雕琢曼辭"的成見。

§195 周濟(1781—1839)《宋四家詞選目錄序論》:情非概念化的寄託

【作者簡介】周濟(1781—1839),字保緒,又字介存,號未齋,又號止庵,江蘇荆溪(今江蘇宜興)人,清朝詞人、詞論家。嘉慶十年進士,曾官淮安府府學教授,後辭官隱居。晚復任教授。周濟繼承了張惠言的詞論傳統,被稱爲常州詞派的理論家。周濟論詞強調寄託,著有《味雋齋詞》《詞辨》《介存齋論詞雜著》《晉略》。編有《宋四家詞選》。

夫詞,非寄託不入,專寄託不出。一物一事,引而伸之,觸類多通,驅心若遊絲之胃①飛英,含毫如郢斤之斲蠅翼②,以無厚入有閒,既習已,意感偶生,假類畢達,閱載千百,罄欬③弗違,斯入矣。賦情獨深,逐境必寤,醞釀日久,冥發妄中,雖鋪叙平淡,摹繢④淺近,而萬感橫集,五中⑤無主;讀其篇者,臨淵窺魚,意爲魴鯉,中宵驚電,罔識東西,赤子隨母笑啼,鄉人緣劇喜怒,抑可謂能出矣。(*SSJCX*, p.2)

① 音 juàn,綱、環繞。　② 楚郢中巧匠名石,運斧成風,削去郢人鼻端如蟬翼一般輕薄的白土。"斲",音 zhuó,砍、削。　③ 音 qǐng kài,談吐。　④ 描摹繪畫。　⑤ 五臟,有時借指内心。

周濟直接標舉詞情中的非概念化寄託,也像沈德潛那樣強調託物連類,並拈出"寄託"一詞作理論的總結。比興寄託,"觸類多通",從《詩》的男女抒情傳統演爲詞的創作傳統,足以體現比興式情境結合的創作方法在明清詩學中的發展延續,不過周濟所描繪的"寄託"是更爲複雜的、乃至

§ 196 陳廷焯(1853—1892)《白雨齋詞話》：沉郁説

【作者簡介】陳廷焯(1853—1892)，字亦峰，丹徒(今屬江蘇鎮江)人，流寓泰州。清代詞人、詞論家。光緒十四年舉人，所著《白雨齋詞話》原十卷，生前未刊，後由其門人許正詩等整理、其父陳鐵峰審定，刪成八卷，光緒二十年刊行。陳廷焯著有《雲韶集》《詞壇叢話》《詞則》。

　　所謂沉鬱者，意在筆先，神餘言外。寫怨夫思婦之懷，寓孽子孤臣之感。凡交情之冷淡，身世之飄零，皆可於一草一木發之。而發之又必若隱若見，欲露不露，反復纏綿，終不許一語道破。匪獨體格之高，亦見性情之厚。飛卿詞，如"懶起畫蛾眉，弄妝梳洗遲"①，無限傷心，溢於言表。又"春夢正關情，鏡中蟬鬢輕"②，淒涼哀怨，真有欲言難言之苦。又"花落子規啼，綠窗殘夢迷"③，又"鸞鏡與花枝，此情誰得知"④，皆含深意。(BYZCH, pp.5－6)

　　① 語出溫庭筠《菩薩蠻·小山重疊金明滅》。　② 語出溫庭筠《菩薩蠻·杏花寒露團香雪》。　③ 語出溫庭筠《菩薩蠻·玉樓明月長相憶》。　④ 語出溫庭筠《菩薩蠻·寶函鈿雀金䴏鶒》。

　　陳廷焯提出了一個新的藝術範疇"沉鬱"。"沉鬱"即把豐富的道德情感轉化爲藝術的意境，而這種意境就是"沉鬱"，強調"體格之高"與"性情之厚"，並認爲"終不許一語道破"，認爲詩句不光説男女之事，也講了"孽子孤臣之感"。

【第 6.3 部分參考書目】

董玲著：《郝敬思想研究》，北京：中國社會科學出版社，2011 年。

劉毓慶著:《從經學到文學——明代〈詩經〉學史論》,北京:商務印書館,2001年。

6.5 晚清改良派和革命派的情感說

　　從復古派到公安、竟陵等唯美情感論者,有關情感的創作論發生審美藝術化的轉變,明末清初新的情感論則是對復古派情感論的進一步發展:在將創作情感藝術化的過程中融入道德內涵。降及晚清,詩壇的情感創作論轉而更近於徐渭、李贄等反復古派,拋開復古、禮教等各種框條的約束,強調情感的自然流露、無忌直陳。不過,晚清改良派和革命派的情感說,較李贄等人而言更側重社會關懷。例如,龔自珍的感情觀是沿著反復古派所強調的"情"發展的。《病梅館記》這篇寓言式散文讀起來也像是將李贄"順其性"的口號用比喻的方式進行精心改寫而成。蘇杭文人對樹"斫其正,養其旁條,刪其密,夭其稚枝,鋤其直,遏其生氣"的扭曲,影射的似乎正是理學指導"溫柔敦厚""止乎禮義",經過修飾剪裁的"情"。龔自珍藉著主流文人對梅之美的定義,對當時占據主流的"溫柔敦厚"情感傳統提出了質疑,認為其扭曲人的自然天性。這種理學觀念指導下的情感,在"止乎禮義"等框條約束中,已被修飾剪裁得泯滅了真性情與活力。於是,他"乃誓療之、縱之、順之,毀其盆,悉埋于地,解其椶縛;以五年為期,必復之全之"。這一復全梅樹的行為,隱喻著沿襲李贄"順其性"的意旨。

　　龔自珍等晚清詩家在繼承自然宣洩情感說之下,還立足於當時的社會形勢,追求在打破封建枷鎖、"順其性"的基礎上,通過詩歌的創作來培養健全人格,從而通經治世,乃至擔負拯救國家之大任。在崇尚自我的詩歌寫作觀念下,康有爲等改良派或革命派的詩文風格、意象已迥異於浙派詩詞的唯美纖細,而是充滿奔放豪情,具有改革社會的氣勢。魯迅則通過讚美摩羅派詩歌的反抗精神,主張詩人發揮英雄偉力,打破傳統的權威與桎梏,喚醒、鼓動時人内心深處的情感,引領自我解放與社會革命。王國維則標舉元曲"摹寫其胸中之感想與時代之情狀,而真摯之理與秀傑之氣時流露於其間",以此彰顯自然抒寫自我的情感力量。

晚清改良派和革命派的情感創作論,與當時的社會形勢緊密相關,他們同樣追求情感的直接表達,以求找尋個性,自我啓蒙,乃至破除舊意識形態,拯救社會。所以,這種背景下的具體創作主張會具有更強烈的反傳統色彩。至魯迅等人,已將這種承自明代反復古諸子,同時勾聯西方浪漫主義精神傳統的性情説化作武器,挑戰整個社會的意識形態。

§ 197　龔自珍(1792—1841)《病梅館記》:情間接育人的作用

江寧之龍蟠,蘇州之鄧尉,杭州之西谿,皆產梅。或曰:梅以曲爲美,直則無姿;以欹爲美,正則無景;梅以疏爲美,密則無態。固也。此文人畫士,心知其意,未可明詔大號,以繩天下之梅也;又不可以使天下之民,斫直,删密,鋤正,以夭梅、病梅爲業以求錢也。梅之欹、之疏、之曲,又非蠢蠢求錢之民,能以其智力爲也。有以文人畫士孤癖之隱,明告鬻梅者,斫其正,養其旁條,删其密,夭其稚枝,鋤其直,遏其生氣,以求重價;而江浙之梅皆病。文人畫士之禍之烈至此哉!予購三百盆,皆病者,無一完者,既泣之三日,乃誓療之。縱之,順之,毀其盆,悉埋於地,解其棕縛;以五年爲期,必復之全之。予本非文人畫士,甘受詬厲,闢病梅之館以貯之。嗚呼!安得使予多暇日,又多閒田,以廣貯江寧、杭州、蘇州之病梅,窮予生之光陰以療梅也哉?(*GZZQJ*, pp.186–187)

§198 龔自珍《書湯海秋詩集後》:以情識人

人以詩名,詩尤以人名。……皆詩與人爲一,人外無詩,詩外無人,其面目也完。益陽湯鵬,海秋其字,有詩三千餘篇,芟而存之二千餘篇,評者無慮數十家,最後屬龔鞏祚一言,鞏祚亦一言而已,曰:完。何以謂之完也?海秋心迹盡在是,所欲言者在是,所不欲言而卒不能不言在是,所不欲言而竟不言,於所不言求其言亦在是。要不肯捋摭他人之言以爲己言,任舉一篇,無論識與不識,曰:此湯益陽之詩。(*GZZQJ*, p.241)

李贄的情感論,極大影響了龔自珍的文學觀、宇宙觀。龔氏情感論立足於當時社會狀況,十分強調情感的間接作用——由宣洩到培養情感、以達到改造社會的作用。最後的"窮予生之光陰以療梅",表明了他與壓抑個人感情的文學和政治體制作鬥爭的決心,以及對個體情感、思想自由的提倡。同時,文中極強的隱喻,某種程度上也類似於李贄"因其政而不異其俗,順其性而不拂其能","自然發於情性,則自然止乎禮義,非情性之外復有禮義"的化用。

§199 龔自珍《長短言自序》:情不能磨滅

情之爲物也,亦嘗有意乎鋤之矣;鋤之不能,而反宥之;宥之不已,而反尊之。……是非欲尊情者耶?且惟其尊之,是以爲《宥情》之書一通;且惟其宥之,是以十五年鋤之而卒不克。(GZZQJ, p.232)

龔自珍在《宥情》中含而不露地表達了其對情感表達的贊同,後來在《長短言自序》中闡明;他不但否定程朱理學對情感的批判態度,同時也不甚贊同佛教對情感的攻訐。情感是原始人性的一部分,"陰氣沈沈而來襲心,不知何病",并且鋤之不得、宥之不能。龔自珍的文學批評,對晚清之後學者影響極大,"光緒間謂新學家者,大率人人皆經過崇拜龔氏之一時期"[1],這也使得對"情"之反思成爲晚清學者的任務之一[2]。

§200 康有爲(1858—1927)《〈南海先生詩集〉自序》:情境陰陽説

詩者,言之有節文者耶!凡人情志鬱於中,境遇交於外,境遇之交壓也瓌異,則情志之鬱積也深厚。情者陰也,境者陽也;情幽幽而相襲,境娓娓而相發。陰陽愈交迫,則愈變化而旁薄,又有禮俗文例以節奏之,故積極而發,瀉如江河,舒如行雲,奔如卷潮,怒如驚雷,咽如溜灘,折如引泉,飛如驟雨。其或因境而移情,樂喜不同,哀怒異時,則又玉磬鏗鏗,和管鏘鏘,鐵笛裂裂,琴絲愔愔,皆自然而不可以已者哉!

夫有元氣,則蒸而爲熱,軋而成響,磨而生光,合沓變化而成山川,躍裂而爲火山流金,匯聚而爲大海回波。塊軋有芒,大塊文章。豈故爲之哉?亦不得已也。(KYWZLJ, p.640)

---

[1] 梁啓超:《論中國學術思想變遷之大勢(1902)》,《飲冰室合集·文集》,北京:中華書局,1936年,第7册,卷一,第97頁。
[2] 見蔡宗齊:"情"之再思考:晚清時期中國傳統文學批評的轉型》,《中國美學研究》,2018年,第292頁。

在崇尚自我，發揮情感力量的創作觀念下，改良派或革命派的詩文風格、意象已迥異於浙派詩詞的唯美纖細，而是充滿奔放豪情，具有改革社會的氣勢。這種開闊起伏，富有情感宣洩力的文字，正與當時的社會改革風潮相映照。

§ 201　梁啓超(1873—1929)《論小説與羣治之關係》：情作爲直接啓發社會的媒介

人之讀一小説也，不知不覺之間，而眼識爲之迷漾，而腦筋爲之搖颺，而神經爲之營注，今日變一二焉，明日變一二焉，刹那刹那，相斷相續，久之而此小説之境界，遂入其靈臺而據之，成爲一特別之原質之種子。由此種子故，他日又更有所觸所受者，旦旦而熏之，種子愈盛，而又以之熏他人。(YBSHJ, vol.10, p.6)

在批判儒家傳統情感論抑制自由情感的基礎上，梁啓超進一步建立自己的小説理論。情感的直接動力帶來對個體、他人乃至社會的影響，從而改造世界。雖然在分析小説作用、譴責封建情感時，梁啓超使用了和儒家論詩類似的類比、遞進手法，他所言"情"的根本內涵和儒家情感論不一樣，梁氏提倡情感的表達，目的在於傳播近代西方的民主自由思想，改造子民成爲理想化的現代公民。

§ 202　王國維(1877—1927)《元劇之文章》：元曲爲摹寫自我情感和時代情狀的極品

【作者簡介】王國維(1877—1927)，初名國楨，字靜安，又字伯隅，晚號觀堂。浙江海寧人。在文學、美學、史學、哲學、金石學、甲骨文、考古學等領域成就卓著，爲"甲骨四堂"之一。王國維曾赴日本留學，旋回國，任教蘇州師範學堂，辛亥革命後再到日本，1916 年回國，任上海《學術叢編》編輯，繼續研究甲骨文及古史。1923 年，任溥儀南書房行走。1925 年被聘爲清華國學研究院導師。1927 年 6 月 2 日，自沉於頤和園昆明湖。王國維的著述甚多,有《海寧王靜安先生遺書》《紅樓夢評論》《宋元戲曲考》《人間詞話》《觀堂集林》《古史新證》《曲錄》《殷周制度論》《流沙墜簡》等。

元曲之佳處何在?一言以蔽之,曰自然而已矣。古今之大文學,無不以自然勝,而莫著於元曲。蓋元劇之作者,其人均非有名位學問也;其作劇也,非有藏之名山、傳之其人之意也。彼以意興之所至爲之,以自娛娛人。關目①之拙劣,所不問也;思想之卑陋,所不諱也;人物之矛盾,所不顧也。彼但摹寫其胸中之感想與時代之情狀,而真摯之理與秀傑之氣時流露於其間。故謂元曲爲中國最自然之文學,無不可也。若其文字之自然,則又爲其必然之結果,抑②其次也。(WGWQJ, vol.3, p.113)

① 古代戲曲、小說的情節。　② 連詞,表轉折。

王國維標舉元曲"摹寫其胸中之感想與時代之情狀",以此彰顯自然抒寫自我的情感力量。他對元劇的稱贊,多少繼承了徐渭的觀點,認爲直抒胸臆的文學是爲中國文學之首。這些文字很清楚反映了王國維在論戲劇情感這點上承襲了反復古派的觀念。

§203　魯迅(1881—1936)《摩羅詩力說》:詩人英雄的作用

【作者簡介】魯迅(1881—1936),原名周樹人,字豫山、豫亭,後改字豫才,筆名魯迅,浙江紹興人,中國近現代作家,新文化運動主將,中國現代文學的奠基人物。魯迅的主要作品包括雜文、散文、散文詩、舊體詩、短中篇小說、文學和社會評論、學術著作,並有大量外國文學翻譯作品。辛亥革命後,曾任南京臨時政府和北京政府教育部員、僉事等職,兼在北京大學、北京女子師範大學等校授課。又曾任廈門大學中文系主任、中山大學教務主任。1936年病逝於上海。

嗟夫,古民之心聲手澤①,非不莊嚴,非不崇大,然呼吸不通于今,則取以供覽古之人,使摩挲②詠嘆而外,更何物及其子孫?

否亦僅自語其前此光榮,即以形③邇來④之寂寞,反不如新起之邦,縱文化未昌,而大有望于方來之足致敬也。……大都不爲順世和樂之音,動吭一呼,聞者興起,爭天⑤拒俗,而精神復深感後世人心,綿延至於無已。(LXQJ, vol.1, pp.57, 59)

① 指先人所留下來的文字、説話。　② 揉搓,意爲玩味摸索。
③ 顯示出。　④ 最近、近來。　⑤ 與天爭鬥。

這裏魯迅所説的"新起之邦"即歐洲諸國,"新聲"即摩羅派之詩作。根據他的解釋,"摩羅"這個概念借自天竺,意思是"天魔",歐洲人所謂"撒旦",早先被用來稱呼拜倫。可見魯迅所謂"摩羅派",指的是以拜倫爲首的歐洲浪漫派詩人群體,他們都顯示出對瘋狂甚或毀滅的喜好。魯迅説拜倫是這群人的宗主,而以匈牙利的摩迦爲殿軍。他將這些人歸爲一類的標準是:"立意在反抗,指歸在動作,而爲世所不甚愉悦者悉入。"這裏魯迅讚美摩羅派詩歌的反抗精神。

惟自知良懦無可爲,乃獨圖脱屣塵埃⑥,惝恍古國⑦,任人群墮於蟲獸,而己身以隱逸終。思士⑧如是,社會善之,咸謂之高蹈⑨之人,而自云我蟲獸我蟲獸也。其不然者,乃立言辭,欲致人⑩同歸於樸古,老子之輩,蓋其梟雄。老子書五千語,要在不攖⑪人心;以不攖人心故,則必先自致槁木之心,立無爲之治;以無爲之爲化社會,而世即於太平。(LXQJ, vol.1, pp.60-61)

⑥ 謂除去塵世滯累,遠離塵埃。　⑦ 在古人的世界徙倚徘徊。
⑧ 多愁善感之士。　⑨ 高尚脱俗。　⑩ 使人。　⑪ 觸犯、擾亂。

這裏魯迅斷言,只有"使歸於禽蟲卉木原生物,復由漸即於無情",道家的太平理想纔有可能實現。不幸的是,人生在世,無人不爲生存而競爭,未來亦然。進化的過程也許會放慢或者暫停,但生物不可能倒退到原始狀態。因此,追求道家的太平理想,如"祈逆飛而歸弦,爲理勢所無有"。

蓋詩人者,攖人心者也。凡人之心,無不有詩,如詩人作詩,詩不爲詩人獨有,凡一讀其詩,心即會解者,即無不自有詩人之詩。無之何以能解？惟有而未能言[12],詩人爲之語,則握撥一彈[13],心弦立應,其聲激於靈府[14],令有情皆舉其首[15],如睹曉日,益爲之美偉强力高尚發揚,而汙濁之平和,以之將破。平和之破,人道蒸[16]也。雖然,上極天帝,下至輿臺[17],則不能不因此變其前時之生活;協力而夭閼[18]之,思永保其故態,殆亦人情已。故態永存,是曰古國。惟詩究不可滅盡,則又設範[19]以囚之。如中國之詩,舜云言志[20];而後賢立說,乃云持[21]人性情。三百之旨,無邪所蔽[22]。夫既言志矣,何持之云？强以無邪,即非人志。許自繇[23]於鞭策覊縻[24]之下,殆此事乎？然厥後文章,乃果輾轉不逾此界。其頌祝主人,悅媚豪右之作,可無俟言[25]。即或心應蟲鳥,情感林泉,發爲韻語,亦多拘於無形之囹圄,不能舒兩間之真美;否則悲慨世事,感懷前賢,可有可無之作,聊行於世。倘其囁嚅[26]之中,偶涉眷愛,而儒服之士,即交口非之[27]。況言之至反常俗者乎？惟靈均[28]將逝,腦海波起,通於汨羅,返顧高丘,哀其無女,則抽寫[29]哀怨,鬱[30]爲奇文。茫洋在前,顧忌皆去,懟世俗之渾濁,頌己身之修能,懷疑自遂古之初,直至百物之瑣末[31],放言無憚,爲前人所不敢言。然中亦多芳菲淒惻之音,而反抗挑戰,則終其篇未能見,感動後世,爲力非强。……
(*LXQJ*, vol.1, pp.61-62)

⑫ 有詩人之心而未能言詩人之語。　⑬ 揉弦、撥弦,謂詩人發唱。⑭ 指內心。　⑮ 擡起頭。　⑯ 熱氣上升,指强健興盛。　⑰ 古代十等人中的兩種低微等級。輿爲第六等,臺爲第十等,用來泛指地位低下的人。　⑱ 音 yāo è,夭亡。　⑲ 規範。　⑳《尚書·堯典》:"詩言志,歌永言,聲依永,律和聲。"　㉑ 握住,持守。　㉒《文心雕龍·明詩》:"詩

者,持也,持人情性;三百之蔽,義歸無邪,持之爲訓,有符焉爾。"
㉓ "自繇"即自由。"繇",音yóu,通"由"。　㉔ 音jī mí,拘禁束縛。
㉕ 無待於言,不用再說。　㉖ 音niè rú,想說又不敢直說,吞吐之狀。
㉗ 眾口齊聲批評。　㉘ 屈原。　㉙ 紬繹抒寫。　㉚ 繁多,隆盛。
㉛ 瑣碎細微之事。

對魯迅來說,只有詩人當得起天才的名號。他能鼓動讀者內心深處的情感,幷由此導向自我解放和社會革命的英雄舉動。這樣的詩人擁有偉大的改造能力,因爲他不但能喚起人們深藏內心的情感,而且還能說出這些苦於表達者的心聲。

> 迨有裴倫㉜,乃超脫古範,直抒所信,其文章無不函㉝剛健抗拒破壞挑戰之聲。平和之人,能無懼乎? 於是謂之撒但。
> (*LXQJ*, vol.1, p.67)

㉜ 即拜倫(1788—1824),英國浪漫主義詩人。　㉝ 包含,容納。

這裏魯迅希望中國詩人能夠效法拜倫,變成"瘋狂"的詩人。他認爲,拜倫之所以被譴責是"瘋狂"甚或"撒旦",正在於離經叛道。叛道之人,無論他所背離的是基督教教義還是中國傳統社會的倫理道德,都將面臨"人群共棄,艱於置身"的後果,"非強怒善戰豁達能思之士,不任受也"。在魯迅看來,"撒旦"(他可能是墮落的天使,也可能是人類的叛徒)的此種特質,正是中國人在爲自我解放和民族救亡而鬥爭時需要發展的本質屬性。這樣,他就將用來非議拜倫的"撒旦"一詞變成了一個讚語,用來讚美那些敢於挑戰絕對權威、否認社會風俗和公衆輿論,幷且爲所有人的個性解放而鬥爭的人。

本文是魯迅早期的文章,將對極端感情的呼喚和國家命運相連。魯迅稱惡魔派詩人拜倫等人爲"精神界之戰士",幷且依靠其強烈的主觀情感噴薄以喚醒群衆,釋放出推進社會革命的力量。

【第6.5部分參考書目】

劉誠著,陳伯海、蔣哲倫編:《中國詩學史　清代卷》,厦門:鷺江出版社,2002年,第六章《新舊交替之際的詩學》,第243—256頁,第七章 中國古典詩學的終結,第293—303,313—336頁。

王元化著:《清園論學集》,上海:上海古籍出版社,1994年,《龔自珍思想筆談》,第254—263頁。

劉正强著:《魯迅思想及創作散論》,第1版,天津:南開大學出版社,1986年,《魯迅和茅盾的現實主義文論》,第54—75頁。

蔡宗齊、蔣乃玢著:《"情"之再思考:晚清時期中國傳統文學批評的轉型》,《中國美學研究》2018年第1期,第299—304,308頁。

創作論評選
選錄典籍書目

BYZCH	［清］陳廷焯：《白雨齋詞話》，北京：人民文學出版社，1959年。
BZGL	［宋］包恢：《敝帚稿略》，文淵閣《四庫全書》本。
CLSHJS	［宋］嚴羽：《滄浪詩話校釋》，北京：人民文學出版社，1983年。
CQFLYZ	［漢］董仲舒，［清］蘇輿義證：《春秋繁露義證》，北京：中華書局，1992年。
CSQS	［明］王夫之：《船山全書》，長沙：岳麓書社，2010年。
CX	［清］張惠言：《詞選》，北京：中華書局影印四庫備要本，1957年。
DMJXNJZ	［唐］杜牧撰，吳在慶校注：《杜牧集繫年校注》，北京：中華書局，2008年。
DYQJ	［清］馮班：《鈍吟全集》，收入《清代詩文集彙編》編纂委員會編：《清代詩文集彙編》第20冊，上海：上海古籍出版社，2010年。
ESQSTJ	［清］廖燕：《二十七松堂集》，收入《清代詩文集彙編》第164冊，上海：上海古籍出版社影印民國紅格抄本，2010年。
FSXFS	［明］李贄：《焚書、續焚書》，北京：中華書局，1975年。
FSYL	［唐］張彥遠：《法書要錄》，上海：上海書畫出版社，1986年。

續表

FYYS	［漢］揚雄撰，汪榮寶疏：《法言義疏》，北京：中華書局，1987年。
FZYQJ	［宋］范仲淹撰，李先勇、劉琳、王蓉貴點校：《范仲淹全集》，北京：中華書局，2020年。
GCSB	［宋］董逌：《廣川書跋》，北京：中華書局，1985年。
GSPX	［清］王夫之：《古詩評選》卷一，上海：上海古籍出版社，2011年。
GZJZ	黎翔鳳：《管子校注》，北京：中華書局，2004年。
GZZQJ	［清］龔自珍：《龔自珍全集》，上海：上海人民出版社，1975年。
HCLWJJZ	［唐］韓愈撰，馬其昶校注，馬茂元整理：《韓昌黎文集校注》，上海：上海古籍出版社，2021年。
HFCHJZ	［清］況周頤著，屈興國輯注：《蕙風詞話輯注》，南昌：江西人民出版社，2000年。
HFZXJZ	［戰國］韓非子著，陳奇猷校注：《韓非子新校注》，上海：上海古籍出版社，2000年。
HNHLJJ	［漢］劉安撰，劉文典集解：《淮南鴻烈集解》，北京：中華書局，1989年。
HS	［漢］班固撰，［唐］顏師古注：《漢書》，北京：中華書局，1962年。
HZXQJ	［清］黃宗羲：《黃宗羲全集》，杭州：浙江古籍出版社，2005年增訂版。
JSTPDCZQJ	［清］金聖歎：《金聖歎評點才子全集》，北京：光明日報出版社，1997年。
JZSHJZ	［清］王夫之著，戴鴻森箋注：《薑齋詩話箋注》，北京：人民文學出版社，1981年。
JZYHXDQCZS	《芥子園繪像第七才子書》，雍正十三年芥子園刻本。

續 表

KYWZLJ	湯志鈞編：《康有爲政論集》，北京：中華書局，1981 年。
LCJ	［宋］蘇轍：《欒城集》，《蘇轍集》，上海：上海古籍出版社，2009 年。
LCJ	［元］郝經：《陵川集》，收入《四庫全書》第 1192 册，上海：上海古籍出版社影印欽定四庫全書本，1987 年。
LDMHJ	［唐］張彦遠：《歷代名畫記》，杭州：浙江人民美術出版社，2019 年。
LDSHXB	丁福保輯：《歷代詩話續編》，北京：中華書局，1983 年。
LHJS	［漢］王充撰，黄暉校：《論衡校釋》，北京，中華書局，1990 年。
LXQJ	魯迅：《魯迅全集》第一卷，北京：人民文學出版社，1973 年。
LYYZ	楊伯峻：《論語譯注》，北京：中華書局，1980 年。
LZYZ	辛戰軍：《老子譯注》，北京：中華書局，2008 年。
MCB	［宋］朱長文纂輯，何立民點校：《墨池編》，杭州：浙江人民美術出版社，2019 年。
MKWB	［清］張惠言：《茗柯文編》，上海：上海古籍出版社，1984 年。
MSPX	［清］王夫之：《明詩評選》卷六，長沙：岳麓出版社，2011 年。
MSZY	［漢］毛亨傳，［漢］鄭玄箋，［唐］孔穎達疏：《毛詩正義》，《十三經注疏》，北京：中華書局，1980 年。
MZYZ	楊伯峻：《孟子譯注》，北京：中華書局，1960 年。
QMSH	周維德編：《全明詩話》，濟南：齊魯書社，2005 年。
QSH	王夫之等撰：《清詩話》，上海：上海古籍出版社，1978 年。
QSHXB	郭紹虞：《清詩話續編》，上海：上海古籍出版社，1983 年。

續表

QTW	［清］董誥等編：《全唐文》，上海：上海古籍出版社，1990年。
QTWDSGHK	張伯偉：《全唐五代詩格彙考》，南京：江蘇古籍出版社，2002年。
RWZ	［三國魏］劉劭著，［西涼］劉昞注，楊新平、張鍇生注譯：《人物志》，鄭州：中州古籍出版社，2007年。
SGTSPJZ	［唐］孫過庭撰，朱建新箋證：《孫過庭書譜箋證》，上海：上海古籍出版社，1982年。
SGZ	［晉］陳壽著，［宋］裴松之注：《三國志》，北京：中華書局，1982年。
SGZ	［清］王夫之：《詩廣傳》卷二，北京：中華書局，1964年。
SJYWLX	陶秋英編：《宋金元文論選》，北京：人民出版社，1999年。
SRYX	［宋］魏慶之：《詩人玉屑》，上海：上海古籍出版社，1959年。
SS	［南朝］沈約：《宋書》，北京：中華書局，1974年。
SS	［唐］魏徵、［唐］令狐德棻：《隋書》，中華書局，1973年。
SSJCX	［清］周濟：《宋四家詞選》，上海：古典文學出版社，1958年。
SSSJ	［宋］蘇軾：《蘇軾詩集》，北京：中華書局，1982年。
SSWJ	［宋］蘇軾撰，［清］孔凡禮點校：《蘇軾文集》，北京：中華書局，1986年。
DFGSJ	［宋］戴復古著，金芝山點校：《戴復古詩集》，杭州：浙江古籍出版社，2012年。
TSPH	［明］高棅：《唐詩品彙》，上海：上海古籍出版社，1988年。
TXZJ	［明］湯顯祖：《湯顯祖集》，上海：上海古籍出版社，1973年。

續　表

TYCJ	［明］譚元春：《譚元春集》，上海：上海古籍出版社，2018年。
WBJJS	［魏］王弼著，樓宇烈校釋：《王弼集校釋》，北京：中華書局，1980年。
WFJS	［晉］陸機撰，張少康集釋：《文賦集釋》，上海：上海古籍出版社，1984年。
WGWQJ	王國維：《王國維全集》，杭州，廣州：浙江教育出版社，廣東教育出版社，2009年。
QLZS	［明］王驥德著，陳多、葉長海注釋：《曲律》，上海，上海古籍出版社，2021年。
WJMFL	［日］弘法大師撰，王利器校注：《文鏡秘府論》，北京：中國社會科學出版社，1983年。
WX	［南朝梁］蕭統編，［唐］李善注：《文選》，上海：上海古籍出版社，2019年。
WRSHBZ	［宋］朱弁等撰，賈文昭編：《皖人詩話八種》安徽：黃山書社，1995年。
WTXJ	［明］王廷相著，王孝魚點校：《王廷相集》，北京：中華書局，1989年。
WXDLZ	［南朝］劉勰著，范文瀾注：《文心雕龍注》，北京：人民文學出版社，1958年。
WXDLZJ	黃侃：《文心雕龍札記》，上海：上海古籍出版社，2000年。
WSZWJ	［清］魏禧：《魏叔子文集》，北京：中華書局，2003年。
WXZPZ	郭廉夫：《王羲之評傳》，南京：南京大學出版社，1996年。
XCSFSWJ	［清］袁枚：《小倉山房詩文集》，上海：上海古籍出版社，1988年。
XWJ	［明］徐渭：《徐渭集》，北京：中華書局，1983年。

續　表

XZJJ	［清］王先謙：《荀子集解》，北京：中華書局，1988年。
XZZJ	［明］方孝孺：《遜志齋集》，上海：商務印書館，1935年。
YBSHJ	梁啓超：《飲冰室合集》，上海：中華書局，1936年。
YPCT	［明］郝敬：《藝圃傖談》，天啓崇禎刊本，日本京都大學藏。
YWLJ	［唐］歐陽詢等編：《藝文類聚》，上海：上海古籍出版社，1982年。
YXXJ	［明］鍾惺：《隱秀軒集》，上海：上海古籍出版社，2017年。
YHDJJJ	［明］袁宏道著，錢伯城箋校：《袁宏道集箋校》，上海：上海古籍出版社，2018年。
ZYZSWJ	［清］張裕釗著、王達敏校點：《張裕釗詩文集》，上海：上海古籍出版社，2007年。
ZYZY	［晉］王弼注，［唐］孔穎達疏：《周易正義》，《十三經注疏》，北京：中華書局，1980年。
ZZJZJY	陳鼓應：《莊子今注今譯》，北京：中華書局，1983年。
ZZQS	［宋］朱熹：《朱子全書》，上海：上海古籍出版社，2002年。